封神幎［ツカガミ・トバリ］
——ロンドンで請負屋を営む極東人。

英国幻想蒸気譚《えいこくげんそうじょうきたん》［I］

—レヴェナント・フォークロア—

At the end of the 19th century, the steam illusion has begun.

ヴィンセント・サン=ジェルマン
——謎多き紳士にして錬金術師。

白雨 蒼 [ILLUSTRATION] 紫亜

Aoi Shirasame Presents.

トバリはグラハム＝ベルの
隣にいる少女を見やる。
「お前……あー、なんだっけ」
「名前？　リズィ」
「リズィ。
このご老体の手当てを頼んでいいか？
俺は今から忙しくなるからな」
リズィ
――いつも気だるげな態度の
孤児院出身の少女。

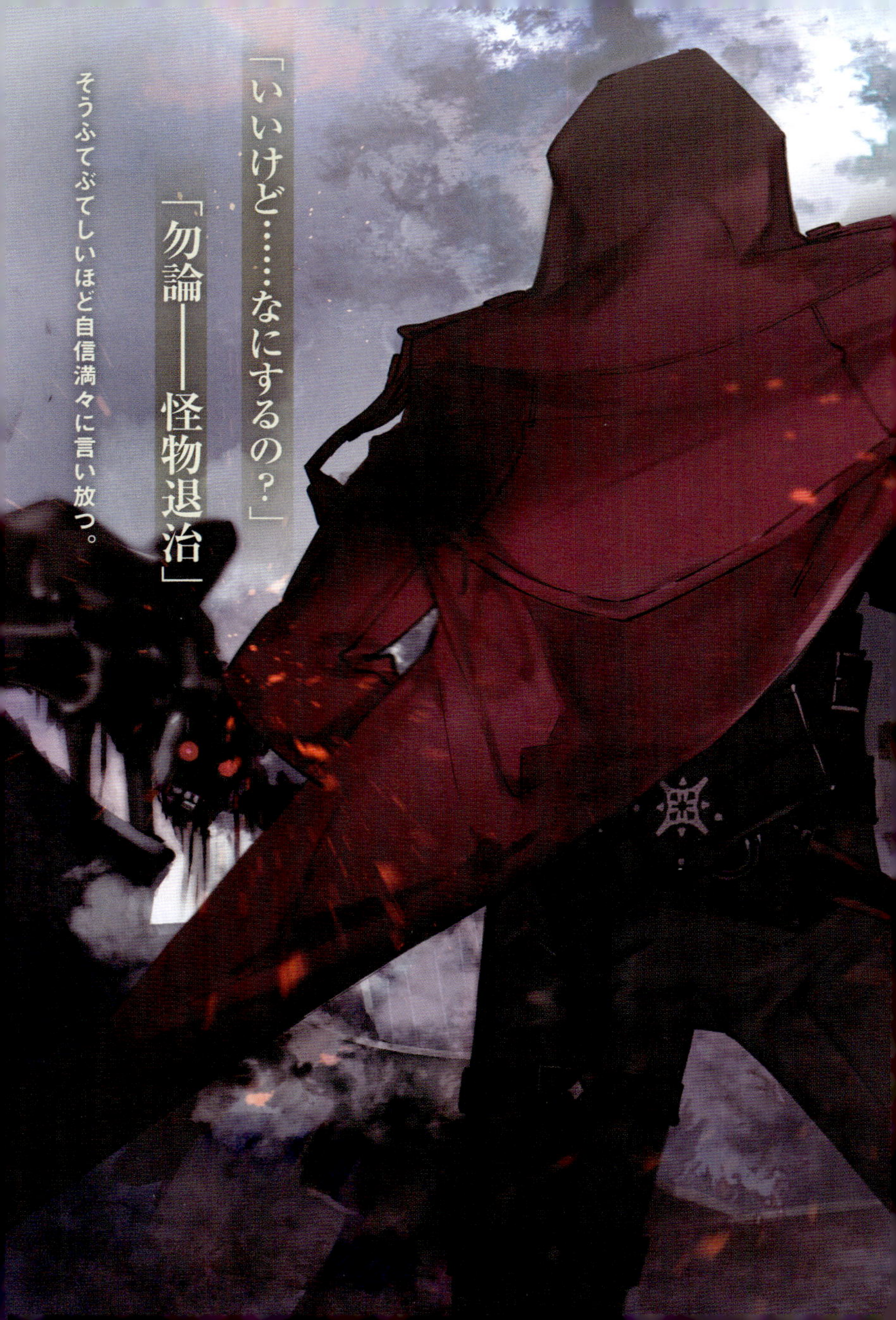
「いいけど……なにするの？」
「勿論——怪物退治」
そうふてぶてしいほど自信満々に言い放つ。

エルシニア・リーデルシュタイン
——アカデミアに所属する機関学生。

CONTENTS

[I]

At the end
of the 19th century,
the steam
illusion has begun.

REVENANT

ーレヴェナント・フォークロアー

英国幻想蒸気譚《えいこくげんそうじょうきたん》 [I]

At the end
of the 19th century,
the steam
illusion has begun.

白雨 蒼
Aoi Shirasame Presents

[ILLUSTRATION] 紫亜

The twosome
chase down the urban Myths in the chaos.

FOLKLORE

序幕『スチーム・ハイド・モンストロ』

一八九五年英国首都、ロンドン。身も凍えるような一月の冬。

ゴゥンゴゥンと都市に鳴り響くのは、大量の蒸気を吐き出す大機関《メガ・エンジン》の駆動音。

周囲に満ちるのは蒸気。空には煤煙《ばいえん》に覆われた雲。そして視界を塞ぐほどの濃霧《スチーム》が充満している、そんな郊外の一角で。

いついかなる時でも都市に蔓延《まんえん》する蒸気を切り裂くような、銀色の軌跡が二筋疾る。

唐突に。

そして鮮烈に。

まるで魂に刻み込むかのような衝撃を伴って、その紅《あか》い影法師は男の前に現れた。

男は――。

彼にしては珍しく、目の前の情景をその目にした瞬間、忘我した。忘我してしまった。

「――はは……素晴らしき哉《かな》！　素晴らしき哉《かな》！」

そう――思わず、喝采を叫ぶほど。

万感の思いを込めて。

彼は諸手《もろて》を挙げ、その影に向けて称賛の声を上げたのである。

◇◇◇

その日、彼は珍しく酔っていた。永久不滅。永劫《えいごう》不変の彼。その彼が酔うほど酒を飲んだのは久しぶりだった。

とある研究。とある実験。それの成功を祝っての酒だった。

それは数十年ぶりの外出であり、外食であり、外遊だった。

故に――巨万の富を持つ彼は、酒の値に糸目など付けず、己の好く高級酒を心行くまでに堪能《たんのう》した。

それが、仇《あだ》となった。

いや、あるいは幸運を招いたと取るべきか。

ともあれ、彼は酔っていた。

酔っていたが故に、普段の彼ならば決して取らぬであろう行動に出てしまった。

なんてことはない。路上で春を売る女に声を掛けたのである。

その娼婦《しょうふ》は美しい女だった。

およそ路地の陰で春をひさぐ女とは思えない女性だった。何故《なぜ》、貴女《あなた》のような人がこのような場所で？　そう思ってしまうくらいに。

そう——違和感はあった。

だが、酒に酔っていた彼はそれを気にしなかった。

そして——それが失敗だった。不運だった。悪夢の、始まりだった。

女に誘われるままに路地の奥へ足を運ぶ。

やがて人気の失せた赤い煉瓦《れんが》造りの小屋が見えてきたところで——彼は違和感を覚えた。

臭い。

酩酊《めいてい》している彼にすら判《わか》るほど——鼻につく鉄錆《てつさび》のような臭い。

彼は思った。

——ああ、これは拙い。

そう、思った時にはもう、遅かった。


きゃはははははははははははははは——！


女が、えも言えぬような奇声を上げた。哄笑《こうしょう》を上げた。

寸前まで艶《あで》やかな笑みを浮かべていたのが嘘《うそ》のように。

壊れた音声放送機《ラジオ》のように笑う女の姿に、彼は一歩、距離を取る。だが、その行動に意味がないことを彼は知っていた。いや、理解していた——と言うほうが正しいか。
彼の足が下がると同時。
女の様子が、更に変貌する。
変貌——あるいは、変質か。
人が、人足りえる条件は様々であるが。
人が、人ならざると断言する要素は、容易《たやす》い。
女の——
背中から——
鋼鉄の脚が——
飛び出して——

それは佇立《ちょりつ》する。
それは屹立《きつりつ》する。
超然と、悠然と、凜然《りんぜん》と、女であったものが顕現《けんげん》する！
それは物理法則を無視し、質量保存を無視し、既成概念を無視した——顕現《けんげん》。
女の体内から具現するは、まるで蜘蛛《くも》のような細く鋭い爪をも持つ、鋼鉄《クローム》の多足。
夢か幻か。それとも魔術か。あるいは——悪魔契約《コントラクト》か。

否。

これは、そんな生ぬるいものではない。

これは、そんな生易しいものではない。

人道を無視し、倫理を無視し、悍《おぞ》ましき思想によってのみなされる業だ。

人を人とは思わぬ所業。

人としてのタガを外した者だけが生み出せる、人為的な怪異。


――鋼鉄の怪物《エネミーオブクローム》。

あるいは――魂持たぬ人型《レヴェナント》。

この霧の都で、実《まこと》しやかに囁《ささや》かれる都市伝説《フォークロア・モンストロ》の存在が今、彼の目の前に姿を現した。

最早見目麗《もはやみめうるわ》しかった女の面影は貌だけ。身体《からだ》であった部分は、今や鋼鉄でできた蜘蛛《くも》の腹部と化し、四肢が変貌し、あるいは背中を突き破って出現した計八本の鋼鉄の脚をカチャカチャと鳴り響かせ、彼が見上げるほどの大きさとなった異形の怪物が、爛々《らんらん》と双眸《そうぼう》を輝かせて見下ろしている。

「なんという……ことだ……」

彼は、自分を見下ろす怪物を見上げながらそう零《こぼ》す。

彼の目の前にあるのは、人智《じんち》の及ばぬ怪物だった。想像の物語《フィクション》の中でのみ語られるべきである存在。人が対峙《たいじ》した時、それは英雄でもない限り抗《あらが》えない怪物だ。

彼は竜殺しの英雄《ジークフリート》ではない。

彼は聖人ジョージ《ゲオルギウス》ではない。

彼は怪物を殺す者《ベイオウルフ》ではない。

ましてや──目の前の怪物は、フィクションすらも凌駕《りょうが》する鋼鉄と蒸気の怪物である。人の手によって現実に作り上げられた、正真正銘の怪異にして怪物。

ならば、彼はただ無為に殺されるだけの存在だ。怪物に抗《あらが》うすべなく、ただ過ぎ去るのを待ち、怯《おび》え震えるだけの無力な人である。

そう。そのはず──だというのに。

彼は怯《おび》えることはなかった。

彼は震えることはなかった。

その様子に焦《あせ》りはなく。

その様子に混乱もない。

ただ──苦笑だけが、その口元に浮かぶ。

自らの油断を嗤《わら》い、己の愚鈍を嘲るように。


──さあ、どうする？

彼は自らにそう問うた。

逃走手段、なし。

対抗手段、なし。

逃げることも抗《あらが》うことも叶《かな》わぬこの状況。

覆《くつがえ》す術を考案する。思索する。熟考する。

しかし、方法は見当たらず。


ぎゃははははははははははははははははは――！


クロームの身体《からだ》を携えたレヴェナントが――《蜘蛛《アラクネ》》が嗤《わら》う。

声を上げ、その鋼鉄の脚を持ち上げる。その爪先は、しっかりと彼を捉えていた。

彼は苦笑いする。

「……万事休すかな」

己の運命を悟り、彼は小さくそう零《こぼ》した。

その時である。

「――此処《ここ》も、外れか」

頭上から、声が降って来た。

続いて、まるで影が落ちるように紅《あか》い何かが現れて――


――斬！


頭上から落下様に、その影は刃を振り下ろした。

影の両手が握る二刀短剣が、天高くから鮮やかな軌跡を描き、今まさに彼へ襲い掛かろうとした鋼鉄の怪物を叩《たた》き伏《ふ》せたのである。

目にも留まらぬ速度。鮮烈な一撃。放たれた白銀の一閃《いっせん》は、まるで地を穿《うが》つ雷鳴の如《ごと》し！

まったく凄《すさ》まじい膂力《りょりょく》である。自分の身の丈よりも遥《はる》かに巨大な、それも鋼鉄の脚で支えられた体躯《たいく》を、剣撃だけで地に伏させたのだ。

常識的に考えれば、それは有り得ざることだ。

だが、彼の目の前にはもう常識など存在しなかった。

あるのは、まさに『有り得ざる現実』である。信じ難《がた》い事実である。

ジョージ・ゴードン・バイロンの言葉通り、まさにこの世は『事実は小説より奇なりで、嘘《うそ》のような本当の話だ』った。

いや、もとより彼――そう。彼であるヴィンセントにとっては、目の前で起きている出来事などは慣れ親しんだ光景である。

だが、その事実を以《もっ》てして尚《なお》。

今、目の前に降り立った影。紅《あか》い影法師の存在は、まさに奇跡の領分だった。

薬《ドラッグ》の気配はない。

魔術《コード》の気配はない。

異能《ギフト》の気配はない。

勿論《もちろん》、奇跡の気配もまた――

ならば、答えは明白。目の前の影法師は、ただの膂力《りょりょく》のみで成したのだ。鋼鉄の怪物を、ただの剣撃で地に伏せさせるという荒業を。

尤《もっと》も、その程度で機能停止するような、手緩《てぬる》い相手ではない。

影法師の一撃で倒れていた《蜘蛛》が、飛び跳ねるような勢いで起き上がり――女の頭部が、絶叫を上げた。


――GAAAAAAAAAAAAAAAAAAAAA！


咆哮《ほうこう》が周囲に轟《とどろ》く。

ホラー・ヴォイス。恐怖の声。

耐性なき者に例外なく、直接作用する精神支配の叫び。

しかれど、彼にその声は効果を成さない。故に、彼は杖《つえ》を手にしたまま超然と成り行きを見守る。

さて、影法師は如何《いか》に。

そう思って、視線を向ければ。


「――い、い、い、うるせぇよ」


咆哮《ほうこう》の中にありながら、はっきりと耳朶《じだ》を叩《たた》く若い声。

同時に、影法師が動く。

――ダンッ！　と、凄《すさ》まじい踏み込みの音を鳴り響かせ、手近の壁に向かって跳躍。脚をかけ、壁を蹴ってより高くに跳んでいく。

最早《もはや》飛翔《ひしょう》と呼ぶに相応《ふさわ》しい跳躍と共に、影法師は一瞬にして《蜘蛛》の頭上を越えて――その背に軽やかに降り立った。

両手を持ち上げて、まるでその手に握る短剣を晒《さら》すように立って、彼は――

「別人なら、用はねぇ……大人しく死ねよ、くそったれ」

死刑宣告のようにそう言って、彼は両の刃を振り下ろした。


――双刃二閃《そうじんにせん》。

二つの軌跡が虚空《こくう》を舞い、鋼鉄の怪物《レヴェナント》の身体《からだ》を疾り抜ける！

どれ程の速さで振り抜かれたのか、ヴィンセントには判《わか》らなかった。ただ、すぐ横を駆け抜けた斬撃の余波から生じた衝撃波が、その一撃の威力を物語っており——そして舞う粉塵《ふんじん》を避けるように腕を上げた彼の目の前で、鋼鉄の怪物が、その身体《からだ》を三つに分けて崩れ落ちていく！

本来ならば有り得ない、鋼鉄を『斬る』という、まるで極東《オリエント》の島国にのみ存在する『サムライ』の奥義《おうぎ》さながらに。

思わず言葉を失って、崩れる《蜘蛛》を睥睨《へいげい》するヴィンセントの目の前に、紅《あか》い影法師が降り立った。

まるで何事もなかったかのように二刀を振るい、そのうちの一本を腰の後ろにすっとしまった——と同時に、目深《まぶか》に被《かぶ》られた飾り付きのフードの奥に隠れた視線と、目が合った。

「アンタ……まだいたのか？」

「ふむ。逃げる機会を逃してしまってね。難儀している」

「そいつは残念だったな」

言って、彼は手にする短剣を無造作に振るった——倒れて動かなくなった、《蜘蛛》に向けて。

風切り音すらなく閃《ひらめ》いた刃が、鋼鉄の怪物の頭部——女の頭を切り落とす。切られた拍子に転がった頭が、影法師の足元で止まった。影はその顔を覗《のぞ》き込《こ》み……そして、一拍置いて盛大な溜息《ためいき》を漏らす。

「見た目は良い女なのによぅ。どんな因果か娼婦《しょうふ》に身をやつして、挙句にどこぞの莫迦《ばか》に身体の中を弄《いじく》り回《まわ》されて、最後には死んじまうとは……まさに哀れの一語だな」

そう言って短剣を器用に指先で回転させる姿に、ああ――と、ヴィンセントは納得する。

「そうか。君が噂《うわさ》の切り裂き魔か」

「……なんだって？」

ゆらりと、視線だけをこちらに向ける影法師。対してヴィンセントは目元の片眼鏡《モノクル》を弄《いじ》りながら言葉を続けた。

「――切り裂き魔だよ。あるいは、切り裂きジャック《ジャック・ザ・リッパー》ともいうがね。今このロンドンを騒がせている怪事件の一つ。七年前、このロンドンを震撼《しんかん》させた伝説的な殺人鬼。それを真似《まね》ているのかはさておいて……最近ロンドン市内の至る所に、巨大な裂傷を残す怪事件が多発しているそうだ。その近くには原形をとどめない死体が転がっていて、切り裂きジャックが復活したと、世間が大騒ぎしていたのだが……いやはや、まさかその二代目の正体が極東人とは思わなかったよ」

「よく判《わか》ったな。俺が極東出身だと」

「見事な英国英語《キングスイングリッシュ》だ。だが言葉の語感《イントネーション》が若干違う。後は、君の顔立ちや、身体《からだ》の骨格の作りからの判断だが――最後は勘だ」

「つまりははったりか《ブラフ》。酔っ払いにしては見事なもんだ」

影法師が笑いながら肩を竦《すく》める。

「いやいや、君のおかげで酔いも醒《さ》めたよ」

「俺じゃなくて、このクロームの化け物を見たときに酔いを醒《さ》ましておけよ、ミスター……あー、ミスター・ノーボディ」

フードの奥。若者が僅かに言葉を詰まらせた。ヴィンセントはその様子がなんだかおかしくて、思わず失笑する。

「何者でもない誰か《ノーボディ》、か。なかなか面白いことを言うじゃないか。ミスター・ジャック」

「……こいつらの支配領域《ドメイン》にいてその余裕――ご同類か」

ヴィンセントの様子を見て、何やら訳知り顔で若者が言う。こっそりと――こっそりと、心のうちだけで「ああ、その通りだ」と頷《うなず》きながら、

「君ほど超人ではないがね」

「どういう意味だよ」

若者が問う。ヴィンセントは肩を竦《すく》めながら答えた。

「魔術を使ったわけでもなく、異能を使ったわけでもない。ただの身体能力だけで、君はあの怪物を圧倒した。それは最早《もはや》、超人と呼ばれてもおかしくはないことだろう？　流石《さすが》は達人の国だ。君のような若者でも、刃物を持たせれば一級の戦士となり得る……足を踏み入れるのが怖い国だね」

「――達人、というよりは、怪物の国だよ。あそこは」

皮肉げに、だけど何処《どこ》か実感の籠った声で、若者が言った。

「怪物か。ならば、君もまた怪物かね？」

「いいな、それ。怪物……なんて名乗ろうか？　鮮血野郎《ブラッド＝レッド》、とかか？」

訊《たず》ねると、存外若者は面白そうに答えて、身に纏《まと》う深紅のコートの裾を揺らしてみせる。

彼のその言葉を聞き、また、先ほど見た彼の凄《すさ》まじい立ち回りを振り返り――ふとある言葉が過

ぎったヴィンセントは、つい、何気なく提案してみることにした。

「――《血塗《グレン》れの怪物《デル》》、というのはどうだ？」

そう、試しに言ってみる。すると、影法師は感嘆した様子で口笛を吹いて、

「……センスあるじゃん。《血塗れの怪物》ね……ああ、悪くない。なかなか悪くない響きだ」

ニヤリと、フードの奥で若者の口元が歪《ゆが》む。口の片端だけを吊り上げる、独特の笑みだ。そう、悪くない笑みだ。

ヴィンセントは、彼の笑みにそんな感想を抱いた。

やはり、不運と呼ぶよりは幸運だろう。

のちにこの日のことを振り返るたびに痛烈に思うのだ。

この出会いは、人よりも遥《はる》かに長く生きている彼の人生においても、稀《まれ》に見る幸運であった――と。

「――はは……素晴らしき哉《かな》。素晴らしき哉《かな》」

「どうしたミスター？　今更、可笑《おか》しくなったか？」

「まさか、有り得ない。ただ、私は素直に喜んでいるのだよ。今宵《こよい》、君のような人物に出会えたことを、ね」

「喜ぶ？　そいつは随分と奇矯な奴《やつ》だ」

訝《いぶか》しげに言い放ち、若者の腕が微《かす》かに揺れる。

と同時に、首元に冷たい感触。

瞬《まばた》きする間隙《かんげき》すらなかった──その瞬間《うち》に、彼我の距離が詰まっていた。

突き付けられた短剣の切っ先の感触。しかしヴィンセントは眉一つ動かさず若者を見る。

「見られた以上、生かしておく理由はない」

「ならば、何故《なぜ》殺さない。口封じのためなら問答無用に切り捨てるといい。少なくとも、人を殺すことに躊躇《ためら》いを覚える風には見えないが」

──何故《なぜ》？　と言外に尋ねる。

そうして数瞬が過ぎ、数秒が過ぎた頃。

「──っち」という舌打ちと共に、若者が短剣を引いた。内心いつ喉笛を切られるかと思っていたヴィンセントは、安堵《あんど》の表情を悟られぬようにと、代わりに一度だけ吐息を零《こぼ》して。

「──やめるのかね？」

と、余裕の風体を装《よそお》って問う。

彼は手の内の短剣をしまいながら、フードから覗《のぞ》く鋭い目でこちらを睨《にら》み付《つ》けて、

「──あんた、金はあるか？」

それは唐突な質問だった。

寸前までの殺伐とした状況を考えれば、この場でそんな質問をする意味がヴィンセントには判《わか》らず、思わず目を丸くしてしまう。

「……まあ、あるとも。しかし、それがどうしたというのだね……まさか⁉　切り裂き魔であることだけでは飽き足らず、強盗の真似事《まねごと》までするとでも――」

「――腹、減ってんだよ」

「……なぬ？」

ハラ、ヘッテンダヨ。

その言葉の意味をうまく理解できなかった。何かの比喩なのか。あるいは皮肉なのか。それとも何か高度な言葉遊びなのか――思わずそう勘ぐってしまい、

「今……なんと、言ったのかね？」

つい、そんな風に尋ね返す。すると若者は、臆面もなく言った。

「だーかーら、腹が減ってるんだよ。だけど金がねぇ。そのせいで食うに困ってる……そこでだ。あんたを助けた礼をして欲しい――そう言ったら、あんたどうするよ？」

どうやら聞き間違いでも、深い意味があるわけでもなく、本当に言葉通り。純粋に彼はこう言っているのだ。

自分は腹が減っているから、助けた代わりに飯を食わせろ――と。

なるほど。

若者の言葉の意味をしっかりと自身の中で反芻《はんすう》し、理解する。

そして、

「――ふは……ふはは……ふはははははははははは！」

彼は――ヴィンセントは声を上げて笑った。

実に数百年ぶりの大笑であった。呵々《かか》と腹を抱えて、天を仰ぎ見て笑った。

まさかそんな要求をされるとは思わなんだ。

なにせ、ヴィンセントという男の姿は、客観的に見れば何処《どこ》にでもいる、そこそこ身なりの良い壮年の男である。

若者の腕前ならば、ヴィンセントを制圧するのは造作ないはず。あの鋼鉄の怪物《レヴェナント》を圧倒する武力を行使して金品を奪うという手段もあるであろうに――目の前の若者は、自らを怪物と称した青年は、なかなかに純朴であると、ヴィンセントは思った。

これは彼が極東出身であるからなのか。あるいは彼個人の性質なのか――あるいは、両方か。なんにしても、面白い若者だ。

いきなり大声を上げて笑った彼の様子に面を食らっているらしい若者に、ヴィンセントは「すまない」となお失笑しながら詫《わ》びて、

「いいだろう。私はあれらを知っているが、抗《あらが》う術を持っていない。よって、君に助けられたというのは純然たる事実――喜んで礼をしよう」

「へぇ……言ってみるもんだな」

ヴィンセントの返答が予想外だったらしい若者が、驚いた様子でそう言いながらフードを外した。

顕《あら》われたのは、無造作に伸びた黒髪に、若干の赤みを帯びた切れ長の双眸《そうぼう》。顔立ちはまだ若い。十代の後半といったくらいの若者だった。

「たらふく食える場所は知ってるか？　知ってたらぜひ案内してくれよ。あ、言っておくけど、お高くて格式ばった店は御免だぜ」

「安心したまえ。そう言った店は私も好まん」

「そいつぁなによりだ」

ヴィンセントの言葉に、若者はにやりと口《くち》の端《は》を吊り上げて笑う。

うむ。こうして改めて顔を見ると——やはり、悪くない。腕が立つ。それに、話している端々から存外に頭も回ることが見て取れる。

これは、なかなかに良い拾いものをした——そうヴィンセントは思い、自然と口元に笑みを浮かべた。

「なに笑ってんだ？」そう首を傾《かし》げる若者に「何でもない」と頭を振り、踵《きびす》を返《かえ》す。

「では、参ろうじゃあないか。この近くに、味も量もそれなりに保証できる店がある」

「腹が膨れりゃ御の字。味が美味《うま》けりゃ文句なし、だ」

そう言いながら若者が歩き出す彼に続く。

先ほどまでの闘争などまるでなかったように。あるいはそんなものは道を歩くのと大差ない当たり前のこととでもいう風に。

二人、夜道を歩く。

そして歩きながら、「ああ、そう言えば」――と、思い出したようにヴィンセントが問うた。

「君の名を聞いていいかな？」

「ジャックって呼んだのはアンタだろ？」

「あれは正体が判《わか》らないが故の便宜上の名だ。君の名ではないだろう」

「俺の国には、名前を名乗るならまずは自分からって礼儀があるぜ？」

ヴィンセントの言葉に対し次々と、まるで息をするように若者が皮肉を零《こぼ》した。

しかしそんな口上に不満を覚えることはなく、むしろ弁が立つなと感心しながら「なるほど、道理だ」と苦笑を零《こぼ》しつつ、名乗ることとした。

「失礼した。私はヴィンセント。ヴィンセント・サン＝ジェルマンだ」

「わざわざどうも、っと――俺はトバリ。ツカガミ・トバリだ」

一瞬だけ、若者の表情が渋ったように見えた。だが、それも一瞬のことで判断がつかず、ヴィンセントは流暢《りゅうちょう》に彼の名を呼んだ。

「よろしく、ミスター・トバリ」

「こちらこそ、だ。サン＝ジェルマン伯爵殿」

若者――トバリはそう切り返しながら肩を竦《すく》め、皮肉気な笑みを零《こぼ》してみせる。

「伝説の錬金術師様にお目にかかれるとは光栄だよ」

「名を騙《かた》っているだけとは思わないのか？」

小首を傾《かし》げる紳士――ヴィンセントに対し、トバリは溜《た》め息《いき》交じりに言った。

「どっちでもいいさ。というより、そもそも詐欺師だろ、サン＝ジェルマンって」

にやりと、トバリが笑みを深めた。ヴィンセントはわざとらしく眉を顰《ひそ》める。

「無礼な若者だな。これでも私は高名な錬金術師だと自負しているのだが？」

すると、トバリは「どーでもいいよ」と言葉を投げた。

「長い人類史の中に何度となく顔を出す変人にして、千年以上を生きる怪人にして、真理を探究する巡礼者にして魔術師にして錬金術師——だろ。知ってるさ。本物かはさておいてだが……俺からすれば、飯を食わせてくれるんならイエス様だろうがメフィストフェレスだろうが関係ない」

「ははは！　確かにその通りだ」

トバリの科白《せりふ》に、再び声を上げて笑うヴィンセント。その隣では、トバリがわざとらしく腹を抱えた姿勢《ポーズ》を取り「さっさと行こうぜ」と彼の足並みを促して——

永劫《えいごう》を生きる錬金術師が、血塗《ちまみ》れの切り裂き魔を連れて、蒸気の中へと消えて行った。

◇◇◇

——一九世紀末。

それは蒸気機関文明華やかなりし時代。

チャールズ・バベッジの作り上げた階差機関を始め、第二次産業革命——通称『蒸気機関革命』以降、あらゆる蒸気機関が飛躍的発展を続ける世界。

その中心地——大英帝国の首都、ロンドン。
そこで邂逅《かいこう》せし二人。
片や、極東よりやって来た、血塗《ちまみ》れ色の若者。
片や、伝説の錬金術師サン＝ジェルマン伯爵。

二人、出会ったが故に嚙《か》み合《あ》った歯車が廻《まわ》り出し、物語は幕を上げる。

これが——幻想蒸気譚《たん》の始まりである。

都市伝説：レヴェナントの噺《はなし》

——こういう話を知っているだろうか？

深い霧が立ち込める夜、出歩いていた人がいなくなる。
いなくなった誰かは、別の日の霧の夜に街を彷徨《さまよ》っている。
だけど、それはもう別の人。
その人であって、その人ではない。
心を失った彷徨う存在《レヴェナント》。
魂を失った彷徨《さまよ》う存在。
霧の夜に攫《さら》われて、霧の夜を歩く生きた亡霊《レヴェナント》。
霧の夜に喰《く》われて、霧の夜に迷う哀れな亡者《レヴェナント》。
深い霧が立ち込める夜、決して外に出てはいけない。
いなくなった誰かに出会ったら、今度は貴方《あなた》がいなくなる。
次に貴方《あなた》がいなくなったら、次は貴方《あなた》が別の人《レヴェナント》になるから。

一幕『ザ・トゥルース・オブ・フォークロア』

Ⅰ

何処《どこ》にいても聞こえてくる音がある。

ゴゥンゴゥンゴゥン——という音。

それは大機関《メガ・エンジン》の音。この大都市ロンドンの生活を支える動力機関の駆動音。そう、駆動音のはず。

誰もが耳にして当たり前の音。

誰もが聞いても当たり前の音。

生まれた時からずっとずっと、その音は続いている。昨日も、今日も、明日も変わらずに。

——カランカラン

店のドアに備え付けてあるドアベルが鳴った。

「いらっしゃいませー……」

店番のアタシは気のない挨拶を口にする。

それはいつも通り。昔は何度も注意されたが、何度注意されても直さないアタシに昔からお世話になっている強面《こわもて》の店主も諦めたらしく、今ではずっとこんな調子である。

まあ、それはおいといて。

その日、珍しい客が来た。

男が二人。一人は背の高い、壮年の男性。灰色の髪を後ろに流した、猛禽類《もうきん》みたいな目をした片眼鏡《モノクル》の人物。

もう一人はその男性の連れで、まだ年若い青年だった。アタシより少しばかり年上くらいの、目つきが悪くて黒髪が特徴の――そんな人だ。

店主《オーナー》と片眼鏡《モノクル》の男性は顔見知りらしい。どう見ても店主のほうが年上なのだが、いつも厳《いか》めしい店主が随分と愛想《あいそ》良い顔をしていた（それでも十分強面《こわもて》だったけど）。

どうやら外套《コート》の修繕に来たらしい。コートを手渡したのは青年のほうだ。ひょいと横目に覗《のぞ》き見る。珍しい、葡萄酒《ワイン》のような紅《あか》い色のフード付きコートだった。だがそれ以上に目を引いたのは、その外套《がいとう》の有様《ありさま》だ。一体どんな風に使えばそんな風になるのかと不思議に思った。

だってそうだ。普通にコートを着てたら、ど真ん中に風穴なんてあくはずがないのだから。

青年も交えて、男三人は何やらコートの修繕で色々提案をしていた。「鉄の～」がどうとか、「頑丈に～」とか。

やがて相談が終わったのか、気づいた時には値段交渉になっていた。店主と男性が、また小難しい話をし始める。

青年のほうは会話から外れ、物珍しそうに店の中を見回していた。

その様子を、アタシは何となく眺めていた。だって暇なのだ。彼ら以外に客はいなくて、店番のアタシは特にすることがなく、受付《カウンター》でぼーっとしてるだけ。


「――暇そうだな」


不意に、声を掛けられた。受付の机に顎を乗せていたアタシは、僅かに反応が遅れてしまう。視線を動かして、声の相手を見る。相手は店の中を暇そうに見回していた、あの青年だった。

「……まあね。直接お客さん来るの、珍しいし」

蒸気機関革命以降、服飾も機械化が進んで、職人一人一人によるお手製の品というのは非常に珍しくなっている。そんな世の中で、わざわざこんな店に服を頼みに来る人というのはかなり珍しい部類だ。ましてや機関式通話機《エンジンフォン》ではなく店に直接顔を出す人なんて、月に一人いるかいないかくらいだし。

この店の店主は今どき珍しい職人だった。しかし、どうやらそこそこに有名な人物らしく、たまに高そうな服を着た偉そうな人が頼みに来ることもある。おかげで潰れることはないようだけど、やっぱりお客が来るのは珍しいのだ。

「ふーん。やっぱ何処《どこ》もそんなもんだよなぁ」

アタシの返事に、青年はおざなりに答えながら机に背を預け、店主と男性に目を向けた。

「ありゃもう暫《しばら》くかかりそうだな」

「……かも。店主《オーナー》があんなに話し込むの、初めて」

——見た。という言葉を口にするのが面倒になって切ってしまう。すると彼は「そこまで言ったなら最後まで言えよ」と苦笑していた。

良く判《わか》ったなぁと感心する。

まあ、するだけで口にはしないけど。

彼のほうもたいして興味がなかったのか、それ以上は何も言わず、ただぼけーっと天井を仰いでいた。

「……あのさ」

「ん？」声を掛けると、彼は天井を見上げたままに返してきた。

「あのコート、どしたの？」

何となく興味が湧いて、尋ねてみた。だって外套《がいとう》のど真ん中にでっかい丸い穴が開いているのだ。

何をどうすればそんなことになるのか、興味が湧くのは仕方がないと思う。

問われた彼はというと、「あー」とか「んー」とかよく判《わか》らない呻《うめ》きを零《こぼ》した後に、

「なんてーの。仕事《ビズ》でどじった、ってところだ」

「ふーん」

「聞いといて生返事とかいい度胸だな、お前」

彼は半眼で私を見下ろしてそう言った。

「よく判《わか》んなかったし」

「あー……そうかよ」

正直な感想を述べると、彼はがしがしと頭を掻《か》いて嘆息する。だって仕方がない。本当に判《わか》らなかったんだから。

仕事――と彼は言ったけど、どんな仕事をすればあんな風になるのかアタシには想像もつかない。

まあ、何となく興味が湧いて訊《き》いた――ってだけだから、別にいいのだけど。

そんなやり取りをしているうちに、店主と男性の話し合いは終わったらしく「では店主、よろしく頼むよ。待たせたね、トバリ。行こうか」と、男性が彼に声を掛けて来た。

彼は「おーう」とおざなりに返事をして、「それじゃあな」とアタシに一言残し、男性と共に店を出て行った。

その背を見送って、「変な奴《やつ》……」とぼやいてみたりして。

という珍しい客が来た以外では、いつも通りの店番だった。

昨日と同じ。そして明日もきっと同じことの繰り返し。

朝起きて、ご飯を食べて、店番をして、帰って寝て――たまに裏通りの弟分やら妹分たちの世話をしたり。

そんなことの繰り返し。

ちょっと退屈で、でも不満も特にない毎日が続くのだ。

昨日も、今日も、そして明日も変わらず。
そう。
それは変わらないものだった。
変わらないものの、はずだった。
そう信じていた。

だけど——あの日。

アタシは見てしまった。
アタシは知ってしまった。
誰もが耳にして当たり前の、その音が齎《もたら》す恐怖を。
誰もが聞いても当たり前の、その音が齎《もたら》す絶望を。
アタシの前に姿を現した——それ。

それは鋼鉄の塊だった。
それは蒸気機関の塊だった。
いや、違う。
それは——

間違いない、異形の怪物《モンスター》だった。

Ⅱ

蒸気機関大国たる大英帝国。その栄光なれり首都ロンドンの空は今日も灰色の雲に覆われている。

そう。発展した蒸気機関が生み出す大量の煤煙《ばいえん》によって形作られた雲で空を覆っているのだ。

しかし、その空の下の英国市民の営みは変わらない。そう、あの空が蒼穹《そうきゅう》の色に染まっていた時代から、何一つとして変化はしていない。

人の往来は相変わらず。悪天によって降る煤煙《ばいえん》から身を守るように外套《がいとう》を頭から被《かぶ》った人々が、あるいは傘を差す人々が行きつ行かれつ。天を衝《つ》くような無数の高層建造物が立ち並び、機関式自動四輪《ガーニー》が蒸気を吐き出し、けたたましい駆動音を響かせて走り抜け、蒸気馬《スチームホース》に引かれた馬車が大通りを闊歩《かっぽ》する。都市に張り巡らせた無数の線路を、幾つもの蒸気機関車が黒煙を噴きながら客車を運び、回転羽根付飛行機《ダ・ヴィンチ＝フライト》や機関飛行船が灰色雲の下を飛び交う、まるで混沌《こんとん》を絵に描いたような在り様——それはいつも通りのロンドンの姿だ。

そして、ロンドンの裏路地もまたいつも通り、虚脱と悪徳に満ちている。

華々しいロンドン中枢地区《シティ・オブ・ロンドン》だろうが、貧困と病悪に満ちるホワイトチャペル地区だろうが、それは同じこと。輝かしい表舞台の裏側には、いつだって光を浴びることのない日陰者たちがいるように。少し人目が届かなくなれば、暴力に恐喝。窃盗に密売。浮浪者に娼婦《しょうふ》。果てには労働種の売買まで——文字通りなんだってある。

ましてや掏摸《すり》などこの都市では茶飯事だ。

被害者の多くは身形《みなり》の綺麗《きれい》な富裕層や、遠方からやって来た外国人の旅行客など。

対して加害者の多くは、発達した蒸気機関や労働種たちの登場によって仕事を失った人だったり、親のない浮浪児だったり、掏摸《すり》を専門とする掏児《とうじ》など、多岐に渡るだろう。それは発展と共に肥大化した貧富の差が齎《もたら》す、繁栄の弊害とも言えるだろう。

そして——

「——待て！　待たんか！　この小汚い盗人《ぬすっと》が！」

今日もまた、ロンドンの何処《どこ》かでそんな声が響く。

身形《みなり》の良い、そしてこれまた恰幅《かっぷく》も宜《よろ》しい男の怒号に、通りを歩く人々は何事かと振り返る。そして、そんな彼らの間を縫うように、影が一人駆け抜けていく。

こちらの格好は、お世辞にも小綺麗とは言い難《にく》い。どちらかといえば、そう。全身薄汚れていて、何度も繕い直した服を着た子供——ストリート・チルドレンだ。

少年は得意げに笑みを浮かべ、追ってくる男を何度か振り返る。顔を真っ赤にしながら追いかけてくる男の体格と人混みが相まって、二人の距離は見る見るうちに開いていった。

最早《もはや》捕まることはないだろうと、少年は口元を歪《ゆが》める。

すると、

「——おっと。気を付けろよ」

走っていた最中、誰かにぶつかった。振り返ってみると、買い物の帰りらしい若い男の姿が見えた。鋭い視線でこちらを睨《にら》んでいるものの、それ以上何かする様子もなかったので、「ごめんなさーい！」と誠意のない詫《わ》びの言葉だけを残し、少年は近くの路地に駆け込んだ。

狭い路地を走って右に左に。更に右に曲がって一気に駆け抜けて——漸《ようや》く追ってくる気配がなくなった。足を止めて息を整える。

「——へっ、ざまぁみろ。金持ちめ」

擦れた科白《せりふ》を零《こぼ》して、必死に追いかけてきていた男の顔を思い出す。顔を真っ赤にし、汗だくになりながら追ってきた姿はなかなかに滑稽だった。

「さーて。あんだけ良い服着てるんだ。財布の中もたんまりしてるんだろうな」

ひとしきり笑った後、少年は今日の成果を確認しようとポケットにしまっていた獲物を取り出す。

丸くて、手に取るだけでずっしりとした重さを感じる。その重さににやりと笑って、少年はすっと自分の目の前にそれを取り出した。

なんだか一つ大きなことをやり遂げた気分になる。見るがいい。この丸くて、茶色くて、ずっしりとした。それはそれは大きな馬鈴薯《ばれいしょ》が——

「——……は？」

なんとも間抜けな声が漏れた。寸前まで浮かべていた自信満々な笑みも何処《どこ》かに置き忘れたように目を丸くして、思わず手の中のものを凝視する。

見間違いかと、思わず目を擦って、もう一度手の中にあるものを確かめる。

間違いなく、それは馬鈴薯《ばれいしょ》だ。芽を摘んで、しっかり蒸《ふ》かして食べれば熱々ほくほくの、美味《おい》しい食べ物になる馬鈴薯《ばれいしょ》である。

「は？　え？　なんで？」

何がどうなっているのか判《わか》らず、困惑する少年のその背中に、

「――財布なら、もうおっさんのところに戻ってるぜ？」

かかる声、一つ。

突然の声に驚いて、思わず跳び上がってしまった。そして恐る恐る相手を横目に見る。

其処《そこ》には、買い物袋を手に抱えた黒髪の男の姿があった。

見覚えがあった。

それはついさっき、あの金持ちから逃げている時にぶつかった、あの男だった。

III

「──ったく、なんで俺が買い物に出なきゃならねーんだよ……」

二人分の食料三日分の入った紙袋を抱えて、トバリは盛大に溜《た》め息《いき》を吐きながらそんな愚痴を零《こぼ》した。

ロンドンに来て早数カ月。住み慣れない土地での生活に漸《よう》や《》く慣れてきたのはいいのだが、この国の食の事情にはほとほと困っていた。

食材をそのまま焼くか、そのまま煮込むか、そのまま揚げるかの三択しかないなど、初めて料理を口にしたときは文化圏《カルチャー》の違いによる衝撃《ショック》を受けたほどだ。味付けも特になく、調味料は各自のお好み《セルフサービス》にと言わんばかりにただ横に置かれているなど、なかなかに信じがたい絵面を見せられた時には思わず店に火でもつけてやろうかと半ば本気で考えたくらいである。

しかも同居人はさもそれを当然のように食べているのだ。そんな食事が何日も続いた結果、トバリは早々に外食に見切りをつけた。だってどんなに取り繕ったところで、不味《まず》いものは不味《まず》いのだ。

そうした諸々《もろもろ》の結果、トバリは慣れぬこの国で自炊することを余儀なくされたのである。

幸い同居人はそのことに特に異を唱えることはなかった。それどころか「ちゃんとした味のある美味《おい》しいものが食べられるのならば是非に」と、ちゃっかり丸投げする有様《ありさま》だった。

（まあ……住み込みで給料も出て、しかも食事も自炊とはいえ食えるんだから、文句は言えねーけどさぁ）

自分がこの国に来た当初の目的が疎《おろそ》かになっているのは否《いな》めなかった。この国に来た理由は、ずばり人捜しである。だが此処《ここ》まで長期化するとは思っていなかったのだ。早々にケリをつけてさっさと帰国する程度の気持ちでいたのだが、世の中そう上手《うま》くはいかないのが現実だ。ロンドンは広く、また常に人の出入りが激しい都市。所在の知れない人間一人を捜すのはかなりの難題だった。

「……気長にやるしかねーのかなぁ」

溜《た》め息《いき》一つ零《こぼ》し、それはまあ仕方がないかと自分に言い聞かせて、帰路につこうとした時だ。

「——待て！　待たんか！　この小汚い盗人《ぬすっと》が！」

背後から、野太い怒声が聞こえてきた。

「何事だよ」と思って振り返ると、遠くで肥満体質の高そうな服に身を包んだ男が顔を真っ赤にして走る姿が見えた。いや、本人は走っているつもりなのだろうが、傍《はた》から見れば歩いているのと大差ない速度だった。

いや、それはさておいて。

自分と同じように、男の声に何事かと振り返る通行人たち。その間を低い姿勢で縫うようにこちらに向かって擦り抜けてくる人影を見つけた。随分と襤褸《ぼろ》い服を着た、長い襟巻の子供だった。

（……なるほどな）

大体の事情を察し、トバリは少年が背後を窺《うかが》ったタイミングでひょいと僅かに立ち位置をずらした。すると、走っていた少年とほんのわずかにぶつかる。

（――これか）

ぶつかった瞬間、少年の服に硬い感触を見つけてするりと引き抜く。

同時にぶつかった少年を振り返り「おっと。気を付けろよ」と睨《にら》みつける。「ごめんなさーい！」という、実に言葉ばかりの謝罪が返ってきて、その姿はすぐ脇にあった路地の向こうへと消えた。

（五十歩百歩だな……）

その背中を見送りながら、トバリは手の中の財布を見てそう思いながら苦笑する。

其処《そこ》で漸《ようや》く、顔を真っ赤にしながら走っていた男が追いついてきた。

「くそ……何処《どこ》に、行き……おった……のだ」

全身で息をしながら周囲を見回す男に、トバリはひょいと近づいて財布を差し出した。

「探し物はこれか？」

「――ん？　なんだ貴様……って！　それは私の財布!?　お前、取り戻してくれたのか！」

「偶然、子供が落としていったんだよ」

勿論嘘《もちろんうそ》だが、そんなことは男に理解できないだろう。実際、男は財布を受け取るとトバリの言葉をすぐに信じて喜んだ。

「おお！　なんにしてもありがたい！　君、これは礼だ。取っておいてくれたまえ」

そう言って、男は財布から紙幣を一〇枚ほど手渡してきた。ちらりと財布を覗《のぞ》けば、財布が膨れ上がるくらいに札束が入っている。そりゃ掏摸《すり》に狙われるわけだ、とトバリは内心呆《あき》れつつも紙幣を受け取っておく。男は「感謝するよ、若いの」と、嬉々として踵《きびす》を返《かえ》していった。掏摸《すり》のことなどもう頭にないらしい。トバリは呆《あき》れて嘆息を零《こぼ》し――代わりに、視線を先ほどの掏摸《すり》が駆け込んだ路地に向けた。

「……さて、どうなってることか」

ほんの少し興味が湧いて、トバリは路地に踏み入った。薄暗い路地だ。人の姿は人っ子一人見当たらず、先ほどの少年の影も形もない。トバリは視線を僅かに下げた。路地の地面には煤《すす》が降り積もっていて、煤《すす》には真新しい小さな足跡が残っている。これでは見つけてくださいと言っているようなものだ。

「もうちょっと隠そうとしろよ――って、ガキに言うのは酷か」

にっ、と口《くち》の端《は》を吊り上げて、トバリは悠々と路地を進んだ。確かに足は速かったが、所詮は子供の足。路地を数度曲がった先に、少年の姿を見つけた。どうやら丁度検品するところだったようで、彼は手にした馬鈴薯《ばれいしょ》を見て呆《ほう》けているのが見えた。財布を掏《す》った代わりにと入れておいたものだ。重さだけなら似たようなものだったから気づかなかったのだろう。馬鈴薯《ばれいしょ》を手に得意顔した瞬間はなかなかに滑稽だった。

「――財布なら、もうおっさんのところに戻ってるぜ？」

そう、何気なく声を掛ける。すると少年は面白いぐらい肩を強張《こわば》らせて此方《こちら》を見た。その表情は『どうしてお前が此処《ここ》にいるんだ?』と言葉以上に如実《にょじつ》に彼の身上を物語っている。

「なんで俺が此処《ここ》にいるのか、って聞きたそうな顔してるな。答えは簡単。お前の後をつけたから。理由はそうだな――お前の手にある馬鈴薯《ばれいしょ》を返してもらいたいってところか」

「これ、お前の仕業なのかよ! 俺の財布は何処《どこ》にやった!?」

「勿論《もちろん》、持ち主に返した。別に無視しても良かったんだけど、面白そうだったからつい――な。掏《す》るのは得意でも、掏《す》られるのには慣れてなかったみたいだな」

「バ、バカにしやがって……!」

トバリの言葉に、少年は怒りを露《あら》わにした。この程度の挑発で簡単に煽《あお》られる辺りは年相応のようだった。のだが、

「――あのさぁ。あんまり俺を舐《な》めんなよ、外国人」

チャキ――という軽い金属音。ふと目を凝らしてよく見れば、少年の手にはナイフが握られていた。少年は手に取ったナイフを得意げに手の上で転がし、見せびらかすように刃をこちらに向けて来たのである。

「――何しに来たのか知らないけどさ。此処《ここ》が何処《どこ》か判《わか》ってんの? 掃き溜め通り《ローグ・ストリート》だぜ。お綺麗《きれい》な服や金とは縁のない奴《やつ》らの住処《すみか》なんだ。何処《どこ》の国から来たのかは知らないけどさ……興味本位で足を踏み入れたら、痛い目見るぞ?」

随分と堂に入った脅し文句だった。そして実に的を射た言葉でもあり、少年自身そのナイフを構

えた姿勢は、脅し文句も相まって充分様になっていた。ロンドンの事情を知らないただの旅行客なら、裸足《はだし》で逃げ出すかもしれない。

「ご忠告痛み入るよ、少年。で、そんな物騒なものを振《ふ》り翳《かざ》して何をするんだ？」

「なんだよ、はったりだと思ってるのか？」

「いいや、そんなことはないけどさ」

鋭い視線を向けてくる少年に対し、トバリは肩を竦《すく》めて微苦笑する。余裕の態度を崩すことはない。何せその程度の脅しなら、トバリにとっては日常と言っても過言ではないのだ。

一歩、前に出る。不敵な笑みを崩さずに、意識してゆっくりと少年へ近づいた。

対して、少年が一歩下がる。険しい表情で視線をより鋭いものに変えて「近づくんじゃねーぞ」と声を荒らげる。だけど、こちらを見る目には間違いなく焦《あせ》りの色が窺《うかが》えた。

「そう怖い顔するなよ。あんまり凄《すご》まれると──」

科白《せりふ》を零《こぼ》しながら、左手を閃《ひらめ》かせる。

黒いコートの裾が揺れる。

所作としてはそれくらい。

だが次の瞬間には──何も握られていなかった左手に、一瞬にして片刃の短剣が握られていた。

少年が手にしているような果物ナイフなどとは比べ物にならない、武骨で肉厚、ただ手に取るだけで威圧感すら与えるような、文字通り戦闘を想定して作られた武器である。

「──こっちも勢い余って抜いちまうだろうが」

そう言うと、少年の顔色が目に見えて青褪《あおざ》める。

まあそうだろう。何せ凄《すご》んでみせたところで、少年は掏摸《すり》である。脅すことに慣れていても、こうも露骨に敵対される経験はそう多くはあるまい。

勿論《もちろん》、トバリのほうにはそれ以上何かをするつもりはない。ないのだが……少年の反応に、ほんの少し悪戯心《いたずらごころ》がくすぐられたのも確かだが。

（さーて、どうしたもんかねぇ）

ついつい勢いで得物を抜いてしまったのだが……そのあとどうするのかは考えていなかった。少年の表情は焦《あせ》りと緊張でいまにも襲いかかって来そうな始末。

ちょっとからかいすぎたかと反省しつつ、そろそろ本格的にどうにかしよう――なんて考えていたときである。

「――あ、隙あり」

そんな覇気がない声と、共に。

突然、気配が出現した。

ぞわりと背筋に走る悪寒《おかん》。気配はすぐ傍《そば》――頭上から！

（――マジかよっ）

此処《ここ》まで気づかれずに接近されたのは久しぶりだった。

翻《ひるがえ》るように頭上を仰ぐ。同時に何かが背後に着地した——のを察した瞬間、殆《ほとん》ど反射で左手を一閃《いっせん》！

白銀の軌跡が虚空《こくう》を疾る！

手応えはなし。代わりにするりと脇を擦り抜けていく影一つ。

「ほら、走って」

声を追って視線を戻せば、少年と共に走り去っていく小柄な姿が映った。暗がりだが捉えた姿。鮮やかな朱色の髪を短く切《き》り揃《そろ》えて帽子を被《かぶ》った少女だ。

「——これ、貰《もら》ってく」

走りながら捨て科白《ぜりふ》と共にひょいと、掲げた手に握られているのは紙幣の束だ。先ほど男から貰《もら》った謝礼である。確認してみれば、確かにコートのポケットに入れていた札束はなくなっていた。

実に鮮やかな手腕だった。思わず感心して目を見張ってしまう。その間に、少女は少年を引き連れて路地の向こうへと姿を消した。

取り残されたトバリはというと——暫《しばら》くその場で呆然《ぼうぜん》と立ち尽くし、やがて所在をなくした短剣をコートの裏にしまって、

「お見事——の一言だな」

まさかああもあっさり背後を取られるなんて、思ってもみなかった。それに掏摸《すり》としての技術もかなりのものだった。見せられるまで全く気づけなかった。周囲の警戒を緩めていたつもりはなかったのだが、どうやら相手のほうが予想以上に上手だったようである。

やれやれと溜《た》め息《いき》を零《こぼ》し、トバリは買い物袋を手に踵《きびす》を返《かえ》す。取られた札束に関しては、別段気にしていなかった。元々降って湧いたような金である。自前の財布が無事なら、損得はない。

そんなことを考えながら歩き、表通りに戻ってきた辺りで、

「――ん？」

ふと、脳裏を過ぎるのは、先ほど少年と走り去っていったもう一人のほう。

目深《まぶか》にかぶった帽子で顔はいまいちはっきりとしないが、帽子から覗《のぞ》いた明るめの朱色の髪を含め、何処《どこ》かで見覚えがあった。

「……あー」

記憶を辿《たど》って、そういえばと思い出す。

会ったのはつい最近だ。

今着ている黒のコートとは異なる――愛用のコート。その修繕を頼んだ店で、そういえば。

トバリはなんとなしに立ち止まって、今出て来た路地を振り返る。そしてうっすらと口《くち》の端《は》を吊り上げて、

「――変なところで会うもんだなぁ」

そう、楽しげに言葉を零《こぼ》した。

Ⅳ

「莫迦《ばか》、間抜け、ドジ、お調子者。だーれだ」

「うっ……俺です」

「大正解《グレイト》」

アタシの言葉に、ハリーはばつが悪そうに顰《しか》め面《つら》になる。

あの現場に居合わせたのはほとんど偶然だ。ちょっとした御遣いの帰り道にほんの少し近道をと思って裏通りに入ったら、なんだか昔馴染《むかしなじ》みの孤児が我が物顔で目の前を走りぬけていったのが気になって後をつけただけ。

そしたら何やら厄介事の気配がした。

だから身を隠して様子を窺《うかが》っていたのだが……案の定、ハリーは問題《トラブル》にぶち当たっていたのである。

助けたのは成り行きだった。一瞬見捨ててもいいかと思った。どうせ身から出た錆《さび》ってやつだろうし、たまには痛い目にあってみるのも社会勉強かも――なんて思ったりもしたのだ。最初は。

だけどハリーがナイフを抜いた瞬間、アタシはその場で呆気《あっけ》に取《と》られてしまう。何せそれは完全に悪手だった。相手がなんにも知らない旅行者だったり、ちょっと正義感を働かせた間抜けとかならまあいい手かもしれない。だけど、ハリーと対峙《たいじ》していた男は悠然と構えていた。その時点で気づくべきなのに、ハリーは相手がただの旅行者と侮《あなど》って調子づいていたのが悪かった。

コートの男は不敵に笑って――そしていつの間にかその手に短剣を握っていた。すごい速さで。様子を窺《うかが》っていたアタシでさえ手品か何かと思ったほど。

救いだったのは、男の人はそれ以上何かをする気がなかったらしいってことだ。

もしあの人が本気になっていたら、ハリーなんて瞬《まばた》きしている間に殺されていたかもしれない。

そうならなかったのは、本当に運が良かったからだ。

「というか、ハリーさ。懲りずにまた掏《す》ってたんだ」

「またって言うな！　今日はたまたまそういう日だっただけで――」

「何にしても、孤児院《ホーム》の院長《マザー》と掏摸《すり》はしないって約束してなかったっけ？」

「うぐっ……そうだけど、さぁ」

きまり悪そうに視線をそらすハリーに、アタシは呆《あき》れて溜め息をついた。

「あとさー、ハリー下手糞《へたくそ》だよね」

「なっ!?　俺の何が下手だってんだよ！」ハリーは顔を赤くしながら叫んだ。

「――掏《す》るの。標的を見定めるのも。周りの注目も集めてた。あとハリー自身は注意力、低い？」

アタシは思ったままに言葉を口にした。一つ指摘するたびに、ハリーは「うぐっ」とか「ぐえっ」と潰れたカエルのような声を上げげた。これはなかなか面白い。

「それに脅す手段も悪い。あと、喧嘩《けんか》を売る相手も間違ってるっしょ。あのおにーさんがなんもする気なかったから今も無事だってこと、判《わか》ってる？」

「うえ、マジで？」

「うん、マジで」

アタシはしっかり頷《うなず》いてみせておいた。そうしないと、この莫迦《ばか》はきっと理解しないから。

「あのおにーさん、たぶんかなーり腕が立つよ。それこそアンタなんて赤子の手をひねるより簡単にやられちゃうくらいに」

「うげっ、ギャングかなんかかよ」

「かもねー」

アタシは適当に相槌《あいづち》を打つ。ハリーの言うことももっともだ。実際、ナイフを手にした相手を——たとえそれが子供であったとして——眉一つ動かさず泰然自若としている人間が一般人《カタギ》だとは思えない。

と同時に、アタシはあの男の人の姿を思い出す。

あの不敵な笑みと、まるでハリーを恐れなかった様子は、ほんの少し荒事に慣れている——なんて雰囲気じゃなかった。

（……あれはギャングっていうより——）

もっとこう、すごい争いごとに慣れているような。職業軍人《マーセナリー》のような人間が纏《まと》っている雰囲気に似ていた。

だけど、彼の姿は若かった。アタシよりも少し年上くらい。

そんな人が、戦争を生業にしているとは考えにくくて。

「うーん、判《わか》らん」

アタシは考えを放棄するようにそう零《こぼ》して、ポンとハリーの頭を叩《たた》いた。

「痛い！　何するんだよ、リズィ姉ちゃん」

「ハリーのせいで脳みそ使ったから、その仕返し」

「理不尽！」

「うるさいなー。それあげるからおとなしくしなよ。院長には、道案内のお礼とでも言えばいいし」

「へ？」アタシの言葉にハリーは間抜けな顔をして頭の上に叩《たた》きつけた札束を手に取った。「うお！　すげー大金！」と目を丸くするハリーに「あのおにーさんが持ってたやつだよ」と言っておく。掏摸《すり》は悪いことと説教しておきながら、アタシ自身同じことをしているんだから実に締まらない説教だった。

「へへ！　サンキュー、リズィ姉。あ、リズィ姉は孤児院に寄っていかないの？」

「残念だけど。アタシ、御遣いの途中だから。帰って報告」

──しないといけないからね。と最後まで言うのは面倒くさくなって、アタシはぽんぽんとハリーの頭を叩《たた》いた。

「だから叩《たた》くなっての！　あと、途中でしゃべるの面倒くさくなる癖いい加減直《なお》せよー」

「はいはい」

アタシは適当に頷《うなず》いて、もう一度ハリーの頭を叩《たた》いて「それじゃ、院長さんによろしくね」と言って近くの壁の出っ張りに足を掛けて、手を掛けて、するすると壁を登ってその場を後にする。

すると、

「リズィ姉、壁登りはほどほどにしないと、院長に怒られるぞ！」

という、やたら必死なハリーの叫び声が聞こえてきた気がしたけど、アタシは気にせず屋上に立って、街区の屋根を伝って走り出した。

風を切って疾駆《はし》る。

景色を置き去りにして、アタシは屋根から屋根をひょいひょいと飛び移っていく。

誰にも邪魔されず、周りを気にすることなく走れる屋根の上《このばしょ》が好きだ。

そんなことを思いながら、目的地に向かって殆《ほとん》ど一直線に走る。迷路のように広がるロンドンの路地も、屋根の上では無意味だ。

にやっと、口《くち》の端《は》を吊り上げてアタシは走った。

灰色の空。蒸気が満ちるロンドンの空の下を、アタシは気ままに走り抜けていく。

そうしてあっという間に店の近くにたどり着き、アタシは登った時と同じように壁の出っ張りやパイプなどを手掛かりにするすると地上に降りて行って。

コートに付いた埃《ほこり》やら煤《すす》やらを手で叩《たた》いて落としながら店のドアを開けた。

「ただいまー」

間延びした声に返事はない。

それはいつものことだ。

店主は無口で愛想《あいそ》がない厳《いか》めしいおっさんである。挨拶にうるさいくせに、自分は無口ってどういうことなんだろうなぁなんて考えながら店主を探し——どうやら、返事がなかったのは来客中だったからだと理解する。

店の奥——工房のほうで店主が誰かと話をしていた。アタシはひょいと中を覗《のぞ》き込《こ》み、

「あれ、院長？」

店主と対面している人物を見て、首を傾《かし》げた。

初老で丸眼鏡をかけた、質素な服に身を包んだ女性。其処《そこ》にいたのは、つい先ほどハリーとの会話の中に何度も出て来た孤児院の院長その人だ。

アタシの声で気づいたのか、二人が揃《そろ》ってアタシを見た。店主のほうは相変わらずの顰《しか》め面《つら》だが、院長のほうは花が咲いたように表情を綻ばせて、

「ああ、リズィ！　お帰りなさい。最近顔を出してくれないからどうしているのかと思っていたのよ。でも、見たところ元気そうね。ちょっと安心したわ」

「うん。アタシは元気だよ、院長。でもどうしたん？　店に来るなんて珍しい」

「そうね。でも、少しミスター・アレック……店主《オーナー》さんと話をしておかないといけないことがあったから」

「ふーん」

頬に手を当てて首を傾《かし》げる院長に、アタシは適当に相槌《あいづち》を打つ。店主の名前ってアレックだったのか。知らなかったな。なんて考えていると、そんなアタシをじろりと見据える店主と目が合った。

その視線が「さっさと報告しろ」と言葉よりも如実《にょじつ》に語っているのに気づき、アタシは溜《た》め息《いき》交じりに肩を竦《すく》める。

「ちゃんと届けてきた。あと——ほい」

言いながら、アタシは腰の鞄《ポーチ》から包みを取り出す。届け先から受け取った代金の入ったそれを受け取り、店主は「ご苦労」と短い労《ねぎら》いの言葉を投げて寄越し、

「直《じき》に、店じまいだ。今日はもう帰っていいぞ」

「うぃっす」

低い店主の言葉にアタシは頷《うなず》いた。壁にある時計を見ると、いつもより少し早い上がりだった。早めの晩御飯を食べに大衆食堂にでも行こうかなー、なんて考える。

「あ、待って。リズィ」

トコトコと荷物を取りに行こうとしたアタシを、院長が呼び止める。アタシは「ん？」と振り返った。

「最近ね、変な噂話《うわさばなし》をよく耳にするの。霧の深い夜に出歩くと、行方不明になるって。聞いたことはない？」

その噂《うわさ》なら、何度か聞いたことがあった。

(えーと、なんだっけ？　確か——)

深い霧が立ち込める夜、出歩いていた人がいなくなる。

いなくなった誰かは、別の日の霧の夜に街を彷徨《さまよ》っている。

だけど、それはもう別の人。

その人であって、その人ではない。

心を失った彷徨う存在《レヴェナント》。

魂を失った彷徨《さまよ》う存在。

霧の夜に攫《さら》われて、霧の夜を歩く生きた亡霊《レヴェナント》。

霧の夜に喰《く》われて、霧の夜に迷う哀れな亡者《レヴェナント》。

深い霧が立ち込める夜、決して外に出てはいけない。

いなくなった誰かに出会ったら、今度は貴方《あなた》がいなくなる。

次に貴方《あなた》がいなくなったら、次は貴方《あなた》が別の人《レヴェナント》になるから。


（——……だっけ？）

最近よく聞く、まるで語り詩《うた》のような噂話《うわさばなし》。

実に現実味のない話だった。確かに霧の夜は危ないし、ホワイトチャペルの特にひどい場所なんかになれば、人攫《ひとさら》いなんかもいると聞くけど——流石《さすが》にお粗末《チープ》すぎると聞き流していたやつ。

アタシはそう見切りをつけていた話なのだが、どうやら院長のほうはそうではなかったみたいで。

「実際、院の近くでも人がいなくなっているし……貴女《あなた》の周りは大丈夫？　変な事件とか起きていないかしら？」

院長の言葉に、アタシは「んー」と唸《うな》りながら記憶を辿《たど》ってみる。

だけどアタシの近所付き合いというのはなかなかに希薄で、オンボロの集合住宅《アパルトメント》は人の出入りも激しいからあまり気にしたことはなかった。

「あんまり聞かないなぁ。それに孤児院のある貧民街じゃ、人がいなくなるなんて珍しくないいんじゃ？」

「そうだけどね。でも、気を付けておくに越したことはないと思うわ。夜遅くに一人で出歩くのは控えてね。そうでなくとも、リズィ。貴女《あなた》は女の子なんですから――」

「――あ、うん。判《わか》った。気を付ける」

話が長くなりそうな気配を感じて、アタシは早々に話を切り上げるために取《と》り敢《あ》えず納得したふりをして頷《うなず》いておくことにした。だって院長、説教長いし。

「本当に大丈夫かしら……」という院長の心配する声を余所《よそ》に、アタシはいそいそと受付の隅に置いていた肩かけ鞄《かばん》を手に取って、「そいじゃ、また――」明日とまで言い切らずに店を後にした。

「最後までちゃんと言わんか……」という、呆《あき》れた様子の店主の声が聞こえたような気もするけど、アタシは聞こえないふりをして颯爽《さっそう》と店を後にした。

――そう。このときアタシは、院長の言葉なんて気にも留《と》めていなかったのだ。

もしも――

もしもこの時、アタシが院長の言葉をしっかりと気に留《と》めていれば。

もしも――

もしもこの時、アタシがもっとたくさんのことを気にかけてさえいれば。
なにか。
なにか、結果は違っていたのかな？

V

——ゴゥンゴゥンゴゥン
今日も大機関の音が何処《どこ》からともなく鳴り響く。天気は最近にしては珍しい晴れ模様。機関式音声放送機《エンジン・ラジオ》でおなじみとなった司会者もそう言っていたからまず間違いない。尤《もっと》も、ロンドンの晴れというのは、灰色雲が薄くなり、普段よりいくばくか明るい——という程度の違いなのだが、それでも晴れと感じる辺り、だいぶこの都市に染まってきたようだと他人事《ひとごと》のようにトバリは思う。

——『怪奇！　発条《バネ》足ジャック再びか！』——

「——発条《バネ》足のジャックねぇ。確か一昔前にロンドンを騒がせたやつか。これが極東だったら発条《バネ》足一郎とか、発条《バネ》足権兵衛《ごんべえ》になるのか？　やべぇ、語呂悪いなぁ」

居候《いそうろう》している集合住宅の一室。その客間兼書斎でそんなことをぼやきながら大衆新聞に書かれている見出しの一つを適当に眺めていると、奥の部屋からけたたましい騒音が聞こえてきた。そしてその音が徐々に大きくなっていくことに気づくと、トバリはそっと紅茶のカップを手に取り、長椅子から立ち上がった。以前使っていたカップを壊してしまったとき、そのカップが一つで数十万もする品だと後から知って以来、トバリはこの家の食器を使う際は細心の注意を払っている。そして今はまさに、その細心の注意が必要となる瞬間だった。

この音は碌《ろく》でもないことの前触れだ。主にこの客間兼書斎にいる人間が害を被る類の——即《すなわ》ち、現状そうなるのは間違いなく自分であることを理解しているトバリは、そそくさと部屋の隅まで歩き、隣の部屋に通じる扉を開いて身を隠した。

そして腰を下ろして手にしている紅茶を一口飲んだ——その瞬間、まるで爆薬が吹き飛んだかのような轟音《ごうおん》が襲った。

今しがた開け閉めをした扉が、黒煙を引き連れながら吹き飛んでいく様を何処《どこ》か夢うつつの出来事のように眺めるトバリだったが、そうは問屋が卸さない。

「ゲホッ！　ぐはっ……トバ——ゲホッ！　トバリ！　何処《どこ》にいる？　今すぐ窓を開けてくれ！　煙……ゴフッ！　煙で何も見えないのだ！」

煙の向こうから、雇い主様が必死の思いで名を呼んでいた。トバリはやれやれと溜《た》め息《いき》を零《こぼ》しながら、取《と》り敢《あ》えず手近にあった窓を開ける。閉め切っていた空間に新鮮な空気が入り込み、入れ替わるように隣室から吐き出されていた煙が窓の外へ排出されていった。

やがて室内の煙が薄れて、漸《ようや》く視界が開けた頃、トバリは空になったカップと読みかけの新聞を手に書斎に戻る。其処《そこ》には若干焦げ臭くなった紳士が一人立っていた。

「――よう、ヴィンセント。随分男前になったな」

「ゲホッ……うぐ。失礼だな、これでも昔は社交界を騒がせた美男子だったのだ。男前で当然だろう」

何処《どこ》かとぼけた返事をする雇い主にして古の錬金術師――ヴィンセント・サン＝ジェルマンは、衣服に付いた煤《すす》やら灰やらを手で叩《たた》きながら肩を竦《すく》めてみせる。「そういう冗談いらねーから」と嘆息しつつ、トバリは書斎の奥にある扉に視線を向けた。その扉は、ヴィンセントの研究室に繋《つな》がるもので、今は書斎すら飲み込んだ凄《すさ》まじい黒煙を吐き出している最中である。

「今度はなにやってたんだ？」

「なーに。ちょっとした装置を作っていたのだよ。まああれだ。機関式の武器だ」

彼はこともなげに言い放つ。しかし一口に機関式の武器というが、作っているのは稀代《きたい》の怪人であり、並外れた知識を持つ錬金術師である。どうせ碌《ろく》でもないものを拵《こしら》えているのは想像に難《かた》くない。

「……なんでもいいが、失敗して爆発させるのは勘弁してくれ。いちいち避難するこっちの身にもなれよ」

「こんな予定ではなかったんだがな……どうやら配線を間違えたらしい。いやはや、流石《さすが》は今の社会の基盤とされる機関機械《マシーン》――なかなか言うことを聞いてはくれない。まったく興味深い限りだよ」

「その現代社会の基盤たる機関を、たった数カ月で自作し始められちゃあ、先人たちは立つ瀬がないな」

新しい紅茶を淹《い》れ直しながら、トバリは呆《あき》れ顔《がお》でそうぼやく。そんなトバリのぼやきを余所《よそ》に、ヴィンセントは苦笑いしながら執務机《レゾリュートデスク》の上を舞う羊皮紙やら新聞の記事やらを拾い集め、そしてふと思い出したように言った。

「そう言えば、この前修繕に出した君のコート、そろそろ直っている頃だな」

「あー……そういえばもうそんな日取りか」

言われてトバリも思い出す。愛用していたコートは、ヴィンセントの引き受けた無理難題な仕事《ビズ》のせいで、見るも無残なことになったのだ。

「しかしあのじいさん、そんなに腕がいいのか？」

「保証するとも。彼は腕のいい技術者だ。昔は色々な発明や研究に挑戦しては特許を取っていたものだよ。有名どころで言えば——そう。例えばあれだな」

そう言って、ヴィンセントは部屋の片隅を指さした。トバリはその指が示す先に視線を向けると、其処《そこ》には機関通話機があった。

「今でこそ、超大型演算機械《オルディナトゥール》による情報伝達技術によって普及しているそれも、原型《アーキタイプ》は彼の作ったものだな。アレクサンダー・グラハム＝ベル。世が世なら、彼の名前は恒久的に世界に刻まれたかもしれない——それほどの才能と情熱を持つ傑物だよ。まあ、彼の目指したものの多くはどうにも蒸気機関と相性が悪くてね……結局、異端として市井に埋もれる結果となったわけさ」

今使っている黒いフーデットコートは修繕している間の代替品である。使い勝手は悪くないのだが、やはり請負屋《ランナー・ビズ》の仕事をするときはあのコートのほうが色々便利だったりするのだ。

「――そういや、あの店の店番してた娘にこの間会ったぜ？」

コートを預けた仕立屋のことを考えていると、芋づる式に数日前の出来事を思い出す。

「店で見たときはぼけっとしてるように見えたんだがな。ありゃなかなかの食わせ物だぜ」

「アレックのところの、あの小柄な娘かね。その口ぶりからすると、何か一悶着《ひともんちゃく》あったのかな？」

「ポケットの中身を掏《す》られた」

「ほっほっ！」

簡潔に告げると、ヴィンセントは猛禽《もうきん》の如《ごと》き目を丸く見開いて声を上げる。

「君ほどの手練《てだ》れが！　近づかれたことに気づかず、挙句に衣嚢《ポケット》の中身を盗まれるとは！　なかなかその娘、腕が立つじゃあないか」

「あー……まあ、別のを相手にしてて油断してたのは認めるさ」

「そんな風に、自分の失態《ミス》をしっかりと認識できるところが君の美徳だ」

微笑するヴィンセントに、トバリは言葉を口にし難《にく》い気持ちになって眉を顰《ひそ》めた。「そういうのはいらねぇよ」と悪態を零《こぼ》しつつ、トバリはカップを長テーブルの上に置いてヴィンセントを一瞥《いちべつ》する。

「なんでもいいけど、そろそろ仕上がるんなら受け取りに行こうぜ？　どうにもあれじゃないと身が引き締まらない」

言うと、ヴィンセントは納得した様子で鷹揚《おうよう》に頷《うなず》いた。

「衣装というのは職務においては非常に重要な要素の一つ。その人物を象徴するものだ。ましてや君は、鋼鉄の怪物を狩る鮮血の狩人《かりゅうど》——黒衣では様にならないというものだよ」

「まあその狩人《かりゅうど》の象徴は、誰かさんの無茶ぶりに次ぐ無茶ぶりのせいで風穴開いちまったんだがな」

皮肉と共に口《くち》の端《は》を吊り上げる。「だから然《しか》るべき店でしっかりと直してもらうのだろう……」

と、ヴィンセントは僅かに視線を逸《そ》らして咳払《せきばら》い一つ零《こぼ》し、

「兎《と》に角《かく》だ。最近やけに大人しい気がする。何かの前触れかもしれないな。急ぐように一報入れるか……」

そう言って機関式通話機《エンジンフォン》の受話器を手に取ってダイヤルを回した。その様子を端目に、トバリは読みかけの新聞に改めて目を通す。

先ほどの発条《バネ》足ジャックの記事だ。

どうやら二週間前から、郊外や貧民街のほうで三〇を超える目撃情報が上がっていたのだそうだ。

しかしロンドン警視庁《スコットランド・ヤード》の対応は見回りの強化のみで、大した捜査はされていなかったらしい。

しかし数日前、ついにロンドンの中心区でも目撃情報が上がったことによって、ロンドン警視庁は重い腰を上げて本格的な調査に乗り出したらしい。しかし未《ま》だ目に見えた成果は上がっていない——という内容だ。

(——そんな奴《やつ》、本当にいるのか？　って、そういや俺も二代目なんて一時期言われてたわ)

ロンドンにやってきて間もない頃の自分を思い出して苦笑を零《こぼ》していると。

「――トバリ」

緊張を孕《はら》んだ声で名を呼ばれ、トバリは新聞から視線をゆっくりとヴィンセントへ向けた。

視線の先では、丁度受話器を元に戻したヴィンセントがにんまりと微笑《ほほえ》んでいる。それはまるで物語に登場する悪役《ヴィラン》のような微笑だ。

それは彼にとって面白みのある展開が起きていることを意味している。そして、トバリにとっては面倒な厄介ごとが降って湧いたこととイコールだ。

言葉なく、視線だけで「何だ？」と言葉を促す。ヴィンセントは笑みを深めながら口を開いた。

「――仕事《ビズ》だ。場所は貧民街近くの孤児院。其処《そこ》の院長含めた孤児一七人が死んでいるのが発見された。現場は半壊状態。死体のほとんどが原形を留《とど》めておらず、凄惨極まりない状況だそうだ。ヤードたちは労働種の仕業と考えているらしいが……」

「お前はそうは思わない？」

「私はそう考えているよ。しかも聞く話によれば、その孤児院の孤児が一人、事件の二日前に行方不明になっている。賢明なレストレードならばすぐに判《わか》るだろう。これは、労働種の仕業でもなければ、ヤード如《ごと》きがどうこうできる事件ではないとね」

ヴィンセントが口にした言葉をしっかりと頭の中で整理して噛《か》み砕《くだ》き、トバリは僅かに視線を鋭くしながら言った。

「……奴《やつ》らか」

「だろうな。言っただろう。何かの前触れかもしれない――と」

くつくつと笑うヴィンセントに、トバリはうんざりとした様子で立ち上がる。

「楽しそうに笑うなよ、ったく。っていうか、なんで仕立屋に連絡したはずなのに、そんな物騒な話が舞い込むんだよ」

「アレックは孤児院と懇意だった。余った生地などで服を作り、提供していたんだよ」

「あのオッサンの義理人情に乾杯。今どきなかなかお目にかかれない善行だな」

ヴィンセントが差し出す紙片《メモ》を受け取りながら、肩を竦《すく》めてそう苦笑を零《こぼ》す。

メモに書かれている住所と頭の中のロンドンの地図を照らし合わせながら、さてどうやって行くかと考えながら踵《きびす》を返《かえ》す。その背に、「ああ、それと――」とヴィンセントが声を掛けた。

「なんだよ。まだ何かあるのか？」と首を傾《かし》げる。ヴィンセントは頷《うなず》きながら言った。

「なんでも、アレックの雇っていた店番の娘。彼女もその孤児院の出身らしくてな。事件の話を聞いたら飛び出していったそうだ。可能ならば探してくれ、と頼まれている」

「……それも仕事《ビズ》？」

「勿論《もちろん》。これも仕事《ビズ》だ」

満面の笑みで頷《うなず》くヴィンセントの言葉に、トバリは辟易《へきえき》した気持ちで天井を仰ぎ、一〇秒近く溜《た》め息《いき》を吐いてから「……りょーかい」と諦めの科白《せりふ》を零《こぼ》したのである。

VI

霧を待っていた。

深い深い霧が、ロンドンを覆うのを。息を殺して、じっと身を潜めて獲物を待ち続ける狩人《かりゅうど》のようにアタシは待っている。

そして——深夜になる。

都市の気温が下がって、蒸気とは違う——視界を呑《の》むような霧が、辺りを霞《かす》ませて。

ホワイトチャペル駅の上から、アタシはロンドンの街を見ていた。

意識、研ぎ澄まして。

(——何処《どこ》にいるの)

アタシはただただ耳を澄まし、目を凝らす。

ここいら一帯はロンドンでも屈指の無法地帯。逃げる売春婦の悲鳴に、それを追う女衒《ぜげん》の怒号。

安酒に溺れて騒ぐ酔っ払いに、そんな前後不確かな相手を襲って身包《ぐる》みを奪う追剥ぎ。人殺しだって珍しくなく、ほんの些細《ささい》なことで殺し合い、断末魔が何処《どこ》からか響くのだ。

そんな無数の声の中には耳もくれず——ただ、彼方《かなた》を見据える。

じっと、じっと。息を殺して、一瞬の気も緩ませずに。

そして――

――キャアアアアアアアアアアアアアアア

何処《どこ》からか聞こえて来た悲鳴。そして続く、何かが地上から飛び上がっていく影――それが見えた瞬間、アタシは勢いよく駆け出した。

撃ち出された銃弾さながらに、アタシは壁や配管なんかのすべてを足場に変えて、飛び上がった影を一心に追う。追いすがる。

(――逃がすもんかっ)

脳裏に思い浮かぶのは、一昨日の朝。懐《なつ》かしの孤児院があったはずの場所に広がっていた、信じがたい光景。

店に出て来たアタシに店主が、普段の一〇倍険しい表情を浮かべながら告げられた言葉は、信じがたい言葉だった。

――小娘、落ち着いて、よく聞け。孤児院の皆が……殺された。

その言葉を耳にした瞬間、アタシの頭は真っ白になった。

そして気づいた時には孤児院の目の前に立っていた。どんな風に走ってきたのかは覚えていなくて、ただ全身で息をしながら目の前の光景を呆然《ぼうぜん》と見ていた。

クレアも。アリンも。コニーも。ジャックも。レイも。アーニャも。他の皆も……元の形が判《わか》らないくらいぐちゃぐちゃで。千切れた指が、誰のものかも判《わか》らない。

それに、院長も。

ほんの数日前に顔を合わせて、心配そうにアタシを見送った院長。その院長の顔は、半分なくて……。

「――ああ……うああ……っ！」

いつも院長の首に下がっていた十字架《クロス》を拾いながら、アタシは言葉にならない呻《うめ》き声を漏らして。

なんで？　なんで？　なんで？

アタシの頭の中はそんな言葉で埋め尽くされる。

だって、おかしいじゃない。どうしてみんなが死んでいるのか。どうしてみんなが殺されたのか。

誰が、どうして？　何のために？

(ふざけんな……っ！)

頬を伝う涙を拭うこともせず、アタシは胸の中で怒りを叫んでいた。全身の血が沸騰したような怒りで身体《からだ》が焼けるような錯覚すら覚える。

そして、そんなアタシの耳に聞こえたのは、近くで検分をしていた警官《ヤード》の話し声。

「――ホントか？」

「はい。近くの住民が目撃しています。異様に手足の長い怪しい奴《やつ》が奇声を上げながら跳んできたと――まるで発条足《バネ》ジャックのようだと騒いでいました」

「莫迦《ばか》を言うな。発条足野郎《スプリングホッパー》なんざ噂話《うわさばなし》に過ぎん」

「す、すいません。あ、それともう一つ。近くの住人の証言なのですが、なんでも悲鳴が上がってすぐ、襟巻《マフラー》を巻いた人影がいたとか……」

「此処《ここ》の孤児か？」

「それはまだ判《わか》りませんが――」

「そいつを調べるのがお前たちの仕事だろうが！」

仏頂面《ぶっちょうづら》の警官が怒号する中、アタシは彼らの話を頭の中で反芻《はんすう》する。

警官の一人が言っていた、発条足《バネ》ジャック。確か最近またロンドンを騒がせている怪人の名前だ。奴《やつ》が皆を殺した？　いや、それよりも、

(襟巻を巻いた……まさか、ハリー？)

ハリー。つい数日前、市街のほうで掏摸《すり》をしくじってた彼。いつもアタシの後をちょろちょろついてきて、アタシの真似《まね》をしていた男の子。襟巻をひらひらさせて、何処《どこ》か小憎たらしい笑みを浮かべていた少年。

生きているの？　なら、どうして此処《ここ》にいないの？

「まさか……」

脳裏に過ぎった可能性に、アタシは息を呑《の》む。

それはほんの一瞬前に自分で考えていたことだ。身を焼くような怒りと共に、心の中で強く強く

噛《か》み締《し》めた言葉と意思。

——絶対にこの手で捕まえてやる。そして、仇《かたき》をっ！


彼も、ハリーもそう思ったのだろうか。

いや、どっちにしても同じこと。

ハリーを捜すのも、犯人を捜すのも。

アタシにできることを。アタシがやりたいことを。


そうしようと決めた、自分の心に従うだけ——。


屋根の上に跳び上がる。狭い路地の壁と壁を足場に、三角跳びを何度も繰り返して。ブーツの靴底が硬い壁を噛《か》み締《し》めるのと同時に、力強く踏み抜く。身体《からだ》を持ち上げるように、強く、だけど軽やかに。

霧が深い。注意して目を凝らさないと、すぐに見失ってしまう！

アタシは走りながら霧の向こうを凝視して。

——影が、地上から空高く跳び上がる！

距離はさっきよりも近づいていた。跳び上がって地上に降り、再び跳び上がる飛び跳ね野郎《ホッピング》と、屋根の上を走り続けるアタシ。結果として、アタシのほうが徐々に距離を縮めていく。

だけど、同時に胸騒ぎを覚える。

だってそうだ。今走っている場所には覚えがあった。

この道筋は、アタシがよく走っている道筋だ。店に遅刻しそうなとき、オンボロの集合住宅から近道として走っている道そのままで。

(――まさか……っ！)

脳裏に過ぎる予感に、アタシは背筋が凍りついたような錯覚を覚える。どうか、どうか間違いであってほしい。

そう、強く祈りながら。

だけど、やっぱり神様は意地悪だ。いや、信じたことなんてないけれど。

アタシの祈りを裏切るように、発条《バネ》足野郎は一層強く空に跳び上がり、そして狙い澄ましたように一軒の家へと飛び降りていく。

そして気味の悪い笑い声を上げながら、その家の屋根を粉砕して、影の姿は家の中へと吸い込まれていった。

「やめろぉぉぉぉぉ！」

アタシは叫んだ。

叫びながら、発条《バネ》足野郎の後を追うように屋根から飛び降りる。背の低い建物へ次々と飛び移り、地上に降り立つ。着地に失敗して思い切り転んでしまったが、そんなのは気にならなかった。アタシは転んだ勢いのまま立ち上がって、扉を開けて店に入る。

「――店主《オーナー》！　店主、何処《どこ》！」

普段なら絶対出さないような声を張り上げて、アタシは店の主を――雇い主の姿を探す。

「……喚《わめ》くな、小娘」

そんな科白《せりふ》と共に、店の奥から厳《いか》めしい表情をした店主が姿を現した。アタシはその姿を見て安堵《あんど》の息を零《こぼ》す。だけど、その額と左腕から滴《したた》る真新しい血を見た瞬間、「ちょっ、大丈夫なん！」と悲鳴にも似た声を上げて駆け寄った。

（アイツは――ッ！）

よろけた足取りの店主を支え、アタシは辺りを見回す。先程屋根を突き破って侵入したらしい影は見当たらない。理由は判《わか》らないけど、今はそんなことはどうでも良かった。取《と》り敢《あ》えずは店主を連れて逃げることのほうが先決だった。

「店主、歩ける？　取《と》り敢《あ》えず、此処《ここ》を離れよう」

「その意見には賛成だが……果たして逃げられるか……」

「らしくない弱気な科白《せりふ》はいらないっつーの。早く！」

そう言って店主を引っ張ると、彼は自嘲するような笑みを口元に浮かべた。

「弱気になるなか……それができたならば、こんな路地裏で仕立屋などしていなかっただろうにな」

「？　なにそれ、意味わからん」アタシは首を傾《かし》げると、店主は「独り言だ。気にするな」と言って歩き出した。アタシもそれに倣《なら》って店の玄関から外に出る。

濃い、そして深い霧が辺りに立ち込めていた。ロンドンでは大して珍しくもない現象。昼は蒸気に、夜は霧に呑《の》まれるなどこの街の常だが……何故《なぜ》だろう。今日は、今夜だけは何故《なぜ》かその当たり前の光景が、酷《ひど》く恐ろしいものに見えて。

――ぞくり

背中に冷たい感覚。いや、悍《おぞ》ましい気配のような何かが、まるで足元から這《は》い上《あ》がってくるような――そんな悪寒《おかん》。

同時に。

霧の向こうから姿を見せる、人影一つ。

小柄な、アタシよりも少し低いくらいの背丈。ゆらりとした足取りで、ゆっくりと此方《こちら》に近づいてくる。

立ち止まるアタシたちの前に姿を見せる、襟巻姿の襤褸《ぼろ》を着た子供――

「――……ハリー？」

見間違えるはずがなかった。

それは、孤児院で一緒に育った少年だ。アタシの後をちょろちょろとついて歩いて、悪さばかりしていたあの子だった。

生きていた。

あの孤児院の酷《ひど》い有様《ありさま》の中、たった一人だけ生きていた仲間の姿に、アタシは感極まって飛びつきたい衝動を必死に抑えながらその名をもう一度呼ぼうとして――

「――待て、小娘」

店主が、強い語気で言った。

その声は悲痛なほど険しく、まるで何かを押し殺したような息の詰まる声音だった。

アタシは店主を見上げる。その表情は普段のそれとはまた異なる色の険しさを宿していた。いや、険しい――というよりも。その表情は、まるで目の前で親兄弟を殺した相手に遭遇したような、憎《ぞう》悪《お》に満ちたもののように見える。

（――どうして、そんな顔を……）

見たこともない店主の顔から視線を外し、アタシはもう一度ハリーに視線を向ける。今度はゆっくりと、様子を窺《うかが》うようにして。

髪の色も、髪型も。顔だちも背格好も、どれを見てもアタシの知っているハリーそのものだ。

だけど――ああ、だけど。

アタシは気づいた。気づいてしまった。

まるで生気のない青白い肌。

焦点のあっていない、濁った瞳。

ふらふらと、まるで酒に溺れた酔っ払いのような足取り。

そして――ハリーの顔に張り付いている表情を見たとき、アタシは先ほど感じた悪寒《おかん》の正体を知った。

——嗤《わら》っていた。

口《くち》の端《は》から唾液を垂れ流し、舌をべろりと口の中から出しながら、にったりと。

正気ならざる笑みだった。

狂気に塗れた笑みだった。

(——ハリーじゃ、ない!?)

殆《ほとん》ど直感で、そう理解する。

あれはハリーじゃない。いや、見た目はハリーだ。アタシの知っているハリーそのもの。だけど——ああ、だけど!

「取って喰《く》われたか……」

言葉を失うアタシの隣で、店主が低く呻《うめ》いた。

その言葉がどういう意図で口にした科白《せりふ》なのかは判《わか》らなかった。だけど、その言葉の意味は十分に理解できる。

脳裏に過ぎるのはあの噂話《うわさばなし》。

霧の夜に消えて、そして別人になるという都市伝説。

「そんなこと……ホントに——」

殆《ほとん》ど呻《うめ》き声のようなアタシの言葉に、店主は静かに、だがはっきりと耳に届く声で言った。

「ある。あるのだ。少なくとも、私はそのことを認識《し》っている。あれは、噂話《うわさばなし》などではない。そして――今まさに、それは目の前に存在《い》るのだから」

店主が言い切ると同時。

まるでそれを待っていたかのように、ハリーが――ハリーであったものが声を高らかに嗤《わら》った。


きゃははははははははははははは――！


奇声を発して、哄笑《こうしょう》を上げる。

そして、それは姿を現した。

まるで破けるように、ハリーの四肢が弾《はじ》け、そこからぞ、ろぉおりと長く伸びる、折りたたまれた鋼鉄《クローム》の手足。

人間のような、だけど人間ならざるクロームの四肢を閃《ひらめ》かせ、ハリーであったものは勢いよく頭上高くに跳んで――

そして、アタシたちの目の前に――本当に目の前に降り立った。

ガシャァァァァン！　という騒々しい金属音と共に、鋼鉄の四肢を持った怪物が降り立つ。

ボロボロの服以外の、本来人の肌である場所のすべてが、鋼鉄に彩《いろど》られた異形。

身体《からだ》のあちこちから蒸気を噴き出し、まるで魂のない硝子《ガラス》のような双眸《そうぼう》を赤く輝かせた、それは

クロームの怪人。即《すなわ》ち、

「――……発条《バネ》足ジャック」

見上げるほど背の高いその鉄の人型を目の当たりにし、アタシはその名を口にした。


きゃははははははははははははは――!


怪物が笑う。ハリーの顔をしたクロームの怪人が、まるで何かを楽しむように笑い声を上げた。

いや、何か――なんかじゃない。

こいつがしようとしていることなんて一つだ。

脳裏に蘇《よみがえ》る、孤児院の凄惨な有様《ありさま》を考えれば、すぐにでも判《わか》る。

アタシは殆《ほとん》ど反射で店主を突き飛ばすようにして一緒に横に跳んだ。

同時に、発条《バネ》足ジャックがその発条《バネ》仕掛《じか》けの腕を振り下ろす。一瞬前までアタシたちが立っていた場所が、鋼鉄の腕の先に備わった鋭い爪で深々と抉《えぐ》られていた。

「――殺す気?」

「ああ、そうだ」

アタシの言葉に応えるように、店主がそう言った。

「こいつらは――最早《もはや》人ではない。こいつらは――レヴェナントはただ殺すだけの怪物だ。そしてこいつらは大体、自分に近しかったものや、生前の自分を知っている奴《やつ》らを始末することから始める。生前《じぶん》を知るものを消すことで、真《まこと》に殺戮のための怪物《マーダー・メーカー》になるように造られている。だから孤児院の連中を殺したんだ」

そう告げながら、店主は忌々《いまいま》しそうに発条足《レヴェナント》ジャックを睨《にら》んだ。

「こんなものすら生み出せる——だから蒸気機関は気に食わんのだ」

「なに？　それ」

「独り言だ——小娘、さっさと逃げろ。今ならまだ、間に合うかもしれん」

言って、店主は懐《ふところ》から何かを取り出す。それは鈍く輝く金属の塊。小口径の六連発式の回転弾倉式拳銃《リヴォルヴァ・ピストル》だ。

「待って、店主！　そんなのでこいつを倒せると思う？　どう見ても無理だって！」

「無理かどうかなどどうでもいい。私はこれ以上、蒸気機関でできたものに、私の大切なものを奪われるのは我慢ならんのだ」

そう言って、店主は銃口を発条《バネ》足ジャックに突き付ける。だが、それよりも発条《バネ》足ジャックのほうが早く動いていた。

発条《バネ》足ジャックの一歩が、瞬《またた》く間《ま》に距離を詰める。伸縮する足の発条《バネ》でその名の如《ごと》く跳ぶように距離を詰めた発条《バネ》足ジャックが、凄《すさ》まじい勢いでその腕を薙《な》ぎ払《はら》う！

アタシはとっさに店主を抱きかかえて跳んだ。

薙《な》ぎ払《はら》われた腕は店主から逸《そ》れ、その背にあった煉瓦《れんが》の壁を容赦なく粉砕する。破片が無数に飛び散り、散弾のようにアタシたちを襲った。

「ぐうっ!?」

背中を打つ激痛に悲鳴を上げる。それでもどうにか耐えながら、アタシは店主と共に発条足《バネ》ジャックを見た。

見ればもう、発条足《バネ》ジャックは跳躍に入っていた。凄《すさ》まじい勢いでこちらに迫り、既に腕は振り上げられている。

（――避けられない！）

そう確信したアタシは、店主にしがみ付いたまま強く目を瞑《つぶ》り、迫る死にどうにか耐えてみせようとする。

だけど。

「あれ？」

いつまでたっても予想していた痛みも衝撃も襲ってこなかったことに、アタシは不思議に思って目を見開く。

すると其処《そこ》には――

「たーく、ロンドン中探し回った挙句、元の場所にいるとかさー。手間かけさせすぎだろうよ、小娘《ガキ》」

右手に肉厚の刃を持った短剣を手に、発条足《バネ》ジャックの腕を受け止めながらこちらを振り返る、あのおにーさんが不機嫌そうな顔で立っていた。

Ⅶ

ぎちり――と。

あたかも金属の軋《きし》むような、軋轢《あつれき》の音。

怪物の腕と、自分の短剣。まるで鍔迫《つばぜ》り合《あ》いのように力は拮抗《きっこう》し、一進一退という状況だ。

発条《バネ》仕掛《じか》けの手足を持つレヴェナントが、爛々《らんらん》と輝く赫眼《かくがん》でこちらを見据えていた。トバリは口《くち》の端《は》を吊り上げて笑みを作る。

鋼鉄《クローム》の怪物と睨み合うこと数秒――先に動いたのはトバリのほうだった。

鬩《せめ》ぎ合っていた力を軽く横に受け流す。

同時に手首を捻《ひね》り、短剣を翻《ひるがえ》して怪物の腕に叩《たた》き込《こ》んだ。

「――フッ！」

気合一閃《いっせん》。呼気と共に閃《ひらめ》く斬撃。しかしレヴェナントの硬い身体《からだ》は、容易《たやす》くトバリの刃を受け止めて弾《はじ》き飛《と》ばす。

（かなり硬いな……だがなぁ！）

だが、それでも威力は殺し切れない。体重移動も計算に入れた、洗練された体捌《さば》きと組み合わさった力強い一撃に、発条《バネ》足の怪物は後退りしながらよろめいた。

「そら――よっ！」

其処《そこ》に更にもう一撃。今度は刃を振り抜いた勢いそのままに、旋回からの蹴足《けそく》をどてっぱらに叩《たた》き込《こ》む。

ブーツの底から感じ取るしっかりとした手応えに笑みを深めながら、トバリは蹴り込んだ足を一気に振り抜く！

同時に発勁《はっけい》を込めることも忘れない。ただの人間ならば、それだけで致命傷になりえる一撃だが、あいにく相手は鋼鉄でできた人ならざる怪物。人を殺しうる技であろうと、遠慮してやる必要はない。

パンッ！　という空気が弾《はじ》けるような音が蹴り込んだ足先から響く。同瞬、蹴りを叩《たた》き込《こ》まれたレヴェナントが、まるでクリケットのバットで打たれた玉のように吹き飛んでいく。

ガシャンガシャンと激しい金属音を響かせて、レヴェナントが路地を転がる。その様子を端目に見ながら、トバリは振り返って倒れる二人に駆け寄った。

「怪我《けが》は？」

訊《たず》ねると、キャスケット帽の娘が「アタシは無事」と端的に答えた。

「簡潔で結構――さて、ミスター・グラハム＝ベル。アンタは？」

「見て判《わか》らないのか。頭と腕に軽傷だ。血は出ているが、見た目ほどではない」

そう言って、仕立屋の店主アレックこと、アレクサンダー・グラハム＝ベルは忌々《いまいま》しそうに顔を顰《しか》めた。そんな彼の態度にトバリは別段腹を立てることもせず、ただ苦笑と共に肩を竦《すく》める。

「それだけ元気なら充分だ。それじゃあ質問――俺のコートは？」

にたりと、口元を歪《ゆが》めてグラハム＝ベルを見据えると、彼は「やれやれ」とでも言いたげな様子でかぶりを振り、肩から下げていた鞄《かばん》から折り畳んだ衣服を取り出す。

葡萄酒《ワイン》のような、だがそれよりも深く紅《あか》い色に染まる、フード付きのロングコート。トバリご愛用のそれを、グラハム＝ベルは「ほれ」と言葉少なに手渡してきた。

「ありがとうよ」と礼を言い、トバリはそれを受け取るや否《いな》や、今まで着ていた黒のコートを脱いで颯爽《さっそう》と袖を通す。

愛用のコートはまるで新品同様に仕立て上がっていた。流石《さすが》世に名を遺《のこ》す天才技術者だけのことはある。たとえ畑の違う仕事をしても、どうやら天は二物も三物も人に与えるらしく、その出来栄《できば》えは一級品と言って過言ではない仕上がりとなっていた。

しかもしっかりと注文通り、中には鋼糸が仕込まれているらしく、ずっしりとした重さとそれに見合うだけの頑丈さを感じさせる出来。これはまさに見事の一語に尽きる。

コートの仕上がりに満足し、トバリはグラハム＝ベルの隣にいる少女を見やる。

「お前……あー、なんだっけ」

だが、少女の名前が判《わか》らず、困ったように目線を泳がせると、

「名前？　リズィ」

少女――リズィはあっさりと名乗ってくれた。実に察しが良くて有《あ》り難《がた》い。

「リズィ。このご老体の手当てを頼んでいいか？　俺は今から忙しくなるからな」

「いいけど……なにするの？」

「勿論《もちろん》――怪物退治」

そうふてぶてしいほど自信満々に言い放ち、トバリはフードを被《かぶ》りながらグラハム＝ベルの手にある回転弾倉式拳銃《リヴォルヴァ・ピストル》を摑み「これ、借りるぜ」と言葉を投げた。返事は待たなかったし、元々聞く耳も持ち合わせてはいないのだ。使えるものは人のものだろうと自分の物の如《ごと》く使う。それだけである。

短剣を左手に持ち直し、空いた右手で拳銃を握る。弾倉を開いて確認。計六発がしっかりと込められている。この霧で湿気ってないといいんだが……と考えながら、トバリは一歩、霧の中に足を踏み込んだ。

耳に届くのは、ガシャンガシャン――と金属が跳ねる音。

同時にぬぅぅうっと霧から顔を出すのは、鋼鉄の頭蓋に半分だけ人の皮を被《かぶ》ったクロームの怪人だ。長い発条《バネ》仕掛《じか》けの四肢を器用に操り歩行する人型の異形に、トバリは口笛を吹いて相対する。

「なるほど。発条《バネ》足で飛び回る――《跳ねる者《スプリンガルド》》ってわけだな。はっはー、まさにヴィンセントの言っていた都市伝説の怪物《フォークロア・モンストロ》ってわけだ」

姿を見せた怪物を前に、トバリは不敵な笑みを浮かべた。

左手の上で短剣をクルクルと躍らせて、そのまま逆手に握り相手を見据えて――

「幾らでも来いよ、怪物。その鋼鉄《クローム》の身体《からだ》を引《ひ》き摺《ず》って来やがれ――全部容赦なく、喰《く》い散らしてやる！」

獣の咆哮《ほうこう》の如《ごと》く、トバリは声を上げながら疾駆した。

地面を踏み砕くほどの鋭く強烈な踏み込み。真紅の疾影《かげ》を後に残し、瞬《また》く間《ま》にレヴェナント《跳ねる者》に肉薄し――

「――疾《シ》ッ！」

駆け抜ける勢いのままに斬撃を叩《たた》き込《こ》む！

白銀の軌跡が二閃三閃《にせんさんせん》。クロームの怪人は反応する間もなく、無防備のまま次々と真紅の影が放つ刃を浴びていく。

一見すれば、トバリのほうが優勢に見えるだろう。何せレヴェナント《跳ねる者》は、速すぎるトバリの攻撃になす術もなく立ち尽くしているのだ。

しかし、

（――これまでの奴《レヴェナント》どもより、かなり硬いな）

刃を振るうトバリは、レヴェナントの身体《からだ》を見ながら内心舌打ちをする。

これまで――このロンドンに来て早数カ月の間に相手をしたレヴェナントはそこそこの数になる。

だがその殆《ほとん》どのレヴェナントは、この短剣の刃の下に早々に沈む程度の輩《やから》ばかりだった。

だが、このレヴェナントは――《跳ねる者》はこれまでトバリが相手取って来たレヴェナントよりも遥かに強固な硬度を誇る個体らしい。

しかし、だからと言って――御しきれないわけではない。

――銃声《バンッ》！

無遠慮に、トバリは短剣を振るいながら一発、銃弾を叩《たた》き込《こ》んだ——発条《バネ》足の名に相応《ふさわ》しいその発条《バネ》状の右足に向けて。

勿論《もちろん》、その程度で。たかが小口径の銃弾一発如《ごと》きでレヴェナントの持つ鋼鉄《クローム》の身体《からだ》を貫通できるとは思っていない。いや、そもそもその程度で貫通するのならば、とっくの昔にこのレヴェナントは細切れになっているだろう。

此処《ここ》で漸《ようや》く、レヴェナント《跳ねる者》が動いた。

まるでこの瞬間を待っていたかのように、《跳ねる者》はその柔軟かつ長い手足を振り回し、肉薄するトバリを引き剝がそうと縦横無尽に手足を躍らせる！

その、間隙《かんげき》を縫うようにして。

——銃声《バンッ》！

更にもう一発、銃撃を叩《たた》き込《こ》む。弾丸を打ち込んだのは前と同じく右の発条《バネ》足だ。

更に続けざまにもう一発撃つ。同じように。同じ足に。同じ位置に。

そう。寸分と違わずに——だ。

ビュンビュンビュンと、発条《バネ》足の怪物は全身を回転させ、凄《すさ》まじい勢いで四肢を振り回していた。路地の壁は一瞬にして抉《えぐ》り取《と》られ、地面はまるで爆撃でもあったのかと疑いたくなるような採掘痕が無数に刻まれていく。

最早霞《もはやかす》んで見えなくなるような勢いに達した発条《バネ》足の嵐の中で、トバリはそれらのすべてを見切って躱《かわ》しながら銃口を持ち上げ——高速射撃《クイックドロウ》。

残る三発の弾丸が、まるで緻密な計算から導き出された道程を辿《たど》るように、先の三発が叩《たた》き込《こ》まれた箇所に的中《クリーンヒット》していく。

――ビキッ

鈍い、だけどはっきりと聞こえたひび割れのような音に、トバリは浮かべていた笑みを深いものに変えて距離を取る。地面を滑るように後退して、なおも暴れる《跳ねる者》を一瞥《いちべつ》して――

――バキンッ

《跳ねる者》が振るう四肢が響かせる風を切る音の中、その音だけが辺りに強く木霊《こだま》し、弾《はじ》け飛んだ《跳ねる者》の右足が、面白いくらい空高く舞い上がって地面に落ちる。

同時に、グラリと身体《からだ》を傾《かし》がせるレヴェナント。当然だ。その長大で重い鋼鉄の身体《からだ》を支える足の一本が失われれば、体重バランスは著しく狂う。レヴェナントの中に組み込まれている、蒸気機関の緻密な演算が保っていた姿勢維持機構《プログラム》は一瞬で綻びに虫食《むしば》まれたことだろう。

身体《からだ》を起こそうともがく。だが片足なしにその身体《からだ》を支えることは困難を極めていた。なんせ《跳ねる者》の四肢はそれだけで二メートル近いのだ。同じ二足歩行をする人間などよりもはるかにバランスの維持が難しいはずだ。

案の定、《跳ねる者》は身体《からだ》を持ち上げるまでには至るものの、片足で立つことは不可能らしく、立ち上がるたびに支える足を失った右に傾《かし》いでは倒れ、立ち上がっては倒れを繰り返す。

「――発条足野郎《スプリングホッパー》、気づけば案山子野郎《スケアクロウ》ってか」

弾の切れた拳銃を放り捨てながら、トバリはもう一本の短剣を引き抜いて、ゆったりと構えた。

姿勢を低く、背後に二刀を携え――まるで獲物に襲い掛かる獣のように殺気を研ぎ澄まし、

「こいつで、とどめ――」

吼《ほ》え、もがく《跳ねる者》にとどめを刺すべく切りかかる――その時である。

きゃはははははははははははは――！

声が――

きゃはははははははははははは――！

きゃはははははははははははは――！

何処《どこ》からか――

きゃはははははははははははは――！

きゃはははははははははははは――！

きゃはははははあはははははは――！

声が、耳障《みみざわ》りな笑い声が、此方《こちら》を嘲る哄笑《こうしょう》が、無数に頭上から降ってくる！

踏み出そうとした足を止め、トバリは頭上を見上げる。霧が立ち込める夜闇の中――しかれどその霧と闇をも貫く赫々《かくかく》と輝く無数の赫眼《かくがん》。赫眼《かくがん》。赫眼《かくがん》！

ガシャンガシャンガシャンと、次々と降ってくる金属の音と共に。長き四肢を携えて、その手に備わる鋭利なる爪を振り下ろしてくるのは、

「――《跳ねる者》っ!?」

クロームの怪人。ロンドンを飛び回る発条《バネ》足男。その名を体現せしレヴェナント《跳ねる者》が、計四体！

自分を取り囲むように立ちはだかる《跳ねる者》たちを見て、トバリはつい先日読んだ新聞の内容を思い出し苦笑した。

「ははっ。なーるほどね。目撃情報多数……そういうことか。こんだけいれば、そりゃあ目撃件数も数十件近くになるわけだ」

新聞の情報は、あながち間違っていなかったのだ。二週間という短い期間で、両手両足の指より多く目撃される事件の真相。なんてことはない。犯人は複数いた――ただそれだけのことである。

本来人目を忍んでことを起こすレヴェナントが、どのような理由で目撃例を増やしているのかは知らないが――今はそんなことを考えるよりもまず、この状況をどう切り抜けるかを考えるほうが重要だろう。

（しかし……実際問題結構ピンチだな、こりゃ）

トバリは《跳ねる者》たちを警戒しながら、その胸の内で舌を巻いていた。

これまで望む望まないは別として、何度もレヴェナントと戦ってきた。しかしそれらはすべて単体との遭遇であり、今回のような一対多数という状況は残念なことに経験がない。これが対人戦とならば、別段困ることはないのだ。急所を狙って一息に終わらせることなど造作ない。

だが、今トバリが相手をしているのは鋼鉄《クローム》でできた怪物である。人間のように、易々《やすやす》と刃が通るような相手ではない。

そんな風に考えていると、《跳ねる者》たちが動き出した。トバリは瞬間的に意識を切り替える《マインドセット》。

無駄な思考を切り捨てて、両手の刃で発条足《バネ》野郎たちに飛び掛かる！

レヴェナントを倒す術は一つ。身体《からだ》の何処《どこ》かにある核《コア》を破壊することだ。

《跳ねる者》たちは人型である。ならば、その位置は大体予想がつく。

(頭か——心臓！)

まどろっこしいことはせず、一直線に相手の攻撃を躱《かわ》しながら肉薄する。二刀を閃《ひらめ》かせ、頭部と心臓部それぞれに刃の切っ先を叩《たた》き込《こ》む！

必殺の一撃。しかし放った刃は硬い感触と共に弾《はじ》き返《かえ》された。片足を奪った《跳ねる者》同様の硬度。やはり一撃で奪えるほど生易しくはないらしい。

さて、どうする？

勿論《もちろん》、手段を熟考している暇《いとま》はない。いや、させてはくれない。

ほんの一瞬でもトバリが足を止めると、《跳ねる者》たちはまるでその瞬間を待ちわびていたかのように、一斉に飛び掛かって来る！

前後左右、計八本の腕が——否、中には足すらも得物として振るう個体までいる。発条《バネじかけ》仕掛けによって凄《すさ》まじい速度で殺到する腕爪や蹴足を、トバリは二刀で凌《しの》ぎ、体捌《さば》きで紙一重に躱《かわ》す。だが、それでも対処しきれない。《跳ねる者》たちの攻撃に対応するには、手も足も頭も足りない。

「この……くそったれどもがっ」

悪態で吼《ほ》え、頭を狙ってきた爪を短剣で受け流し、

「俺が人より少し頑丈だからって、そんだけ殴られれば痛いんだっつーの！」

反撃《カウンター》で刺突一閃《いっせん》。

爪先から腕までに連動する関節で、出せる最大限の捻《ひね》りと全体重を乗せた一撃が、鋼鉄の身体《からだ》を貫き、穿《うが》つ！

「——ちっ」

周囲からの襲撃で狙いが僅かに逸《そ》れた。穿《うが》ったのは心臓部分から僅かにズレた腹部だ。

悔いるべき失態だが、嘆いている暇はない。短剣を引き抜き《跳ねる者》から距離を取る——其処《そこ》に襲い掛かる、残る三体の《跳ねる者》たち！

寸前までトバリが立っていた位置を狙った三体の爪は、今まさにトバリに腹を穿《うが》たれた《跳ねる者》に殺到する。「ご同胞だろうと遠慮なしってわけかよ」鋼鉄の爪によってズタズタに切り裂かれ、壊れた自動人形《オートマタ》のように震える《跳ねる者》を見て、トバリは背筋がぞっとするのを感じた。一瞬でも退避が遅れていれば、ああなっていたのは自分かもしれないのだ。冷や汗一つくらい許してほしいものである。

そんなトバリの背に、

「――おや、随分と忙しそうだな。トバリ」

そんな呑気《のんき》な声が掛けられた。あまりに場違いなその科白《せりふ》に、トバリは振り返りもせずに溜《た》め息《いき》を吐いた。

「見ての通り、人気者なんだよ――で、何しに来た？」

「なーに。アレックは私の友人だ。心配になって様子を見に来たんだ。ついでに君の様子も、ね。思ったよりも、状況は切迫しているようだが」

くつくつと笑うトップハットの片眼鏡男――トバリの雇い主たる錬金術師ヴィンセント・サン＝ジェルマンが、杖突《つえつ》く音を引き連れて霧の中からゆるりと姿を現し、そうのたまった。

「それが判《わか》ってるなら手伝うくらいしろよ、錬金術師」

「手伝いなどできるものか。せいぜい君に贈り物があるくらいだ――ホレ」

言葉と共に、ヴィンセントがひょいと何かを投げて寄越す。トバリはそれを反射的に受け取った。布にくるまれた、長さ九〇センチほどの長物だった。

「なんだこりゃ」

思わず、そんな科白《せりふ》を零《こぼ》し――咄嗟《とっさ》にその長物を横に振るう。

頭上から飛び掛かって来た《跳ねる者》の爪を受け取め――爪の威力で、長物を包んでいた布が破ける。

破けた布の中から覗《のぞ》くそれを見て、トバリは戦闘中にも拘《かかわ》らず呆気《あっけ》に取《と》られてしまった。

二〇センチほどの柄に、僅かに弧を描く細い片刃。柄や鍔《つば》飾りの部分に異様な蒸気機関が備わっているが——それは刀。そう、刀と呼ばれる極東の剣だった。

「機関式の装置を備えた〈極東型機関刀《サムライソード》〉——自信作だ。試してみてくれ」

呆気《あっけ》に取られるトバリの背に、彼は小僧のように破顔しながら言った。

そんな彼の科白《せりふ》に、トバリは思わず失笑を零《こぼ》し、

「なんてもん造りやがるんだよ、お前ってやつは！」

声を張り上げながら、刀の柄を握り——気合一閃《いっせん》！

細く薄く、そして鋭い刃を持つ刀身が、濃い霧を切り裂いて《跳ねる者》の発条《バネ》腕に叩《たた》き込《こ》まれる。白銀の弧が夜闇の中に鮮やかな軌跡を残し、その鋼鉄《クローム》の身体《からだ》に太刀傷を刻む！

なかなかに——良い切れ味だ。

トバリはヴィンセント作の刀の感触を確かめながらそうほくそ笑む。

「鍔《つば》飾りにあるスイッチを押せ。その程度のレヴェナントなら、それでケリがつくはずだ」

「もう少し余韻に浸らせろよな……風情《ふぜい》がねぇ奴《やつ》」

そう愚痴を零《こぼ》しながらも、トバリは言われた通りにスイッチを押す。実際問題、これ以上長々とこいつらと戦《や》り合うのも嫌気がさしてきていたところだった。

スイッチを押した瞬間、突如刀身が鳴動を始めた。超高速で震える刀身から、キイイイインという鼓膜を通して脳に直接響くような不快な音が響く。

「——機関《エンジン》の機構が高速で刀身を鳴動させて、物体を切り裂く兵器だ。理論上、高周波鳴動剣《ヴィブロブレード》とい

う」

「いや、説明されても意味わかんねーから」

得意げに言い放つヴィンセントに一言投げながら、トバリは全神経を得物《カタナ》と《跳ねる者》たちに注《そそ》ぎ込《こ》む。

トバリの手に握る刀から響く音に何かを感じ取ったのだろうか。《跳ねる者》たちが一斉にトバリから逃れるように後退し、跳び上がろうとするが――もう遅い。

《跳ねる者》たちが跳躍するのと同時に、トバリもまた地を強く蹴って空へ跳び上がった。壁に足を掛け、更に強く踏み抜きより高みを目指して飛翔《ひしょう》し――《跳ねる者》たちの頭上へ！

飛び跳ねた姿勢のまま、まるで愕然《がくぜん》としたように自分を見据える赫眼《かくがん》の視線を受けながら、トバリは八双に構えた刀を天高く翳《かざ》し――


「――これで、しまいだ！」


裂帛《れっぱく》の気迫と共に、刀を振るう！

抗《あらが》おうと咄嗟《とっさ》に突き出された発条仕掛《バネじか》けの腕ごと、最も近かった《跳ねる者》を斬断する。

そして刃が動力核ごと断ち切るや否《いな》や、切り伏せた《跳ねる者》を足場に、次の《跳ねる者》へ飛び掛かり胴を一文字に断ち切ると、即座に残る一体へ襲い掛かり、大上段から真っ向幹竹割りでとどめを刺す！

「素晴《ブラボー》らしい！」

レヴェナントの残骸と共に地面に降りたトバリを迎えたのは、なんとも楽しそうに静観していたヴィンセントのそんな言葉だった。

「何がブラボーだよ」

トバリは憤慨しながら、手にしていた刀を地面に放り投げた。地面に転がった刀の刀身は、見るも無残な刃毀《こぼ》れが全体に及んでいた。ヴィンセントはそれを拾い上げると、何処《どこ》かさっぱりした様子で、

「うーむ。やはり強度に難有りだな。もう少し調整を見直す必要がある。このままでは完全に使い捨てのガラクタだ」

「……お前、そんなもの使わせたのか。上手《うま》く機能したからいいが、失敗したらどうするつもりだったんだよ？」

「──その時は、なるようになれ《レッセ・フェール》、だよ。トバリ」

「何語だよ……」

「さあな。さて──アレックよ、無事なようだな」

会話をぶった切って、ヴィンセントは隅のほうで隠れていたグラハム＝ベルへと歩み寄った。グラハム＝ベルは苦笑するように僅かに肩を竦《すく》める。

「ええ、まあ……こんな有様《ありさま》ではありますが、命はありましたよ。貴方《あなた》の懐刀《ふところがたな》のおかげだ」

「なーに。彼は荒事をさせてなんぼ、という男だ。むしろ本望だっただろう。なあ？」

「勝手を言うな」

同意を求めるように振り返るヴィンセントの科白《せりふ》に異を唱えながら、トバリはふと視線を巡らせた。先ほどまでグラハム＝ベルの隣にいたはずの少女——確かリズィだったか——の姿が見当たらず、何処《どこ》に行ったのかと探してみると、

「——ふむ」

トバリは嘆息しながら踵《きびす》を返《かえ》し、ヴィンセントたちから離れた。そして少し離れた場所で膝をついているリズィの元へ歩み寄り、彼女の視線の先にいる者を見て——

「——まだ残ってたのか……」

其処《そこ》には、必死に立ち上がろうとしてもがき続け、泥まみれになった最初のレヴェナント《跳ねる者》がいた。

「……ハリー」

リズィが《跳ねる者》に声を掛ける。ハリー——恐らく、この《跳ねる者》の素体となった人間の名前なのだろうと推察し、

「知ってるやつか？」

尋ねると、リズィは「同じ孤児院にいた。弟分だった」と頷《うなず》いた。

「そうかよ……」

トバリは適当に言葉を返しながら、短剣を構えた。気づいた少女が振り返る。

「どうするの？」

「とどめを刺す……それ以外、こいつらを救える方法はないからな」

「もとには――」

「あそこにいる錬金術師にもできないなら、まあ……無理だろうな。それに放っておいても、こいつらは人を殺し続ける。無差別に、無遠慮に、無慈悲に。そうなる前にぶっ壊すのが、俺とあそこの似非《えせ》紳士の仕事だ」

酷かもしれないが、トバリははっきりと事実を伝えた。何処《どこ》までが真実かはさておいて――少なくとも、放置しておいても百害はあっても一利とてないのは間違いないだろう。

何か、思うことがあるのだろう。

少女は未《ま》だ立ち上がろうともがく《跳ねる者》を見つめていた。

トバリは黙ってその隣を横切り、立ち上がろうとする《跳ねる者》を蹴り上げてひっくり返し、同時に短剣を突き立てて地面に叩《たた》き伏《ふ》せた。暴れるかと思ったが――不思議なことに、この個体は抵抗らしい抵抗を見せなかった。

何故《なぜ》かは判《わか》らない。別に知りたくもない。

自分がするべきことは、こいつにとどめを刺すことだけ――トバリは無心に残るもう一振りの短剣を胸元に突き立てようとした――

「――待って」

制止する声に、トバリは短剣を振り上げたまま視線だけで声の主を――リズィを見た。

「なんだよ？」

まっすぐにこちらを見据える視線に、トバリは億劫《おっくう》に思いながらそう訊《たず》ねた。すると、少女はほんの少しだけ逡巡《しゅんじゅん》したのち――何かを決意したかのように吐息を零《こぼ》し、そして言った。

「――アタシにやらせて」

確固たる意志が宿った視線が、まっすぐにこちらの目を見る。

トバリはどうしたものかと一瞬考えそうになって――だけどすぐに考えることを放棄した。

代わりに、手にした短剣を一閃《いっせん》させる。

足蹴にした《跳ねる者》の胸元が弾《はじ》け飛んだ。鋼鉄の外装が剥がれ、剝《む》き出《だ》しになった内部構造の真ん中で、まるで人間の心臓に似た鉄の塊が脈動している。

――機関核《レヴェナント・コア》だ。

脈動する鋼鉄の心臓。

これを破壊することで、レヴェナントはその活動を停止――人間でいうところの、死に至る。

トバリはその機関核を短剣で指し「こいつを壊せば、おしまいだ」と言って、短剣を差し出した。

少女は躊躇《ためら》いもなく短剣を受け取ると、《跳ねる者》のすぐ傍《かたわ》らで跪《ひざまず》くと、両手で短剣を握り――それを頭上高く持ち上げた。

「――――――――」

ぼそりと、少女が何かを囁《ささや》いた。

そして、手に力を籠め、握り締めた短剣を一息に機関核へ突き立てて――

トバリも、グラハム＝ベルも、そしてヴィンセントすら、黙ってその姿を見つめていた。

誰も何も言わず。

ただ、少女の短剣が突き刺さる音だけが、ロンドンの闇の中にひっそりと響き渡った。

Ⅷ

あれから、一週間と少しが過ぎた。

発条足《バネ》ジャックが暴れていたこと。貧民街の孤児院が壊滅したこと。其処《そこ》の孤児たちが殺されたこと。そんなことがあっても、ロンドンの営みは変わらない。

――ゴゥンゴゥンゴゥン
今日も今日とて大機関の音が何処《どこ》からか聞こえてくる。

空はいつも通りの灰色雲。煤煙《ばいえん》と煤《すす》が彩《いろど》る空模様の下、ロンドン市民は今日も同じように生きていく。

勿論《もちろん》、アタシも。

アタシの日常は幾らか変わった。

変化その一は、仕事を解雇《クビ》になった。正確にいえば、店主が店を閉めたのだ。無期限休業。『閉店《クローズド》』の看板を引っ提げて、店主はアタシにまとまったお金を手渡すと、

「暫《しばら》く店を閉めることにした。すまん」

と、言葉少なに言い残して、大きな旅行鞄《かばん》に荷物を詰めて颯爽《さっそう》と去っていったのである。

店主の本名は、アレクサンダー・グラハム＝ベルというそうだ。なんでも今や当たり前になった機関式通話機《エンジンフォン》の原型《もと》になった『電話』というものを発明したすごい発明家だったらしい。

だけど機関革命によってあらゆる機械が蒸気機関を主軸に置くことになって——結果、蒸気機関に依らぬ発明ばかりを目指していた店主は、碩学会《せきがく》を自ら去ったのだそうだ。

しかし、どうやらあの日の事件がきっかけで思うところがあったのか、去り際に「機関など、私はやはり認められん。あれは狂気の技術だ。技術は、世界は正しくあるべきだ」と零《こぼ》していたのをアタシは忘れない。

そう言い放った時の店主の顔は、格好いいなぁと、少し思ってしまったくらいだ。まあ、アタシの仕事が消えたことを考えれば、差し引きゼロって感じだけど。

そして変化その二。アタシは新しい仕事に就いていた。

まあ、仕事と言っても今のところはただの使いっ走りで。前とあんまり変化はないような気もする。

だけど住み込みで、ご飯も三食出たうえでお給料もかなり良しという好待遇。以前のオンボロ総合住宅などよりも——外見は似たり寄ったりだったけど——ずっと立派な内装の部屋一つを貸して

貰《もら》えた。ふかふかのベッドで寝れるのは幸せだなぁと感じる今日この頃。

「……なあ、ヴィンセントよ――ホントにこいつ雇うの？」

……ソファに寝転がるアタシを半眼で睨《にら》みつけながら、トバリがそんな失礼なことを言った。

「勿論《もちろん》だよ、トバリ。男二人では華がない事務所だと思っていたんだ。それに、アレックの言葉を信じるならば、彼女はなかなかに有能だ。君から気づかれずに財布を掏《す》れるくらいにね」

くつくつと笑うヴィンセントの科白《せりふ》に、トバリは言葉を詰まらせていた。暫《しばら》く眉間に皺《しわ》を寄せて唸《うな》った後、降参するように溜《た》め息《いき》を吐き、

「――お前はいいのかよ？　此処《ここ》にいたら面倒ごとに巻き込まれること間違いなしだぜ？」

今度はアタシに話を振って来た。

アタシは「んー？」と呻《うめ》きながら身体《からだ》を起こしてトバリを見る。

鋭く、そして呆《あき》れ果《は》てているような視線だが、その中にアタシを心配しているような気配を感じた。

実際、彼の言う通りだと思う。二人の仕事は請負屋で、つまりは荒事を含んだ――むしろ主軸《メイン》かもしれない――何でも屋のようなものだ。当然、面倒な仕事も多いだろうし、何よりあの化け物たちと遭遇することもあるんだろう。

そのことを知っているからこそ、トバリはアタシに再三と忠告してくれている。

その気遣いはすごくありがたいもので、嬉《うれ》しいものだった。物言いは乱暴だけど、その気遣いは在りし日の院長をアタシに思い出させて。

だけど——

「——ん。やるよ」

アタシは、言葉少なに。だけどはっきりと頷《うなず》いてみせた。

同時に思い出すのはあの日のこと。発条《バネ》足ジャック——レヴェナントと呼ばれる都市伝説の怪物と出会った夜。

アタシがとどめを刺した、弟分のハリーであった《跳ねる者《スプリンガルド》》の心臓に短剣を突き立てたとき。

「バイバイ、ハリー」

そう、囁《ささや》いたアタシの声に。

——ありがとう、リズィ姉。

まるで応えるような、そんな声が聞こえたような気がした。

幻聴、だったのかもしれないけれど。

だけど、アタシはあの瞬間に決めた。決めてしまった。

(――あんなふざけたことをする奴《やつ》を、絶対に許さない)

あんなものが造られたから、院長たちが、孤児院の皆が死んだっていうのなら。

あんなことをする奴《やつ》がいるから、ハリーのような最期を迎えることになるっていうなら。

「二人がなんの目的で、レヴェナントと戦ってるかは知らないけどさ。アタシは、アタシみたいな気持ちを味わう人がいるのが気に食わないから」

この二人は、あんな悲劇を、悪夢を止められる数少ない連中だと思う。

だから、手伝えることがあるなら少しでも手伝いたいんだ。

それがきっと、アタシみたいな思いをする人を減らせる、数少ない手段だと思うから。

「別に、戦いたいって言ってるわけじゃないし」

――良いでしょ？　と、最後のほうは言うのが面倒くさくなったけど。

「いや、そこは最後まで言えよ」

トバリはやっぱり呆《あき》れたように顰《しか》め面《つら》になって、だけど最後は「――好きにしろよ」と言ってくれた。

アタシは「――ん。好きにする」と返して、そして二人を見て――そういえば言っていなかったことがあることに気づいて、言った。

「んじゃ、これから」

ヴィンセントは「勿論《もちろん》、こちらこそ宜《よろ》しくだ。ミス・リズィ」と歓迎してくれて、トバリもまた渋々といった様子で、

「――おう」

と、答えてくれて。そして、

「とりあえず、お茶入れてくれよ。新人さん」

「うむ。此処《ここ》で暮らすのだ。是非お茶の入れ方は覚えてくれたまえ」

彼らはそう言って、空いたティーカップをアタシに翳《かざ》してみせた。

どうやら今日の最初の仕事は、二人の――いや、アタシのも合わせて三人分、紅茶を淹《い》れることのようだ。

アタシは「ん」と短く答えて立ち上がり、紅茶の用意をするべく台所《キッチン》へと歩き出した。

――ゴゥンゴゥンゴゥン
今日も今日とて大機関の音が何処《どこ》からか聞こえてくる。
空はいつも通りの灰色雲。煤煙《ばいえん》と煤《すす》が彩《いろど》る空模様の下、アタシは今日も生きていく。

幕間

きゃはははと、邪鬼が嗤《わら》う。

両の腕を血に染め上げ、その部屋の中のすべてを真紅に彩《いろど》り、けたけたと子供のように哄笑《こうしょう》する邪鬼を前に、幌《トバリ》は忘我したように立ち尽くした。

部屋の模様替え――というにはあまりにも凄惨に過ぎる。

大量に血溜《ちだ》まりと肉片と内臓が所狭しと四散八散。一体どれほどの人間を殺せばこんな有様《ありさま》になるのか――幌《トバリ》には想像もつかなかった。

此処《ここ》が戦場であるならば、それも納得できた。

だが、此処《ここ》は戦場ではない。

幌《トバリ》が生まれ、そして嗤《わら》っている邪鬼が――咎咬鮮華《トガガミ・センゲ》が生まれ、育った屋敷《やしき》である。

だが、果たして此処《ここ》が本当に二人が生まれて育った屋敷《やしき》なのか、幌《トバリ》には判断ができなかった。

自分が知っている屋敷《やしき》とは、あまりに比べ物にならない――死屍累々《ししるいるい》の惨状と化した屋敷《やしき》の大広間。

鮮華《センゲ》の近くや、幌《トバリ》のすぐ足元に転がっている頭は、どれも見知った顔《もの》ばかり。

封神《ツカガミ》血族本家――序列第一位、封神《ツカガミ》家の当主《かしら》とその直系縁者。

鮮華《センゲ》が生まれた分家の、咎咬《トガガミ》家《け》の一同。

他にも遠縁にあたるであろう縁者の一族郎党――本家分家問わず本筋と呼ばれる血筋柄の首が、部屋中に転がっていた。

そしてそれらの中心には彼女が――咎咬鮮華《トガガミ・センゲ》は佇《たたず》んでいた。

呵々《かか》と腹を抱え、げらげらと声を上げて。

邪鬼が、楽しそうに嗤《わら》っている。

全身を襲う戦慄に息を呑《の》み――同時に幌《トバリ》は得物を抜き、構える。無意識下にまで叩《たた》き込《こ》まれた条件反射が、幌《トバリ》を血溜《ちだ》まりへと駆り立てた。

踏み込み――一歩で最大速へ。

彼我の距離は刹那の内に零になる。

それは鍛えたわけでもなく、生まれ持った異才によるものだ。

幌《トバリ》は常軌を逸した速さで知己へ迫り――迷いなく刃を振り下ろす。

狙うは首。

どんな強靭《きょうじん》な生き物でも、そこを断たれれば絶対に死ぬ――そういう体部《ばしょ》。

断頭台《ギロチン》の刃のような凶悪な斬撃。

間違いなく必殺たり得た刃は、

「――おっと」

しかし、寸前で躱《かわ》された。

「惜しい！」邪鬼が嗤《わら》う。

無邪気な子供が浮かべるような快活とした笑顔。

しかしそれはこの場において異常以外の何ものでもない。

無邪気な子供のようであり――凶悪で、醜悪で、そして艶然《えんぜん》とした笑顔《かお》。

その顔目掛けて追撃の突き上げ。逆手に握った刃の切っ先が、吸い込まれるように鮮華《センゲ》の顔へ。

回避の動作の最中への追撃。防御も回避も間に合うまい。

今度こそ殺《と》れる。

そう思った。

確信を持って振るった刃は――

がきん！

「なっ!?」

此処《ここ》に至って初めて、幎《トバリ》は驚愕《きょうがく》に声を上げた。だが、それは無理もないと言えるだろう。一体全体、どの世界を探せば、自分に迫り来る刃を噛《か》んで受け止める奴《やつ》がいるのか。

(――信じられないことをしやがる!?)

そんな驚愕《きょうがく》に思考が染まる中、身体《からだ》は自然と次の一手を放っている。受け止められた刃とは逆の手──右の切り上げが再び首へ吸い込まれるように軌跡を描いていた。

「あっぶなーいなぁ」

噛《か》んでいた刃を離し、後ろに大きく飛び退《すさ》る邪鬼が。


「おかえしだ」


着地と同時に持ち上げた腕を振り抜く。

まるで爆撃を受けたような衝撃が眼前に現れ、幎《トバリ》の身体《からだ》が衝撃の余波で吹き飛んだ。

繰り出されたのはただの拳打だ。ただ、その威力は砲撃のそれと同等という規格外のもの。

人間の膂力《りょりょく》を遥《はる》かに凌駕《りょうが》した一撃が屋敷《やしき》の床板を容易《たやす》く粉砕し、その下にある地盤すらも抉《えぐ》っている。

「おお、生きてる。流石《さすが》は封神《ツカガミ》の直系。頑丈にできているようで何よりだ」

「お前……」

嗤《わら》う鮮華《センゲ》を睨《にら》みつける。鮮華《センゲ》は「わー、怖い怖い」とからかうような科白《せりふ》を零《こぼ》しながら、まるで踊るようにその場で身を翻《ひるがえ》した。

「そう睨《にら》むなよー。何をそんな怒ってるのさ。ボクはそんな悪いことしたかな？」

「そうだな。人殺しは悪いことですなんて、この家の人間にゃ有り得ない発想だしな」

封神《ツカガミ》は古くから続く殺しの一族だ。

人を殺し、異形を殺し、相対するすべてを血の海へ沈める――封神《ツカガミ》とは、そういう血族だ。老いも若いも関係なく、封神《ツカガミ》の血筋に連なる者ならば、人の一人や二人殺していても何も可笑《おか》しくない。

だが、だからと言って殺人狂《カイブツ》になっていい理由にはならない。

「何故《なぜ》、殺した？」

邪鬼に問う。

「くっだらない質問だなー」

幎《トバリ》の問いに、邪鬼は白けたように唇を尖《とが》らせた。

「あてつけだよ。あてつけ。いや、見せしめかな？　まあ、どっちでもいいか。あとはそうだねー……憂《う》さ晴《ば》らしさ」

「理由としちゃもう最悪だな」

――訊《き》くだけ無駄だった。そう断じ、先の衝撃の余波で軋《きし》む身体《からだ》を動かして、疾駆する。地を這《は》うような低姿勢。獣を彷彿《ほうふつ》させるような疾走で瞬《また》く間《ま》に距離を詰め、双牙《やいば》を薙《な》ぐ。

空気を唸《うな》らせながら迫る刃を、邪鬼が易々《やすやす》と躱《かわ》す。

「だってムカつくだろ？　〝封神幎《ツカガミトバリ》〟は、本来ボクがなるはずだったのに――あとから生まれて、しかも生まれた瞬間に次代を継ぐなんて、反則だろ？」

鮮華《センゲ》の何気ない呟《つぶや》き。

「……そういうことか」

だが、それこそが鮮華《センゲ》がこの惨状を作り上げた理由――暴挙のワケだと悟った。

「八つ当たる相手を間違いすぎだろ！」

「だから言っただろ、見せしめだって！」

幎《トバリ》の怒号に呼応するように、鮮華《センゲ》が声高らかに吼《ほ》えた。

◇◇◇

最近ようやく見慣れた天井を見上げ、トバリは自分が目覚めたことを自覚する。そしてさっきまで見ていたのが夢だということを悟った。

「……ちっ」

舌打ちを零《こぼ》しながら身体《からだ》を起こし、寝癖のついた髪をがしがしと掻《か》く。なんて目覚めの悪い夢だろうかと胸中で悪態を零《こぼ》す。

窓の外を見れば、灰色雲が漂う空が見えた。

ゴゥンゴゥンゴゥン――

聞こえてくるのは大機関の音。いつもと変わらないロンドンの在り様がそこにはある。

それにしても。

（……久々に夢を見たな）

邪鬼――咎咬鮮華《トガガミ・センゲ》。

封神《ツカガミ》血族の多くを惨殺《ざんさつ》した殺人鬼にして、封神《ツカガミ》が生み出した最悪の異端児。

トバリにとっては幼馴染《おさななじ》みであり、数少ない友人であり、姉のような存在であり、そして——と、そこまで考えて、トバリは頭を振った。

「……阿呆《あほ》らしい」

今となっては、考えたところでどうにもならないことだ。あの日あの場所で、二人は袂《たもと》を分かった。そしてそれがそのまま現在に至っているに過ぎない。

お互いに、今となっては相容《あいい》れぬ存在となっている。再びまみえることがあったなら、するべきことはただ一つだ。

なんて考えていると、

「——ふぁぁぁぁぁ」

盛大に欠伸《あくび》を零《こぼ》してベッドから降りて、微睡《まどろ》む意識を覚醒させるために、

「……シャワーでも浴びるか」

そう思って、浴室へ向かった。

◇◇◇

——がちゃり、と浴室へ通じる扉を開ける。

「え？」

間抜けな声が正面から。

「ん？」

扉を開けた姿勢のまま、トバリもまた似たような科白《せりふ》を零《こぼ》した。

朱色の瞳と、視線がぶつかる。

そして沈黙。

視線をゆっくりと相手の瞳から逸《そ》らし、全体像を捉える。

いつもの動きやすさを重視した短めのズボンは穿《は》いていなかった。下着はつけていた。

上着は今まさに脱ごうとしていたのか、裾に手をひっかけた姿勢で止まっている。

その様子を見て、「ああ」とトバリは納得したように首肯した。

相手は着替え中だった。

相手は半裸状態《セミヌード》だった。

つまり、そういうことである。

納得した後、トバリはもう一度相手を見た。

小柄で細身《スレンダー》な少女が——リズィが、呆気《あっけ》に取られたようにこちらを見ている。

やがて半眼くらいに開かれている双眸《そうぼう》は丸く見開き、わなわなと肩を震わせ、これまた見たこともないくらい顔を真っ赤にしてこっちを睨《にら》みつけていたので、

「あー……悪ぃ」

とりあえず、謝った。

あるいは、誤ったか。

どっちみち、結果は瞭然だった。

浴室から絹を裂くような女性の悲鳴が上がり、

トバリの顔には鮮やかな平手が刻まれたのである。

◇◇◇

これが恐らく、女性の共同生活者が増えたことによって起きる弊害——不幸な事故というものだった。

また、その日の午後。浴室前の扉にはデカデカと表に『利用可《Vacant》』、裏に『使用中《Now in use》』と書かれた一枚板《プレート》が引っ提げられるようになったのだが——それはまた別の話である。

都市伝説：グレンデルの噺《はなし》

——こういう話を知っているだろうか？

夜闇に鉄音が響いたら、血塗《ちまみ》れグレンデルがやってくる。
カチンカチンと鋼鉄《てつ》の音。
呼ばれたようにやってくる。
鮮血纏《まと》ってやってくる。
真っ赤な怪物やってくる。
頭の上から爪先まで、全身血塗《ブラッド＝レッド》れのグレンデル。
鋭い牙を引《ひ》き摺《ず》って。
鋭い爪を引《ひ》き摺《ず》って。
歩いた後には血溜《ちだま》り残し、
去った後には亡骸《なきがら》撒《ま》いて、
げらげら笑って去っていく。

出会わなければ幸いに。
出会ったならば災厄と。
――ああ、全身血塗《ちまみ》れグレンデル。
――ああ、おそろしやグレンデル。

二幕『奇妙な依頼が齎《もたら》すもの』

I

「……本当に此処《ここ》なのかしら？」

ロンドン中枢地区《シティ・オブ・ロンドン》のはずれ。イーストエンドに程近い一角の——五階建て集合住宅《アパルトメント》の一室の前で。

彼女は困り果てた様子で目の前の扉を恐る恐るノックし、暫《しば》しの間待ち呆《ぼう》ける。

しかし、待てども待てども住人が出てくる気配はない。もう一度、彼女は扉の前の表札を見て、部屋番号を確認する。手元にあるメモと見比べ、やはり間違っていないことを確認して、もう一度。

固い扉を叩《たた》く音が辺りに響く。だけどやっぱり反応はなく、返ってくるのは住人の返事ではなく、沈黙だけだった。

「ああ、もう」と、彼女は困ったように、あるいは憤慨するように地団駄を踏んだ。

「どうして、どうして出て来ないの。この時間なら間違いなくいるって紹介されたのに」

強《したた》かに声を上げ、今度は先ほどより力を込めて扉を叩《たた》く。

「すみません、誰かいませんか？」

扉越しに尋ねる。しかし予想通り、返事はなかった。反応のなさに苛立《いらだ》ちが増す。同時に諦念を覚え、ついつい肩を落としながら溜め息を吐いて。

「あーもー、いないのでしたら返事をしてください」

なんて皮肉を零《こぼ》してみれば。

「――……いませんよー」

という、微《かす》かな返事が返ってきた瞬間、彼女の我慢は限界に至った。


「いるじゃないですか！」


英国淑女の嗜《たしな》みとは遥《はる》かに程遠い怒号と共に、扉のノブを握ってがちゃがちゃと派手な音を響かせ、荒々しく上下させて扉を開けようとする。

しかし、当然鍵がかかっている扉は開かない。

だが、最早《もはや》その動作を止めるつもりなど、彼女にはなかった。居留守を使っているのがわかっている以上、遠慮してやる気は毛頭ない。

「いるじゃないですか！　いるじゃないですか！　いるのなら出てきなさい！　そしてこの扉を開けなさい！」

ドアノブが壊れるくらいに上下させ、扉を何度も叩《たた》いて声を上げた。

「いるのはもうバレているんです！　いい加減諦めてこの扉を開けてくださいな！」

そう叫んで、思い切り拳を扉に叩《たた》きつける。

すると。

「──あーもう、うるせぇよ！」

という、恫喝《どうかつ》するような声と共に。

目の前の扉がぎぃぃ……という音を伴って開く。

ようやく開いた扉を前にして、彼女は一歩下がって応対した人物を見た。

最初に目に留まったのは、その無造作に伸びた美しい黒髪だった。くすみや傷みのない、まるで天鵞絨《ビロード》のような黒い髪だ。

それに続くのは、長めに伸びた前髪の間から覗《のぞ》く、胡乱《うろん》げな表情を浮かべた若者の顔だった。年齢的には恐らく一〇代の後半。声の調子から男性であるのが判《わか》ったが──もし遠めに見たら、きっと性別の判別はつかないだろう中性的な面立ちをしていた。

そしてその青年はというと、数秒の間こちらを睥睨《へいげい》したのち、

「……あんた誰？」

酷《ひど》く億劫《おっくう》そうにそう尋ねてきた。

「……お客様に向かってその態度……気は確かですか？」

「は？　客？　なんで？」

呆《あき》れるように半眼でそう尋ね返すと、青年は素っ頓狂な声を上げて信じられないものを見たように目を丸くする。

そんな彼に向けて、彼女は持っていた手書きのメモをその眼前に突き付けて見せた。

「私は、マリア・パーキンソンと申します。とある方に、こちらを紹介されたのです。どんな面倒な依頼でも引き受けて、完璧に遂行する凄腕《すごうで》の何でも屋さんがいる——と」

「……」

言うと、青年は突き付けたメモを一瞥《いちべつ》し、露骨に顔を顰《しか》めた。「冗談だろ……」と小さく零《こぼ》し、ガシガシと髪を掻《か》き上《あ》げて——

「……はぁ……どうぞ、お入りくださいよ。お客人」

観念したように、一歩後ろに下がって入室を促した。

漸《よう》く《や》、中に入ることができる——そう安堵《あんど》の息を零《こぼ》した、その矢先である。部屋に一歩足を踏み入れた瞬間、彼女は目を丸くして立ち尽くした。

「……なんですか、この部屋は」

思わず、それこそ言葉を繕うことも忘れて、心の底から湧き出た言葉を自然と口にする。物が散乱していた——というには、その部屋はあまりにも混沌《こんとん》としていた。そこはおよそ人が生活しているとは思えない場所だったからである。

——革張りの本と、大量の紙。それがその部屋にあるすべてだった。

英語。仏語。伊語。露語。羅語。東洋語。極東語などなど……本の装丁に書かれている文字から察せたのはそれくらいだ。だが、それ以外にも——恐らくだが、この部屋に積み重なっている本には、古今東西あらゆる言語で書かれた何かしらの書が積み重なっているのだろうことは、想像するに難《かた》くない。

異様なほど積み重なった本の塔が幾つも、そして所狭《せま》しと立ち並ぶ姿は、ある種壮観であると言えた。ただでさえ狭く思えた部屋が、目の前の大量の本のせいで一層狭苦しく感じてしまう。

よくもまあこんな場所で生活できるものだと、感心すら覚えてしまうほどだ。

「……って、あら？」

ふと、視線を周囲に巡らせれば。先ほど入室を促した黒髪の青年の姿はとうになかった。慌てて姿を探すが、天井すれすれまで積み重なっている、文字通りの本の山に遮られて何も見えなかった。

その場で途方に暮れてしまっていると、

「——どうした、こっちだ」

ひょいと、本の山の間から顔だけを出して、青年が声をかけてきた。マリアは慌てて彼の元へと駆け寄り、ともすればすぐにでも見失いそうな彼の後に続く。

彼女は、左右非対称《アシンメトリー》の黒い中着《ウェストコート》の襟を揺らして歩く青年の背に問う。

「一つお尋ねしますけど……まさかこの部屋で生活しているんですか？」

「んなわけないだろう。此処《ここ》は物置だ」

にべもなく、青年は言った。

肩を竦《すく》めながら、冷笑を浮かべて。

ともすれば、今すぐにでも憤慨しそうになるのを我慢する。今、彼に食い掛かるのは得策ではない。それでは此処《ここ》に来た意味がなくなるからだ。

文句の代わりに深い溜め息を吐いて――。

そうして辿《たど》り着《つ》いたのは、本の山から解放された小綺麗な一室だった。高価とは言い難《にく》いが、趣ある調度品や、来客椅子《チェスターフィールド》と古風なテーブル。肘掛け椅子《アームチェア》に執務机《レゾリュートデスク》など。その風景を目にした瞬間、隣室との違いにまるで鬱蒼《うっそう》とした森を抜けて開けた草原に出たような気持になった程だ。

「それで――」

呆然《ぼうぜん》と立ち尽くしていると、青年はこちらに着席を促すこともせずに部屋の片隅へ行き、ティーセットを手に取って無遠慮にテーブルの上に置いた。そしてカップを二つ取り、ゆっくりとポットを傾け、交互に中身を注いでいく。そして紅茶を注ぎ終えた頃、

「――紹介された、と言っていたが……誰に紹介されたんだ？」

手で座るよう促しながら、彼はそう尋ねてきた。

彼女は来客椅子に腰を下ろしながら、はっきりと答える。

「私、最初はベーカー街に行ったんです。あそこには有名な探偵さんがいるでしょう？」

「……まあ、いるな。それで？」

訊《たず》ねると、彼は何処《どこ》か呆《あき》れたように眉を顰《ひそ》めて話の続きを促した。彼女はそれに従って話の先を語る。

「当然、依頼に行ったのです。どんな難事件だろうと解決する御方と聞いていましたから。ですけど、彼は取り合ってくれませんでした。『そんな事件に興味はない。他をあたってくれたまえ』と言われて！　途方に暮れていた私に、彼の助手様が――」

「あー、オーケィ。もう判《わか》った。それ以上は……いいや」

話に熱がこもり始めたところで、青年が待ったをかける。彼は大仰に溜《た》め息《いき》を吐き、そうしてゆっくりと立ち上がると――壁際《かべぎわ》に備え付けられていた機関式通話機《エンジンフォン》の受話器を手に取り、徐《おもむろ》にダイヤルを回し出した。

人の話を静止して、いきなり何をしているのだろうか。

そう思っていた矢先である。通話機の受話器に向けて、青年は大音声《だいおんじょう》を上げた。

「――おいこらワトソン！　ジョン・H・ワトソン殿！　いったいどういう了見だ？　テメェらのところに来た仕事をこっちに丸投げとは……お宅のところの諮問探偵様はそんなにお忙しかったかねぇ？」

マリアは驚いた。まさか目の前の青年が、彼の名探偵と面識があるとは。

――いや、しかし考えればそれも当然だろう。何せ、向こうがこの場所を紹介したのだ。彼らがお互いに知己であるというのは想像に難《かた》くない。

しかし、どうにも不釣り合いというか、不相応というか。目の前の青年に対しそのような認識《イメージ》を抱くのもまた道理だと、彼女は思う。

などと考えているうちに、青年の通話機越しの会話が鳴りを潜めていた。代わりに――

「――俺たち向け、ね。あいつがそう判断した、と？」

先ほどまでの苛立《いらだ》ちの混じったような声音から、何処《どこ》か静かに。あるいは冷淡に。彼は熟慮するように口元に手を当ててしばし黙考したのち「――貸し一つだからな」と言い捨てて受話器を元に戻した。

そして「だー、くそが！」と苛立《いらだ》ちのすべてを吐き出すように一声上げると、乱暴な足取りで長椅子に腰を下ろした。そして長めの黒髪をがしがしと掻《か》くと――

「先に訂正しておくぞ。うちは何でも屋じゃない。似てるが違う。此処《ここ》は請負屋事務所《ランナー・オフィス》だ。そこんとこ、覚えておいてくれよ」

「は、はあ……」

そう言われた彼女は、いったい何がどう違うのだろうと首を傾《かし》げる。だが、別にその違いには興味がなかった。あるのは、仕事を引き受けてくれるかどうかだ。

そんな彼女の意図を読み取ったのだろうか。青年は小さく鼻で笑い、そして――

「――話を聞こうじゃないか、レディ。そう、まずは聞くだけだ。引き受けるかどうかは……話を聞いてからだがな」

ぎろりと、まるで獰猛《どうもう》な獣のような視線をこちらに向けながら、不機嫌そうにそう言ったのである。

「――っっっ！」

その眼光に、彼女は息を呑《の》んだ。まるで気を抜いた瞬間、喉元に牙を突き立てられるような錯覚を覚えたのだ。

そして、多分それは気のせいではない。

今も、青年はこちらを見ている。

推し量るように。

値踏みするように。

じぃぃぃ……と、彼のその鋭い視線が彼女を貫いていて。

今すぐにでもこの場から逃げ出さなければ——そんな衝動に駆られそうになるのを必死に堪えて、マリアはそっと目の前のカップに手を伸ばし、口をつける。

温かい紅茶の風味が鼻腔《びこう》を抜けて、僅かに緊張が解《ほぐ》れた。衝動を紅茶と共に飲み下し——彼女は、漸《ようや》く口を開いた。

「——いなくなった友人を、捜して欲しいのです」

「友人？」

「はい。名前はエルシニア・リーデルシュタイン。アカデミアの学友です」

「アカデミア……ね」

青年が僅かに感嘆した様子で目を見開いた。

——アカデミア。あるいは王立機関研究学院《RES》。国家主導の機関研究を専門とする教育機関の総称である。年齢。身分。性別。貧富すら問わず。

入学資格はただ一つ『偏《ひとえ》に、優秀であれ』。

世界最先端を行く英国の機関技術の発展のため、徹底した実力主義のもと集められた逸材たちの宝庫。英国の叡智《えいち》が集う場所。時に碩学院《せきがくいん》とすら呼ばれる研究機関である。

彼女も、彼女の友人たるエルシニアもまた、そこに所属する学徒だった。

「エルシニアは機関魔導式《エンジン・クラッキング》を応用した人間工学《エルゴノミクス》を研究テーマとしていました。えーと……意味は判《わか》りますか？」

「人体と機械の融合《マンマシーン・インターフェイス》……確か、〝新理論〟だったっけか？　最近、碩学会《せきがく》で一悶着《ひともんちゃく》起こしたやつ」

――人体と機械の融合。

簡潔に言うなれば言葉の通り、蒸気機関式の機械を人間の身体《からだ》に埋め込む――という発想である。ただしそれは、これまでも存在していた機関義肢などのような、損傷しても命に関わることが少ない部位とは異なり、本来人間に備わっていない新たな機能を有した蒸気機関を埋め込んだり、あるいはより頑丈で高度な能力を有する身体《からだ》へ換装する――という、要は人体の大部分を機関機械《エンジンマシーン》化するというものだ。

だが、この技術的着想は現在論争の只中《ただなか》にある。言うまでもなく、生きた人間の身体《からだ》に機械を埋め込む、というのは多大な危険性を伴うのだ。最悪の場合命を失う可能性や、倫理に反するなどという理由で、現在運用試験は見送りになっている――というのは、あまり世間的には知られていないはずなのだが、どうやら目の前の青年はそれなりに事情に通じているらしい。

訳知り顔で皮肉げに笑う青年に、彼女は鷹揚《おうよう》に頷《うなず》き返した。

「彼女は……新理論の推奨派の一人でした。他の推奨派と共に、最近はロンドン病院に足を運んでいたのですが……もう一〇日も下宿先に戻っていないそうです。勿論《もちろん》、アカデミアや病院のほうにも確認を取ったのですが――」

「――誰も姿を見てない？」

「その通りです」

「そいつはご愁傷さま、ってところだな。ロンドン病院はホワイトチャペルのど真ん中。あんな場所を若い女が一人で歩くなんざ、自殺行為もいいところだ」

彼の言う通りである。ロンドン病院があるのはロンドンでも最も治安が悪い――劣悪といっても過言ではない場所。それがホワイトチャペル地区だ。ほんの少しでも道を外れれば、たちまち住民たちに襲われて身に着けているものは奪われ、最悪の場合殺されたとしても不思議ではない。

だが、

「貴方《あなた》の言いたいことは判《わか》りますよ。実際、私も彼女にそう忠告していましたから。ですが……状況はそんな簡単なものではないのです」

「というと？」

「レヴェナント――という言葉に、聞き覚えは？」

尋ねた瞬間、青年の表情が露骨に歪《ゆが》んだ。まるで質の悪い冗談を耳にして、気のせいだったらいいな、という風に溜《た》め息《いき》を吐いて。

「……最近ロンドンで流行の都市伝説だろ。霧の夜に出歩くといなくなる。そして、次の霧の夜に姿を見せる。だけどその人は、姿は同じでも別人だ――っていうやつ。取り換えっ子妖精《チェンジリング》の亜種のような逸話だな……だけどどうしてその名が、今出てくる？　まさかミス・リーデルシュタインが、その都市伝説の怪物になったとでも？」

「冗談じゃない」とうんざりした様子で肩を竦《すく》める青年に向けて、「そのまさか、だとしたら？」

そう言って挑発的な微笑を浮かべる。

「寝言は寝てから。世迷言《よまいごと》は道端でしてくれ」

彼は鼻で笑い、退室を促すように部屋の扉を指した。勿論《もちろん》、引き下がるつもりはない。ここまで話したのだ。なんとしてでも引き受けて貰《もら》わないと――

そう思って、言葉を続けようとした。その矢先のことである。

ゴトリ……と。青年の背後で物音がした。

正確には背後ではなく、その奥にある部屋――青年の座る長椅子のすぐ後ろにある扉の向こうから。

そして、その扉が――ゆっくりと開いていく。ぎぎぎ……と、錆《さ》びた蝶番《ちょうつがい》をこじ開けるような音を伴い、開いた扉からぬっと手が飛び出す。暗い隙間から覗《のぞ》いたその手が扉の端を摑《つか》んだ様相を目《ま》の当《あ》たりにした瞬間、思わず「ひっ」と小さな悲鳴を零《こぼ》してしまった。

代わりに――

彼女の正面に座ったままに。己の背後の様子を振り返った青年が、呆《あき》れたように溜《た》め息《いき》を吐く。

「よう、ヴィンス――ヴィンセントよ。我が雇い主《マイ・オーナー》。随分久しくその扉を開けたな。二週間ぶりか？」

と、扉の縁《ふち》を摑《つか》んだ手に――否。手の主に声をかけた。

「いや……三週間だ」

そんな返事と共に、重々しい扉が開く。

姿を見せたのは、長身の男だ。壮年と呼べる程度の年齢の紳士然とした男が、オールバックにした灰色の髪を撫《な》でながら、猛禽《もうきん》類を思わせる目で青年を見据える。

「久々に顔を突き合わせて早々にこのようなことを言うのは心苦しいのだが……トバリよ――レディの頼みを無下にしようとするのは、聊《いささ》か紳士ではないぞ」

「なんだ、聞いてたのかよ？」

青年の問いに「無論だとも」と大仰な仕草で頷《うなず》き、紳士は彼女を見やった。

「レディ、申し訳ない。うちの職員が無礼を働いたようだ。経営者《オーナー》として謝罪しよう」

「あ、いいえ……お構いなく」

優雅な仕草で深々と頭を下げられ、思わずかぶりを振って謝罪を受け入れる。すると紳士は安堵《あんど》したように口元を綻ばせ「それはなによりだ」と零《こぼ》した。そして彼は靴を鳴らしながら踵《きびす》を返《かえ》し、執務机の前に移動すると、ゆったりとした動作で椅子に腰かけ――

「さて。貴女《あなた》の依頼の件だが……貴女《あなた》の友人、ミス・リーデルシュタインの捜索、だったかな？」

「え、ええ。そうです……引き受けていただけるのですか？」

先ほどまでの対応――つまり目の前の青年の対応――とは打って変わった状況に目を剝《む》く彼女に、紳士は柔和な態度で頷《うなず》いた。

「勿論《もちろん》だとも、レディ。私は女性の頼みごとは断らない主義だ。そうでなくても、興味深い内容でもある。現在学会を騒がせている新理論に、都市伝説の怪物……実に面白く、まさに我々向きの内容だ」

超然と応じる紳士を端目に、青年が「そうなると思ったんだよなぁ……」と胡乱《うろん》そうにぼやいていた。が、紳士はそれを無視して、

「ミス・リーデルシュタインの特徴を教えていただけるかな？」

「でしたら、これを――」

紳士の問いに彼女は立ち上がり、手元の鞄《かばん》から一枚の篆刻写真《フォトグラフ》を取り出して執務机の上に置いた。

そこに写っているのは、白衣に袖を通し、何やら巨大な機関機械《エンジンマシーン》を前に思案顔を浮かべている、肩ほどまで伸ばした金髪の女性の姿である。

「彼女の写真です。これで判《わか》りますか」

「感謝する、レディ。では、すぐにでも調査に取り掛かりましょう」

「あ、ありがとうございます！」

感極まった様子で頭を下げる彼女に、紳士は満足げに口元を綻ばせ、青年は諦念のこもった様子で項垂《うなだ》れる。

そんな彼らに視線を向け、マリアは青い髪を揺らして、深々と頭を下げた。

「どうか一刻も早く彼女を見つけてください。急がないと、手遅れになってしまうかもしれません」

II

女性が去ってから暫《しばら》くして。

先に沈黙を破ったのは、青年――トバリのほうだった。

「――結局、自分の素性はほとんど話さなかったな。あの女。名前だって、本名なのか怪しいもんだ」

「ふむ。なんとも魅力的な響きだな。正体不明の美人学者……神秘的《ミステリアス》だ」

「冗談を言ってる場合かよ……」

滔々《とうとう》と、まるで芝居の科白《せりふ》のように言葉を口にする紳士――ヴィンセントに向けて、トバリは辟易《へきえき》したように嘆息をした。しかしてヴィンセントは余裕の態度を崩すことなく、悠然と執務机に寄り掛かりながら言う。

「勿論《もちろん》冗談ではないよ、トバリ。私は真剣そのものだ」

「尚更《なおさら》に性質が悪いな……で、何者だと思う？」

「ミス・リーデルシュタインの友人であり、自らもアカデミア所属の学生と言っていた。別段嘘《うそ》をついている様子はなかったな。アカデミアの学生であるのは間違いないだろう。ただし……友人であるかは、怪しいがね」

「その根拠は？」

「――これだ」

言って、ヴィンセントはトバリにあるものを差し出した。トバリは無言でそれを受け取る。ヴィンセントが見せてきたのは、つい先ほど女性が置いていった篆刻写真《フォトグラフ》である。

一見して、怪しいところはない。一〇代後半の女性――件《くだん》のエルシニア・リーデルシュタインが一人で写っている写真である。

そう。別段怪しい点はない。

もし、問題があるとすれば、

「……人物画というより風景画だな」

写真を見てふと感じた違和感を零《こぼ》すと、ヴィンセントは我が意を得たりと言わんばかりに合いの手を入れ、「見事だ！」と声を上げた。

「そうだ。友人の写真というわりには視点が可笑《おか》しい。友人を撮影したというものではなく、彼女に気づかれないようにしながらこっそりと撮ったものに、私には見える」

「なーるほど」ヴィンセントの説明に、トバリは納得したように肩を竦《すく》める。「隠し撮りか。とてもオトモダチのすることじゃあないな」皮肉を零《こぼ》しながら写真を目の前の長机の上に投げると、同時に別のもの――開いた新聞紙がヴィンセントから差し出された。

「それにだ――君が差し入れてくれた新聞に、気になる記事があったのでね」

「記事ねぇ」

差し出された新聞を受け取り、トバリは目を通す。

そこには『ロンドン病院の闇。実験棟から相次いだ悲鳴の正体とは？』という小さな見出しで書かれた記事があった。

新聞の日付は一昨日のもの。三日前の夜遅く、ロンドン病院付属研究施設から多数の悲鳴が聞こえたという通報が複数あった。しかしロンドン警視庁《スコットランドヤード》が調査したところ、実験棟の中に怪しい点はなく、『問題なし』と判断した――と書かれている。

だが、

「これが怪しい、ってお前は思っているわけか」

「当然だろう。論争の最中にある新理論の研究者がロンドン病院に行き、行方知れず。関連性を疑うのは当然だ」

「まあ、言いたいことは判《わか》るけどよ……、どうするんだ？」

暗に『依頼をこなすのか？』と尋ねてみれば、「勿論《もちろん》、調査するとも」と、間髪入れずにヴィンセントは答えを返した。彼は軽快なステップで部屋の片隅に置かれたコート掛けへと歩み寄ると、インバネス・コートに袖を通し、帽子掛けにひっかけていたトップハットを手に取って頭に被《かぶ》った。

余所行《よそいき》の際の彼の姿だ。どうやら外出するつもりらしい。

なんて他人事《ひとごと》のように感じながら、ソファに背を預けた姿勢で彼の様子を傍観していると、紳士は壁に立てかけてある愛用の杖《つえ》を携えながらこちらを振り返り――

「そういえば、我が事務所の華たるリズィは何処《いずこ》に？」

リズィ――先月の頭くらいからこの事務所に住んでいる朱色の髪の少女だ。トバリと同じ居候《いそうろう》にして、この事務所の一応メンバーである。

「あいつなら手紙を出しに行かせた。お前がため込んでたやつな。ついでに買い物も頼んでおいたから、暫《しばら》くは帰ってこないだろ」

あと、間違いなく道草を食っているだろうけど、それは言わないでおいた。あれはあれで、なかなかに顔が広いらしく、知り合いも多い。出掛ければまず夕食までに帰ってくることはない。

「ふむ。レディと出掛けられるかと思ったのだが……残念だ。ではトバリ、書き置きを残して我々は出掛けるとしよう」

さして残念がっている風には見えなかった。その上ついでみたいに自分に同行を求めている。しかもその言い方は、まるでトバリが同行するのが当たり前のような物言いだったので、トバリは半眼でヴィンセントを見据えながら確認した。

「あー……ヴィンスよ。まるで俺が行くことを前提に話を進めているな、お前」

「なんだ。では行かないとでも？」

「……いや、行くけどさ」

首を傾《かし》げるヴィンセントの姿に、トバリはそう言いながら盛大に溜《た》め息《いき》をついた。

何せこの男。永劫《えいごう》を生きる怪人にして、伝説の存在たる錬金術師サン＝ジェルマン伯爵は、請負屋などを経営しているくせに、全くと言っていいほど荒事に向いていない、見た目通りの壮年の紳士でしかないのである。

最も、それは身体的な能力の話であって、ご自慢の錬金術やらを用いればその辺の破落戸如き《ゴロツキごと》に負けるとは思わないが……今回は行先《いきさき》が行先《いきさき》だ。ついて行かない、というわけにもいかないだろう。

トバリはもう一度、今度は諦念のこもった嘆息を零《こぼ》しながら立ち上がり、自身も彼に倣《なら》って愛用の紅《あか》いフーデットコートを取った。

「で、何処《どこ》に行く？」

袖を通しながら、一応確認する。

するとヴィンセントは、「決まっているだろう」と、口《くち》の端《は》をにやりと吊り上げながら言った。

「この都市で最も危険な区画——そう、ホワイトチャペルだ」

III

トバリたちの拠点である集合住宅はロンドンのイーストエンド近くにあり、目的のホワイトチャペルはほとんど目と鼻の先と言っていい距離である。そのため移動手段は徒歩ということになった。

トバリとしても異存はなかった。というか、それ以外の選択肢は最初から存在しない。集合住宅一階の半分の部屋の壁を取っ払って作られた倉庫には、ヴィンセントが自作した蒸気機関式四輪駆動やら二輪駆動が幾つもあるが、そんな機関機械の塊——部品一つ一つが大金になるような代物でホワイトチャペルに足を踏み込もうものなら、ほんの僅かでも気を抜いた途端、住民たちが一斉に押し寄せてきて、時計の秒針が一周する頃には金になる部品のすべてを剝ぎ取られて廃車の未来をノンストップで走り抜けることになるのは明白である。

何処《どこ》かで馬車なり蒸気馬なりに乗るという手もあるが、結局は自家用車で行くのとたいして変わりはなく、そもそもホワイトチャペルなどという劣悪な区域に行ってくれる御者は皆無だ。交渉し、料金割り増しをしてまで乗りたいものでもない。

結果、身一つでホワイトチャペルに向かい悠々と歩く男が二人。トバリとヴィンセントは、大通りの人波の流れに乗りながら徐々に、徐々にと、身綺麗《みぎれい》な人たちの流れから離れていく。

代わりに周囲の人の身なりは小汚く、みすぼらしさが増していった。それと同時に、人間らしさもかけ離れていく。そうしてすれちがうのは、頭に獣の耳を生やす少女に、身体《からだ》の露出部に爬虫《はちゅう》類《るい》のような鱗《うろこ》が浮かんでいる老人。身体《からだ》が異様に巨躯《きょく》な男や、一部が異形の者など……まるで幻想世界にでも迷い込んだような光景だった。

「遺伝子技術《ゲノムテクノロジー》の弊害、此処《ここ》に極まり——か」

すれ違う奇形の人々の姿を横目に見ながら小さく零《こぼ》すと、ヴィンセントは気難しげに眉を顰《ひそ》めて、

「第一次産業革命から、労働者の酷使は問題視されていた。そして機関革命によってそれはより一層酷《ひど》いものとなった。その改善のために生み出されたのが、遺伝子改造による労働種たち——まったく、忌《い》むべき人類の愚行だな」

ヴィンセントの言葉に、トバリは「ほんと、どうかしてるよ」と肩を竦《すく》めてみせた。

――遺伝子工学。

それは蒸気機関革命によって生まれた高度演算装置――《超大型演算機械《オルディナトゥール》》を用いることで発展した、二重螺旋《らせん》構築型高分子生体物質――所謂《いわゆる》生命の設計図《DNA》を解き明かす学問である。

当時、遺伝子工学は宗教家たちや一部の神学者たち、あるいは倫理を唱える者たちから「生命に対しての冒瀆《ぼうとく》的行為」と非難に晒《さら》された。だが、発展を続ける科学技術や産業の拡大化が齎《もたら》した労働者の酷使に対し、この技術は一つの光明とも捉えられ、最終的には多くの支持を得て実施された。

そうした背景と共に遺伝子工学が世界に齎《もたら》したもの。それは労働者に代わる、新たな労働力の人為的誕生である。

ヒト遺伝子を基盤《ベース》に、様々な動物の遺伝子を掛け合わせて生み出した人造《マガイモノ》の人類。それこそが彼ら、労働種《ピニオン》だ。

人に似て、人とは絶対的に異なる種族。人の身にあらざる、獣の容貌を持つ偽人《デミヒューマン》。

哺乳類。爬虫類《はちゅうるい》。両生類。鳥類。犬や猫、熊や蛇。鷲《わし》や海豚《いるか》……用途において配合される動物遺伝子は様々で、それぞれの分野の必要に応じて彼らは作られた。遺伝子配合培養槽《クレイドル》の中で、成人に近い身体《からだ》まで成長を促進されて、まるで家畜のように次々と職場へと送られていく。

過酷な労働を課そうとも、彼らは文句を言うこともなく働き。

時に事故で命を落とそうとも、すぐに替えの利《き》くという理由で顧みられることもなく。

彼ら労働種は、まるで奴隷のように酷使されていった。

そうして一九世紀が半分を過ぎる頃には、あらゆる産業は彼ら労働種によって賄われることとなったのである。

しかし、そんな労働の現場環境も長くは続かなかった。

ヒト遺伝子を素体としている。それは言ってしまえば、彼らの原型《アーキータイプ》は人間のそれである。耳の形や目の形。四肢の奇形に、肌の質感、感覚の違いはあれど、彼らの姿は人間のそれに近い形をしている。そして知性を持ち、感情がある。

ならば――

彼らは思った。

何故《なぜ》、自分たちがこうも苦汁をなめねばならないのだろうか？

彼らは考えた。

何故《なぜ》、自分たちが彼らの代わりに働かなければならないのか？

それは当然の疑問だった。

それは当然の帰結だった。

そして疑問が抱かれてしまえば、あとはもう――歯止めは利《き》かない。

彼らが生まれて半世紀余りを経て辿《たど》り着《つ》いたその疑問が、彼らに積み重なり続けていた不満が――頂点に達するのは、それほど時間はかからなかった。

抑圧され続けた奴隷が辿《たど》り着《つ》く答えは決まっている――反乱である。工場などの作業現場で酷使され続けていた労働種たちが、一斉に蜂起したのだ。

元より人より発達した四肢や感覚器官を備えた彼らの戦闘力は、並みの人間の比ではない。如何《いか》に蒸気機関の発達によって優れた機械や兵器があっても、それを振るうのが人である限り、限界があった。

屈強な体躯《たいく》や俊敏な動物の遺伝子を持つ労働種相手では、運動能力の基礎性能《パラメータ》の差はあまりに致命的であり、夜目や聴覚においても比類ない力を持つ彼らを武力で制圧するのは困難を極め――また彼らという労働力なくしては最早《もはや》立ち行かなくなっている産業界は、ほとんど無抵抗のままに彼らの要求を受け入れる形となったのである。

結果として労働種の待遇は過去に比べてかなり改善され、現在では正当な報酬の元に被雇用者としての扱いを受けるという形で落ち着きを見せている。

この一件以来、遺伝子工学に対しての風当たりは発達当初よりもはるかに厳しいものとなり、今では禁忌としてあらゆる実験の禁止が法によって定められた。

尤《もっと》も、そうならざるを得なかった理由はほかにもあるのだが、今は関係ないことだ。

「にしても――四〇年ばかり研究室《アトリエ》に籠っていたわりには、世の中のことをよく知っていらっしゃるようで」

「当然だよ、トバリ。私は知識人だ。現世に舞い戻った以上、その時代の社会事情くらい熟知していなくてどうする？」

皮肉を投げると、ヴィンセントはそう答えながら含みのある笑みを浮かべた。

「それにしても、蒸気機関革命か……まったくバベッジは、たった一つの発明で文字通り世界を一新したわけだ。いやはや、まさに見事の一語だよ」

まるであの蒸気機関文明の父《チャールズ・バベッジ》と知り合いであるかのように語るヴィンセントの様子に、トバリはまさかなぁと思いながら尋ねてみる。

「あー……ヴィンス。お前、ミスター・バベッジをご存じで？」

「ああ。彼がまだ若かりし頃、ほんの少しだが教えを説いたことがある。まさかあの時の若造が――と思うと、なんとも感慨深いものだよ」

しみじみと語る初老の紳士の横で、トバリは「ホントになんでもありだな、アンタ……」と苦言を零《こぼ》しつつ、ふと周囲に視線を巡らせて、

「……ふーん」

まるで人の気配がないことに気づく。如何《いか》に此処《ここ》がホワイトチャペルとはいえ、住民すべてが日銭を稼ぎに出ているわけではない。むしろ稼ぐことすら諦めた乞食《こじき》のほうが余程多い区画だ。いつもなら――そう。二人のような身なりの整っている人間が訪れようものなら、物陰から無数の視線が向けられているはずのこのホワイトチャペルで。

何故《なぜ》か、今日に限って人っ子一人見当たらず。またこちらの隙を窺《うかが》うような視線もなく。

(――何か……可笑《おか》しいな)

トバリは周囲への警戒を強める。

此処《ホワイトチャペル》の住人は、その多くが遺伝子変異に侵された半人半獣たちである。そして彼らのその遺伝子に組み込まれてしまった動物的本能は、人間よりもはるかに強い警戒心を抱かせる。

災害時に、犬が遠吠《とおぼ》えを上げるように。

鳥たちが一斉にその土地から飛び去るように。

(──まさか……な)

そう思いながら、同時に意識しておくに越したことはないだろうと改めて。

コートのポケットに突っ込んでいた手を出して、代わりにコートの裏に隠れている腰帯へと添えてヴィンセントに並ぶ。

しかし、そんなトバリの変化になど露とも気づかぬ彼は、訝《いぶか》しげに眉を顰《ひそ》め「どうしたトバリ。随分浮かない顔をしているな。もう少し気楽に構えたまえ」とのたまう始末である。

トバリは盛大に溜《た》め息《いき》を零《こぼ》し──そして底意地の悪い笑みを口元に浮かべながら言う。

「まったくお気楽だな、ご主人様《オーナー》」

すると、錬金術師は不敵に微笑《ほほえ》んだ。

「それはそうだろうとも。最高の護衛を伴っていると自負しているのでね。魍魎《もうりょう》あふれる魔窟と呼ばれるこの街《ホワイトチャペル》であろうと、恐れる心配はあるまいよ」

そう、したり顔で語るヴィンセントに、トバリはほとほと呆《あき》れて「そいつはどーも」と肩を竦《すく》める。

最も、彼らがそんな軽口を叩けたのも、ロンドン病院に着くまでの話だった。

Ⅳ

――ホワイトチャペル地区ロンドン病院。

正確にはロンドン病院付属研究施設。蒸気機関革命以降、飛躍的成長を遂げた医療の研究のために増設された施設であり、通称――実験棟。医療などに関係する様々な治験・研究を行う専門の施設であることからそう呼ばれているのだが、この施設で何が行われているのかは、関係者以外誰も――それこそヴィクトリア女王ですら知らないと言われている。

そして二人は、その実験棟の正面玄関前に立っていた。

並び立つ二人は、揃《そろ》って周囲に視線を向け――そして、徐《おもむろ》にヴィンセントが尋ねる。

「つかぬこと訊《たず》ねるが……あー、トバリよ。此処《ここ》はこんなに無警戒な場所だったかな？」

「いいや……滅茶苦茶《めちゃくちゃ》厳重な警備だったはずだぜ？」

答えながら、トバリは以前この辺りを訪れた時の自分の記憶を探る。普段ならば、この施設の前には屈強にして重装機関兵器《ヘビー・エンジンアーム》で武装した警備員が、過剰とも思える程厳重に警備していたはずである。

だというのに、今はどうだろう。警備員はおろか、人影など一つとして見つけられない――まさにもぬけの殻という状態だった。

そしてこれ見よがしにほんの僅かだけ開いている入口。

（これ……どう見ても罠《わな》だよなぁ）

と、訝《いぶか》しむトバリを余所《よそ》に、

「さて——では入るとしようか」

そう言って、迷いなく実験棟の扉に手を掛ける阿呆《ヴィンセント》に、トバリは「おいっ」とその背に声を掛けるも、彼は耳を貸さずに盛大に扉を開けて振り返った。

「何をしているんだ？」

「少しは怪しめよ。どう見ても様子が可笑《おか》しいだろうが……」

呆《あき》れて愚痴を零《こぼ》しながら、トバリはやれやれと肩を落とし、言うだけ無駄かと嘆息する。こうなったらなるようになれ、だ。

さっさと実験棟に入っていったヴィンセントの後を追い、トバリは辟易《へきえき》としながら建物の中に足を踏み入れる。

そして薄暗い実験棟の中を目《ま》の当《あ》たりにして——一言。

「——はは、こいつはすげぇ」

中は、凄惨の一言で片づけるにはあまりに悲惨な有様《ありさま》だった。

建物の玄関広間《エントランスホール》。ただ其処《そこ》に立っただけだというのに、鼻腔《びこう》を刺激する強烈な鉄錆《てつさび》の臭いと、それに交じる腐臭。そして白かったのであろう床を彩《いろど》るどす黒さ。そして天井や壁、床の至る所に転がる肉片――何が起きたかなど、想像したくもない地獄のような光景が広がっていた。

常人ならば、現場を目にした瞬間胃の中のものを逆流させるか、そうでなければ気絶するであろう惨劇の場だが――トバリは不快感に眉を顰《ひそ》めるものの、さして気にした様子もなく、部屋の真ん中に立つ雇い主の元へ歩み寄った。

「こりゃ酷《ひど》いな。これで『問題なし』なんて判断した警官《ヤード》は目が腐ってたのか？」

「まあ、考えるまでもなく買収されているだろう。そうでないなら、この情景を見て精神に異常をきたして判断能力を失ったかのどちらかだ」

軽口を叩《たた》くトバリに、しかしてヴィンセントは至極真面目な表情で言った。

何度見ても〝見るも無残な〟という言葉が相応《ふさわ》しい有様《ありさま》だった。建物に入ってすぐの部屋がこれでは、果たして奥がどんな状況なのかなど、考えるもの莫迦《ばか》らしい。

こりゃ調査なんてしないで兎《と》にも角《かく》にも帰ったほうがいいんじゃないか。なんて考えてヴィンセントに提案しようとした時だ――視線の端に、姿を現す人影が一つ。

薄暗がりの建物の中。異様な暗さで奥が覗《のぞ》けないエントランスに通じる廊下の入り口に立つ誰かの姿に、トバリは警戒するように視線を鋭くし注視する。

影――ゆらりと立つ人の姿。

暗がりの中であるが、トバリの目にはその姿がはっきりと浮かび上がっている。まだ若い女性だ。入院患者などが着る病院服に身を包んだ、肩ほどまで伸びた金髪の女性。

件の娘《くだん》──エルシニア・リーデルシュタイン、らしき姿。

(あぁ、くそ……厭《いや》な予感ってやつほどよく当たるよな)

彼女の姿をはっきりと視認した瞬間、トバリはそんな予感に囚《とら》われていた。まあ、厳密にいえばこの仕事《ビズ》が舞い込んで来た時からそんな気はしていたのだが……エルシニア・リーデルシュタインの姿を見た途端、その予感はほとんど確信となっていた。

一体どの世界に、こんなふざけた施設内に留まる人間がいるというのか。しかも彼女本人に至っても、目は虚《うつ》ろで焦点があっておらず、足取りは覚束《おぼつか》ないもので、おまけに着ている衣服の随所が赤黒く染まっている始末。

誰がどう見ても、怪しさ満点である。

──だというのに。

何故《なぜ》だろうか。トバリの雇い主たる彼。ヴィンセント・サン＝ジェルマンは、

「おや。そこにおります方はもしや……ミス・リーデルシュタイン嬢ではありませぬか？」

さも当然と言わんばかりに、極めて紳士的に声を掛けていた。

どうして、この男はそんな怪しさの塊のような相手に平然と声を掛けられるのだろうか。

(あーもー……ホント、つくづく理解ができないわ)

紳士というのは精神《スタイル》ではなく病気なんじゃないか？　と疑いたくなるくらいだった。

カツカツと杖《つえ》をつき、悠々と娘へと歩み寄るヴィンセントに注意を促そうとした――その時である。

――ぎちり……、と。

空気が軋《きし》む音を、トバリは聞いた気がした。

勿論《もちろん》、それは物理的な変化ではない。

それは感覚的に捉えた気配の変化だ。

どう表現するべきか。言い表すならば、それは空腹の肉食獣の前に、血の滴《したた》る新鮮な肉を置いた時のように。

揺れる金髪の間から覗《のぞ》く彼女の双眸《そうぼう》が、怪しい光を宿したのを見た。

赫《あか》い、赫《あか》い、眼光が。

ヴィンセントをしっかりと見据えていて――

「――ヴィンス！」

叫びながら床を蹴り、走りながら腕を伸ばす。ほとんど飛び出すように駆け出しながら伸ばした手が、紳士の襟首を摑《つか》む。同時にトバリは思い切り身体《からだ》を捻《ひね》り、腕を振り抜いてヴィンセントを背後へと引っ張り投げ――その立ち位置を入れ替えた瞬間、それは姿を見せた。

きゃはははははははははははははははは――

哄笑《こうしょう》と共に。

彼女の――エルシニア・リーデルシュタインと呼ばれていた少女の姿が変貌する。

内側からその身体《からだ》が、文字通り大きく開く。

そう。まるで花が咲くように。

少女であったものが、トバリの眼前で異形と呼ぶべきものへと姿を変える！

それは鋼鉄の異形。

それはクロームの怪物。

それは人に最も近しい姿形を模しながら、人から最も逸脱した――機械仕掛けの人喰い《マシーン・マンイーター》。

かつて人であったもの。

そして今や、人ではなくなったもの。

魂を失い、彷徨《さまよ》う存在――即《すなわ》ち、レヴェナント。

そう――それはロンドンに蔓延《はびこ》る、都市伝説の怪物。

鋼鉄と鋼鉄が折り重なり、それこそ大輪の花を思わせる鋼の花弁の異形。

それが、まるでねめつけるように目の前のトバリを見下ろしていて――

V

――そして、気づいた時にはもう手遅れだった。

自分を庇《かば》うように立っていた青年の姿が、次の瞬間に掻《か》き消えていた。否。そうではない。

薙《な》ぎ払《はら》われたのだ。文字通りに。

目の前の怪物が放った、視認がまず不可能なほどの超高速の一打。回避はおろか防御すら叶《かな》わず、黒髪の若者はまるで砲弾の如《ごと》く壁際《かべぎわ》まで吹き飛ばされたのである。

実験棟の壁を突き破り、その衝撃で崩れた瓦礫《がれき》に埋もれた友人の姿を遠目に見ながら、ヴィンセントは呆気《あっけ》に取《と》られてしまう。

「いやはや……まさかこれほどあっさり私の護衛《トバリ》を殴り飛ばすとは。なかなか恐れ入ったよ。新理論とやらは随分と面白いものを作ったようだ」

猛禽《もうきん》を思わせる双眸《そうぼう》に好奇心の色を浮かべて、ヴィンセントは興味深げに眼前の怪物を見据える。

そこにあるのはまさに鋼鉄《クローム》の花だ。

酸化した血の色を思わせる、赤黒に彩《いろど》られた鋼鉄の花弁。雌蕊《めしべ》の代わりに最後の人間らしさを主張する少女の頭部。地に根を張るように突き刺さる鉄骨に、大量の蒸気を噴き出す太い幹――まるで人から生える花の形をした機関機械である。

勿論《もちろん》、こんなものが新理論の生み出した成果などとは思わない。

これはレヴェナントだ。それはヴィンセントこそが一番理解している。新理論の根幹にあるのは、どれだけ人間の形を保ちながら機関機械化するかにある。


対してレヴェナントは違う。レヴェナント《これ》は、言ってしまえばその対極にある。

そう――如何《いか》にして、人間を機械の化け物に作り替えられるか。人間離れした異形に成せるか。それを追求しているかのような存在だ。

まるで御伽噺《おとぎばなし》に登場する怪物のように。

人が最も恐れるであろう存在を人から生み出そうとしているような、人類種に対しての悪逆。

――そして。

その異形のものを前にしたヴィンセント・サン＝ジェルマンは、含みのある笑みを浮かべながら声を上げた。

「まったく不思議なことだ。何故《なぜ》、こうも人を――生命を冒瀆《ぼうとく》するような行為が平然と為《な》されるのだろうか。何故《なぜ》このような異形を人から生み出すのか……まあ、尋ねたところで造られただけの貴女《あなた》には、そんなことは判《わか》るまいか。そしてレヴェナントと化した人間を元に戻す術はない。もし、救いがあるとすればそれは――終わらせてやることだろう」

眼前の脅威たる鋼鉄の怪物。名づけるならば、《人花《アルラウネ》》か。

この実験棟の惨状を生み出した存在。この施設にいたのであろうすべての人間を血の海に沈め、物言わぬ肉の塊へ変えた暴威。

それを前にしてなお、ヴィンセントの余裕は崩れない。

軽く地を蹴り——しかれど大きく《人花》から距離を取る。寸前まで彼が立っていた場所を、《人花》の根が打ち抜いた。

目にも留まらぬ速さで振り抜かれた鉄鞭《むち》の如《ごと》き根が、硬い床を容易《たやす》く砕く！

「ははっ。硬い床板をまるで焼き菓子のように砕くか。素晴らしい威力だ」

人間ならば、常人ならば、ただその一撃で肉塊と化すだろう。

ヴィンセント自身もまた然り。

あの威力の一撃は脅威だ。受けに回ろうものなら瞬殺されること間違いない。如何《いか》に自分が千年を生きると謳《うた》われる錬金術師とはいえ、身体能力においては常人のそれと大差ないのだ。《人花》の一撃を受けて生きていられるものがいるとすれば、それは《人花》と同じクローム の異形か。

あるいは——。

——正真正銘の、怪物くらいだ。

故に——。

「——ふはは。ふはははははははっ」

ヴィンセント・サン＝ジェルマンは笑みを絶やさない。

仮令《たとえ》目の前に立っているのが永劫《えいごう》不滅の怪物であろうとも。

仮令《たとえ》自分が、今まさに絶体絶命の窮地に陥っていようとも。

臆することなどない。
戦慄《わなな》くことなどない。
恐怖に怯《おび》えることも、死に震えることもない。
──何故《なぜ》ならば。
「──いつまで寝ているつもりかね、トバリ」
それは──常人ならば、ただ一撃のもとに肉塊と化すであろう一撃を受けた彼の名前。
普通であるならば、常識的に考えるならば、彼はもう死んでいるはずだ。
ただの人が、鋼鉄の怪物の一撃を受けて生きているはずがない。
ただの人が、常識を逸脱した彼の怪物に対抗《あらが》えるはずがない。
だが、彼は違う。
彼──ツカガミ・トバリは違う。

「──……うるせぇなぁ」

ヴィンセントの科白《せりふ》に、トバリは不愉快そうに返事をしながら、ゆっくりと崩れた瓦礫《がれき》の中から姿を現した。
埃塗《ほこり》れではあるものの、目立った外傷は皆無。床板すら砕く強打を受けたにも拘《かかわ》らず、彼は超然とした様子で、ただ不快げに眉を顰《ひそ》めている。

そんな彼に向けて、ヴィンセントはつかつかと歩み寄りながらわざとらしく両手を広げ、これまたわざとらしく彼の生還を喜んでみせた。

「無事だったか。良かった良かった。もし死んでいたらどうしようかと思っていたよ」

「心にもない科白《せりふ》を口にすんな。そん時は仲良く冥土に行くだけだろ」

「それは困る。私はまだ、この世に未練たらたらだ」

「千年以上生きていてまだ生にしがみ付くのかよ？」

「人間なのでね。欲望は尽きない」

「――で、行きつく先がお前の後ろのやつ？」

皮肉げに笑みを浮かべて、トバリはちらりとレヴェナントを――《人花》を見据える。

ヴィンセントは振り返り、《人花》を一瞥《いちべつ》して鷹揚《おうよう》に頷《うなず》く。

「確かに。これもまた人の業が導いた結果。人体と機械の融合を求め行きついた果ての一つだろう――最も、私はこんなものに興味はないが」

「ならどうするよ、雇い主？」

器用に口《くち》の端《は》だけを持ち上げて、極東の若者が不敵に笑んだのを見る。

不敵で挑戦的な笑み。その笑みと、その笑みに込められている意思を十分に理解し――ならばと、ヴィンセントは改めてレヴェナント《人花》を見た。

鋼鉄の花弁を携える怪物が、
クロームの根を翻《ひるがえ》す怪物が、

——GAAAAAAAAAAAAAAAAAAAAAAAAAAAAAAAAAAAA！


そう、声を上げる。

咆哮《ほうこう》が辺りに轟《とどろ》く。

ホラー・ヴォイス。恐怖の声。

耐性なき者に例外なく、直接作用する精神支配の叫び。

無論、ヴィンセントにその声は効果を成さない。故に、彼は杖《つえ》を手にしたまま超然と成り行きを見守る。

いや、その声を聞く。

その絶叫を聞き、片眼鏡越しに見えるものをしっかりと見据えて、

「私には見える。このような姿になってもなお、肉体に囚《とら》われる魂の姿が。私には聞こえる。異形と化した肉体に縛られ、解放を望む魂の叫び声が」

それは比喩でも冗句でもない。

事実、ヴィンセント・サン＝ジェルマンには見えている。

事実、ヴィンセント・サン＝ジェルマンには聞こえている。

死してなお解放されずにいる、魂の慟哭《どうこく》が。

鋼鉄の肉体に閉じこめられた、哀《かな》しみの声が。

そして、そんな解放を望む声に応える術は、たった一つ。

「先ほども言ったであろう、トバリ。レヴェナントと化した人間を元に戻す術はない。もし、救いがあるとすればそれは——終わらせてやることだけ」

故に——だ。

「我々がするべきことは同じだ。君が、私と出会う以前からそうしていたように——トバリ。我が友人にして、血塗《ちまみ》れの怪物の名を持つ君よ。

さあ——その血塗《ちまみ》れの爪で。

さあ——その鋭利なる牙で。

容赦なく、一切合切の遠慮なく、理不尽なまでの暴力と蹂躙《じゅうりん》を以《もっ》て——破壊したまえ」

その言葉に、

「——了解《イエス》、我が雇い主《マイ・オーナー》」


真紅の影を残し、彼がそう答えて——

そして、答えた時にはもう、彼の姿は《人花》の目前にあった。

凄《すさ》まじい脚力だった。

凄《すさ》まじい走力だった。

銃弾もかくやの如《ごと》く、彼は一息のうちに《人花》との距離を詰めると——彼我の距離を駆け抜けた速度よりもより鋭い抜き打ちを放つ。

両の腕が閃《ひらめ》き、握られた二振りの短剣がクロームの怪物を襲う！

白銀の刃が描く双つの軌跡が、吸い込まれるように《人花》へと叩《たた》き込《こ》まれ火花を散らす！

ぎゃりぃぃぃぃぃぃん
金属同士がぶつかる音が空気を震わせた。

「――疾《シ》ッ！」

裂帛《れっぱく》の呼気と共に、トバリはまるで独楽《こま》の如《ごと》く空中で身を捻《ひね》り、床に足を着くこともなく次々と斬撃を叩《たた》き込《こ》んでいく。

――斬撃。斬撃。斬撃。

次々と叩《たた》き込《こ》まれる無数の軌跡。縦横無尽に中空を駆る白銀の連舞。真紅の影から放たれる無数の白銀は、《人花》とはまた別種の花をヴィンセントに連想させた。

「鋼鉄の花と相対するは、刃の花か……」

鉄華を刈り取ろうとする刃華。

(――だが、足りない……か)

ヴィンセントは《人花》の様子を観察して、僅かに双眸《そうぼう》を鋭くする。

次々と叩《たた》き込《こ》まれるトバリの刃は、確実に、着実に《人花》の身体《からだ》を削っている。

だが、削れているのは表面を覆う鋼鉄の装甲だけで、レヴェナントの内側にまで届いていない。

それでは駄目だ。

その程度の刃では、クロームの怪物は斃《たお》れない。

レヴェナントを斃《たお》す術はただ一つ。

その身体《からだ》を動かす心臓部――機関核《レヴェナント・コア》を破壊することだ。

《人花》がレヴェナントである以上、それは例外ではない。だが、かつてヴィンセントたちが対峙《たいじ》していたレヴェナント――《蜘蛛《アラクネ》》や《跳ねる者《スプリンガルド》》などの個体とはまた違う。僅か数カ月で、レヴェナントの様相はさまざまに変化し、別種の存在と化しているように感じていたのだが……目の前で暴れる《人花》を見て、その推測はおおよそ間違いではないことを、ヴィンセントは確信していた。

その証拠に、真紅の彼が、鮮血の色を纏《まと》う彼が盛大な舌打ちを零《こぼ》して大きく飛び退《すさ》った。

同瞬――無数の鉄の雨が降り注ぐ。

寸前トバリが着地した地点を、まるで針を落とすような正確さで射貫く。殺到したのは、鋼鉄の縄《ワイヤー》が束になったような無数の根だった。後退するトバリを追って床を貫き――あるいは床から突き出して追撃する。

《人花》の猛攻を紙一重で躱《かわ》し、時に短剣で受け止め、あるいは捌《さば》きながら――地を滑るようにして距離を取るトバリが、忌々《いまいま》しげに顔を顰《しか》めた。

「あー……畜生め。随分硬いぞ、こいつ」

「だろうな。君がこれまで狩ってきたレヴェナントとは、どうやら規格も性能も段違いのようだ。如何《いか》に極東の業物とはいえ、斬鉄するには聊《いささ》か鉄の密度が小さいだろう」

「高みの見物とは良いご身分だな。消《あや》りたいねぇ」

皮肉を零《こぼ》しながら、トバリはゆらりと立ち上がった。

不満げではあるが、そこにレヴェナントに対する焦燥の色は見受けられない。どころか、彼は何処《どこ》か楽しそうに口《くち》の端《はし》を持ち上げて、呵々《かか》と失笑する。

「はっ――いいぜ。久々に歯応えがある相手なことだし……ちょっとばかり本気を出すか！」

そう言って、彼は右手に握っていた短剣をコートの内に収めた。そしてゆっくりと空手となった右腕を持ち上げて、軽やかにその手を閃《ひらめ》かせる。

すると、

――ガシャンッ

まるで重機が動くような音が響く。

同時に、トバリの右腕に変化が起きる。寸前まで何も握っていなかったその右腕。そのコートの裾口から覗《のぞ》く、鈍色の機械。クロームの外装に覆われ、精巧緻密な蒸気機関を備える、鋭利で冷徹な鋼鉄の爪が、いつの間にか彼の右腕を覆っていた。

それは機関機械の籠手。

それは機関武装の腕爪。

あれこそがヴィンセントの傑作。対レヴェナント用に開発した近距離格闘型機関武装。レヴェナントの強力な打撃を凌《しの》ぎ、且《か》つ硬き装甲を突き破ることのできる兵器。

――銘は〈喰い散らす者《ハウンドガルド》〉。

本来ならば、有り得ざる武装だった。

本来ならば、有り得ざる兵器だった。

それは当たり前だ。相手は鋼鉄の怪物。全身をクロームの装甲に覆われた、無数の大型蒸気機関をその身に宿した生体兵器。如何《いか》に屈強な兵隊といえど、如何《いか》に勇敢な英傑なれど、生身のままでレヴェナントに接近戦を挑むなど愚の骨頂。自殺志願と言っても不足ないだろう。

だが、彼は違う。

彼――ツカガミ・トバリは違う。極東の島国よりやって来た彼に限って言えば、その常識は通じない。

目で追えないほどの速さで振るわれる《人花》の鞭打《むちうち》の嵐を掻《か》い潜《くぐ》り、迫る猛攻を〈喰い散らす者〉でねじ伏せ、時に左の短剣で受け流し、けたたましく吼《ほ》えるレヴェナントの恐怖の声《ホラー・ヴォイス》をげらげらと声高らに嘲笑《あざわら》い、まるでダンスのステップを踏むような陽気な足取りで、レヴェナントへと向かっていく！

それでもなお、目敏《めざと》くトバリの死角――背後の地面から根を撃ち出し、彼の背を狙うが、

「――遅ぇよ」

右腕、一閃《いっせん》！

蒸気機関式の武装が、トバリの右腕に備わった五本の鋼鉄の爪が、彼の背中を貫こうとする根を

一撃の下に引き千切る！

凄《すさ》まじい反応速度だった。

およそ常人では気づくことすら叶《かな》わなかったであろう奇襲に対し、彼は振り向くことすらせずに腕の一振りで防いでみせ――


「――そらぁっ！」

裂帛《れっぱく》の気迫と共に、彼はその身を中空に躍らせて右腕の鉄爪を思い切り振り抜く！
〈喰い散らす者〉の蒸気機関が駆動し、五指の爪刃が煌々《こうこう》と赤い輝きを帯びて――
四方八方から迫る無数の幹の鞭打《むちうち》を、
ワイヤーの根が形成する鑓《やり》の雨を、
トバリの振るう爪が――〈喰い散らす者〉の刃が、一切合切容赦なく千々と切り裂く！

――GRUUUUUUUUUUUUUUUUU！


怪物の絶叫！

怪物の怨嗟《えんさ》！

その悲痛なまでの叫びはまさに阿鼻叫喚《あびきょうかん》の如《ごと》し！

叫ぶ《人花》の頭部。唯一人間らしい部分たる少女の顔が痛みに歪《ゆが》み――其処《そこ》に、紅《あか》い影が飛び込んでゆく。

頭上跳躍。

自然落下。

レヴェナントの頭上に跳んだトバリが、にぃぃぃっと牙を剝《む》くように凶悪に笑む。

「――右の頰を打たれたら、左の頰をぶん殴れ、だったよな！」

「こらこら、神はそんなことは言っていないぞ」

(個人的にはそっちのほうが好みだが)

野次を飛ばしながら、ヴィンセントは胸中でそうほくそ笑んだ。

その科白《せりふ》に対しての返事はない。

代わりに、鋼鉄の爪を携えた《血塗れの怪物《グレンデル》》が、《人花》に向けて赤光《しゃっこう》を纏《まと》ってその腕を叩《たた》き込《こ》む！

「――AMEN、ってなぁ！」

なんということだろうか……此処《ここ》まで酷《ひど》く、不謹慎極まりない祈りの言葉もないだろう。ヴィンセントは強く、強くそう思った。

教会の敬虔《けいけん》で善良な信者や牧師の前では絶対に許されない蛮行を、ヴィンセントは見た気がした。

まあ、彼にとっても宗教上の神など毛ほどの信仰もないのだが――まあ、それは置いといて。

――素晴らしい一撃だった。

それはまさに一撃必殺の言葉を体現するが如《ごと》く。

その一撃は《人花》の上げる悲鳴ごと頭部を潰し、硬いクロームの花弁を切り裂き、その奥底にあるレヴェナントの鋼鉄の心臓を捉えているだろう。

そんなヴィンセントの推察を証明するように、ずるぅぅり……と、引き抜かれたトバリの右手に握られていたのは、無数の配線が繋《つな》がったまま脈動する鉄塊――レヴェナントの核だった。

心臓といえる核を引き抜かれた《人花》が、動力の切れた機械のように崩れ落ちる中、トバリは悠々とした足取りで地に降り立ち――引き抜いた核をまるでボールのように手の上で弄びながら言った。

「なんつったけ？　えーと、〈喰い散らす者〉？　なかなか悪くないじゃねーか」

「前の〈極東型機関刀《サムライソード》〉は消耗品に近いものだったが、これはその欠点を補うために刃を五分割し、負担を軽減しているんだよ。以前のような不快な音も鳴らない。欠点らしい欠点といえば、君くらいしか使えない――というところか」

「こんな代物、使いたがる奴《やつ》のほうが珍しいと思うけどな」

くつくつと笑い、トバリはひょいと《人花》の核をこちらに投げて来た。ヴィンセントは片手でそれを受け止め、まじまじとそれを観察する。

冷たい、冷たいはずの鋼鉄の心臓《かたまり》――だというのに、手袋越しに感じる確かな温度。そこにある僅かな温《ぬく》もりは、《人花》の、エルシニア・リーデルシュタインの残された人間の残滓《ざんし》か。それとも単なる機関稼働《かどう》の排熱の名残か。

どちらにしても、興味深いものである。

「――おい、ヴィンス。こっちはどうするさー」

核を観察していると、トバリがそう問うてきた。視線を向ければ、彼はぴくりとも動かなくなったレヴェナントの前にしゃがみこんでこちらを振り返っていた。

ヴィンセントは一先《ひとま》ず核をしまいながら、彼の元に向かい――隣に立ってレヴェナントを見下ろした。

トバリがつぶした、《人花》の人頭部。彼女唯一の人間の名残があった部分は、今となっては完全な鉄屑《てつくず》と化していた。

「依頼はこの女を見つけろ――だったが……どう証明する？」

「まあ、死んだと報告するしかあるまい。人をレヴェナントにする方法はあるようだが、レヴェナントを人に戻す術があったとは到底思えない」

「報酬出るのか、これ？」

「掛け合うしかあるまいに」

男二人、顔を突き合わせてああでもないこうでもないと言い合っていると、

「――全員、そこを動くな！」


という、野太く勇ましい声が背後から。

ヴィンセントはトバリと共に振り返って声の主を見た。声の主は、幸か不幸か見知った顔だった。

「これはこれは、レストレード警部。ご機嫌麗しゅう」

「――よぉ、警部。お仕事ご苦労さん」

まるで商店街でたまたま出会ったような気軽さでそう声を掛けると、警官隊を引き連れた偉丈夫――レストレードは「なっ！」と目を丸くしてこちらを見るや、

「ま、またお前たちか……今度は何をやらかしやがった？」

「何を、とは失礼だな。我々は君の友人が丸投げした依頼を受けて此処《ここ》に来て、襲われたので自衛したまでのことだ。非難されるのは心外だよ、警部」

憤慨するレストレードの言及をのらりくらりと躱《かわ》し、肩を竦《すく》めながら、

「――しかし……何故《なぜ》君たち《ヤード》が此処《ここ》にいるのかね？　先日調べた時は、異常がなかったのではないかい？」

そう尋ねると、レストレードは被《かぶ》っていた帽子を外して苛立《いらだ》たしげに頭を掻《か》いた。

「その報告をした莫迦《ばか》を絞り上げたんだよ。案の定、買収されて虚偽の報告をしてやがった」

「随分仕事熱心じゃん。流石《さすが》ロンドン警視庁の名警部」

「まったくだ。君の勤労精神には頭が下がるよ、レストレード警部」

呵々《かか》と皮肉げな笑みを浮かべながら、トバリがからかいの言葉を投げる。ヴィンセントも便乗してねぎらいの言葉を掛けたのだが、対してレストレードは忌々《いまいま》しそうに眉を顰《ひそ》めて二人を睨《にら》んだ。

「黙れ、この疫病神《やくびょうがみ》どもが。用が済んだならとっとと失《う》せろ。そうでないと牢屋《ろうや》にしょっ引くぞ！」

「では、喜んで退散しよう」

レストレードの言葉に、ヴィンセントは帽子を手に取り軽く会釈《えしゃく》しながらレストレード警部の横を通り過ぎ、半ば現場の惨状に呆然《ぼうぜん》とする警官隊に「失礼」と言って間をすり抜けていく。

「んじゃ、お仕事ごくろーさん」

トバリもまた、レストレードの肩をポンと叩《たた》いて、まったく気のない挨拶と共にヴィンセントとその場を後にする。

残されたのは、巨大な鉄の塊と化したレヴェナントの亡骸《なきがら》と、それを前に棒立ちとなった警官隊。

そして、

「くそ、これだから請負屋《ランナー》は……面倒だけを残していく分、ホームズたちよりも性質が悪い」

目の前の状況をどう処理したものかと頭を痛めるレストレードであった。

◇◇◇

——そして。

男二人が実験棟を去っていく様子を見下ろす、影一つ。

金色の双眸《そうぼう》が、値踏みするように彼らを見下ろしていた。

「……あの程度のレヴェナントならば、容易《たやす》く制圧できるわけですか。なるほど、確かに腕が立つようで」

廃墟《はいきょ》の上。煤煙彩《ばいえんいろど》る空の下。少女は颯爽《さっそう》と踵《きびす》を返《かえ》す。

もう、此処《ここ》には用がないと言うように。
そうして後に残されたのは――
少女の髪に飾られた、青い薔薇《ばら》からこぼれた一枚の花弁だけが風に揺れていた。

幕間

――さて、本日のゲストは今やその名を知らぬ者などいないと言われる美人経営者、ホーエン《H》ハイム・インダストリー《I》最高経営責任者、ティオ・ホーエンハイム氏です。

本日はお忙しい中お越しいただき、感謝致します。

そのような紹介は恥ずかしいですね。こちらこそ私のような若輩者を招いていただき、感謝致します。

――さて、偉大なる開闢者《ザ・ファースト》バベッジが作り出した階差機関《ディファレンス・エンジン》の誕生。そして階差機関を発展させた超大型演算機械《オルディナトゥール》の登場以降、世界は第二次産業革命――通称『機関革命』に突入し、世界は機関技術の発展競争の時代になりました。

まさしく。ミスター・バベッジを筆頭に、様々な碩学《せきがく》たちのおかげで機関工学の誕生や、科学技術の飛躍的な進化が齎《もたら》されましたね。

——そんな中、ホーエンハイム氏は僅か五年でロンドン屈指の機関企業に上り詰めたわけですが、この競争激しい業界に飛び込もうと思ったきっかけは？

強いていうなれば、好奇心ですね。登場から十数年で世界中に普及した蒸気機関を、自分で作り出したいという欲求に従った、というところでしょうか。

——なるほど。しかし蒸気機関の発展以降、煤煙《ばいえん》を始めとした様々な弊害が発生していますが、このことに関してはどう思われますか？

技術の発展は、同時に様々な問題をも齎《もたら》すのは免《まぬが》れないことでしょう。特に煤煙《ばいえん》による太陽光の遮断や、機関革命初期に勃発し、今も問題が未解決の遺伝子工学実験の変異被害はその最たるものです。そういった弊害によって不幸に見舞われた人も少なくない。でも、だからこそ私たち技術者は、一層の技術促進を目指し、これらの問題を早期解決する手段を模索しなければなりません。

——恒久的な問題解決のために、現状の弊害には目を瞑《つぶ》るしかないということでしょうか。

そう思われるのも仕方がないことでしょう。一個人としても、機関革命で生じた問題と恩恵を天《てん》秤《びん》にかけた場合、間違いなく恩恵のほうが大きいと思います。でも、だからと言って目先の得られる恩恵ばかりに囚《とら》われて、問題を後回しにするつもりもないことだけは、この場を借りて明言させてもらいます。

——心強いお言葉です。話は変わりますが、昨今ＨＩでは事業拡大に伴って雇用者を増大したそうですが、貧民街住人をはじめ、軽犯罪者や放浪者なども幅広く雇用したそうですね。

はい。そもそも彼ら貧民層や軽犯罪者などが発生したのは、一部の富裕層による事業や富の独占によるものです。理不尽極まる低賃金や福利厚生等を始めとした、悪辣な雇用体系によって苦しんでいる人々が大多数だと私は思います。

そんな彼らへ必要なのは、正当な手続きを踏んだ所得と衣食住です。私はそれらを得られる場を提供し、彼らは私の目指す事業への力になってくれる——普通に考えれば誰でも思いつくことを行《おこ》なったまでですね。

——素晴らしい考えだと思います。昨今のロンドンでは、そのような考えができる事業者は少ないという声があちこちから聞こえてきますからね。どうかほかの事業者も、ホーエンハイム氏に続いてくれることを祈るばかりです。

そうですね、私もそうあればいいと思います。

――ありがとうございます。ではそろそろお時間となりましたので、最後に何か、読者の皆様にメッセージを。

第二次産業革命――世に『機関革命』と呼ばれる出来事からおよそ四半世紀が過ぎました。ですが、機関はまだ発展途上の技術です。我々ＨＩは、ロンドン市民――ひいては機関文明にあやかるすべての人々の力になれればと邁進《まいしん》していく所存です。

――本日は貴重なお時間ありがとうございました。一個人として、ホーエンハイム氏のご活躍を応援致します。

いいえ、こちらこそありがとうございます。それでは。

あるゴシップ雑誌の特集記事より抜粋

三幕『青薔薇《ばら》の淑女は斯《か》くして語る』

Ⅰ

ゴゥンゴゥンゴゥン――

今日もまた、大機関の音が都市の至るところから響き渡る。都市の半分は蒸気に覆われ、頭上には相変わらずの灰色の空が広がっていた。

ただし、空模様が変わらないからと言って、人々の日常もまた同じ――とは限らない。

例えば、そう。こんな風に。

「――……来ていない？　マリア・パーキンソンが？」

「は、はい。アカデミア在籍の学徒は、全員認証用の機関《エンジン》カードを持っています。それによりますと、彼女はもう二週間近くアカデミアに来ていないようですね」

そう言って困ったように微笑《ほほえ》む綺麗《きれい》な受付嬢の様子に嘘《うそ》はなく、トバリは鳩《はと》が豆鉄砲を食らったように目を丸くし、言葉なくその場で頬を掻《か》いた。

今トバリがいるのは、王立機関研究学院――アカデミアの一般受付である。アカデミアの構内は基本的には一般人の入場は許可されておらず、関係者以外の人間がアカデミアに用がある場合は、この受付を通すことが通例となっていた。

そしてトバリは今まさに受付で聞かされた話を、改めて頭で整理する。

（……なにがどうなってんだよ）

先日請け負ったマリア・パーキンソンからの『友人のエルシニア・リーデルシュタインの行方を調べてほしい』との依頼の結果報告をしようとした際、連絡先を聞いていないことに気づいたトバリとヴィンセントは、ならばと彼女が在学しているアカデミアに行って直接繋《つな》ぎをつければ良い、と考えたのである。

しかし、蓋を開けてみればこのざまだった。

依頼人たる少女、マリア・パーキンソンは、どういうわけか二週間もアカデミアに姿を見せていないと言う。

住所を尋ねてもみたが、部外者であり、また家族でもないトバリにそんな情報を公開してくれるはずもなく――途方に暮れる始末となった。

「まさかヴィンスのやつ……これを見越して来なかったんじゃねーだろうな……」

「ありそうだねー」

此処《ここ》にはいない雇い主の顔を思い出して悪態を零《こぼ》すトバリの横で、頭一つ分以上低い場所で帽子を被《かぶ》った少女が――リズィが同意するように頷《うなず》いた。

「伯爵。先を見越してること多そう」

「長生きしてると経験則から色々予想できるんだろ。いやまあ、今はそんなことよりもだ」

リズィの科白《せりふ》に同意を返しながら、トバリはどうしたものかと周囲に視線を巡らせた。

多くは白衣に身を包む者。

革帯《ベルト》に無数の工具を刺している技師のような者。

腕や足に機関式《エンジン》の機械義手《マシーンハンド》や機械義足《マシーンレッグ》をつけている者。

中には機関式義眼《エンジン・モノクル》を嵌《は》めている者もいる。

それら全員、皆一様に煤《すす》や埃《ほこり》に塗れながらも、まるで市場のような活気に満ちた若者たちが学院内をひっきりなしに歩き回っていた。しかも人間以外に、清掃用《クリーニング》の機関式人形《エンジンワーカー》や、恐らく学徒たちが自作したのであろう、形状は歪《いびつ》ながらも蒸気を吐き出し、とことこと動く小動物型機械人形《アニマロイド》など――どこを見ても人間か蒸気機関が散在している様は、まるで最先端の機関機械《エンジン・マシーン》の見本市《オンパレード》だ。

「お、あれ面白そ」

興味を惹《ひ》かれたらしいリズィが、近くを歩いていた機関人形を捕まえて遊び始める始末。連れてくるんじゃなかったなぁと一抹の後悔を抱きながら、トバリはちらりと行き交う学生たちを見る。

流石《さすが》は英国最大の学術機関というだけのことはあって、行き交う人々からは何処《どこ》かしら知的な雰囲気が滲《にじ》み出《で》ている――という感慨は、トバリにはない。むしろ研究に明け暮れ、智《ち》の探究という行為に対して何処《どこ》までも貪欲な亡者《もうじゃ》にすら見えた。

どうやら、アカデミアに憧れる者なれば誰もが抱くような感情は、粗野な自分にはないのだろうなぁと苦笑を零《こぼ》し、どうしたものかと懐《ふところ》から一枚の篆刻写真を取り出して眺めてみる。

先日雇い主から渡された、エルシニア・リーデルシュタインの写真だ。今はトバリが預かっていた。

ロンドン病院の実験棟。そこで出会った時にはもう、写真のような綺麗《きれい》な姿はしていなかった。いたのは、彼女という存在に扮《ふん》した鋼鉄の怪物だ。このロンドンで実《まこと》しやかに囁《ささや》かれる都市伝説の怪物。

一体どのような経緯で、彼女がそんな末路へ至ったのだろうか。新理論と呼ばれる研究に原因があるのか。それとも全く別の要因があったのか。

尤《もっと》も、トバリには想像もつかないことだ。

判《わか》っていることがあるとすれば一つ。彼女を――彼女であったモノを終わらせたのは、自分であるということである。

今わの際に彼女が浮かべた表情と断末魔は、果たして《人花《アルラウネ》》のものだったのか、エルシニア・リーデルシュタインのものだったのか。想像はできても、真実は判《わか》らずじまいだ。

尤《もっと》も、そのどちらにしても。あるいはそれ以外の何かであったとしても、トバリのすることは変わりない。

レヴェナントである以上、ただ狩るだけだ。そうしなければ、殺されるのはこちら側なのだから。

ヴィンセントには、何やら他の思惑もあるようだが……まあ、それは気にする必要はないだろう。

彼には彼の都合があって、自分には自分の都合があるのだ。

「しっかしまあ……何処《どこ》の誰だか知らないが、何が面白くてあんなもの作ってんだか」

理解に苦しむねぇ、とぼやいて写真を懐《ふところ》にしまおうとし――

「ん？　なにそれ」

ひょいと、機関人形と戯《たわむ》れていたはずのリズィが、いつの間にか戻ってきて横からつま先立ちになりながら写真を覗《のぞ》き込《こ》んでくる。

「依頼人が寄越した捜索人の写真だよ」

「ふーん。見して」

「見てどうするんだよ。もう死んでるぞ、こいつ」

「ケチ」

「なんでだよ」

なんて風に言い合っていると、写真が手から滑り落ちた。ひらりと宙を舞って落ちた写真を、通り掛かった男子学徒の一人が拾う。

「どうぞ」拾った学徒が写真をトバリへと差し出す。トバリは「ありがとさん」と微苦笑しながらそれを受け取った。すると、

「あれ……この子って」

「ん？　知り合いかい？」

「あー、知り合いっていうか……なぁ？」

その男子学徒は驚いたように目を丸くして、隣にいた友人らしき男子と顔を突き合わせた。彼の言いたいことが判《わか》ったのか、もう一人の男子も困ったように眉を顰《ひそ》め、言った。

「――パーキンソンだろ。新理論の演説、やたらしまくってた子だ。そういえば、最近見ない――」

男子がすべてを言い終えるよりも早く、トバリはその学徒に詰め寄った。

「今……なんて言った？」

「――さ、最近見ないなーって」

「そうじゃねぇ。名前だ、名前。今、この娘のことなんて言った？」

「へ？」

トバリの問いに、男子二人は呆気《あっけ》に取《と》られたように目を丸くして、

「えっと……パーキンソン。マリア・パーキンソンでしょう？　この子……」

「間違いなく？」念押しするように尋ねると、彼らは揃《そろ》って首を縦に振った。

「有名人ですよ。アカデミアの新理論推奨派旗頭、って感じで」

「……良い話が聞けた。ありがとよ、オニーチャンたち」

そう短く礼を言って踵《きびす》を返《かえ》し、トバリはリズィを引き連れて再び受付へと足を運ぶ――そして先程と同じ綺麗《きれい》な受付嬢の前に立って、にっこりと笑いながらこう尋ねた。

「――さっきぶりだな、綺麗《きれい》なオネーサン。もう一人調べて欲しい人がいるんだけど、いいかい？」

その時受付嬢が何処《どこ》か怯《おび》えたように見えたのは、きっと気のせいだろう。

II

授業の終わりを告げる鐘が鳴り、教授が「もう、チャイムですか。仕方がない。では、今日のところは此処《ここ》までにしましょう」という科白《せりふ》を合図に、その時間の講義は終了した。恙《つつが》なく終わりを迎えた講義を聞き終えた私は、悠々と講義室を後にする。

簡素な中着の懐《ふところ》から懐中時計を取り出して、現在時刻を確認する。講義終了予定時間からおよそ一分が経過していた。

歩きながら、今日の予定を再度確認する。午後に受講している講義はない。かと言って、研究室に足を運ぶような用事はない。今の時期は次の考査期間に向けて資料を読み込み、論文の材料を集めるのが通例だ。

勿論《もちろん》、私もまた、その例に漏れない。ただ——他の皆と違う部分があるとすれば、私は既に充分な資料を蓄えているくらいだけど。

そんなことを考えながら、私は廊下を歩く。まるで物語に登場するような古城のような造りをした長い廊下を踏破し、中庭に抜けた。

時間は丁度お昼時で、テラスのあるこの中庭では昼食を取っている学徒がちらほらと存在していた。

見ていたら、自分もお腹《なか》が空いてきたような気がして苦笑を零《こぼ》す。

どうせ午後の予定はないのだから、このままアカデミアの外に行ってランチにするのもいいかもしれない。

――なんて、考えていた時だ。

「あー、もし。そこの青い髪のご令嬢は、ミス・リーデルシュタインでよろしいかな？」

不意に声、掛けられて。

私は何気なく足を止めて、声のしたほうに視線を向けた。

――誰だろう？　私の名を呼ぶ人なんて、そうそういないはずなのに。

そんなことを考えながら振り返って――そして、私は自分の失態を悟った。

思わず、息を呑《の》んで立ち尽くしてしまう。

視線の先。渡り廊下の柱に、背を預けるようにして佇《たたず》む人影。

見覚えは――あった。

ただし、アカデミアでではない。

彼と出会ったのはアカデミアの外。イーストエンド近くの集合住宅の三階で。

長めの黒髪と、その間から覗《のぞ》く切れ長の双眸《そうぼう》の青年。身を包む紅《あか》い外套《がいとう》も記憶に新しい。

――だけど、どうして彼がこの場所《アカデミア》に？

「――どうして？　って顔してるな。ミス・パーキンソン。いや、ミス・リーデルシュタイン嬢よ」

――……どうやら正体もバレているらしい。

私は内心で焦《あせ》りを感じながら、それでも努めて冷静を装《よそお》って柔和な笑みを口元に浮かべた。

「あの……誰かと勘違いしていませんか？　私は——」

「——エルシニア・アリア・リーデルシュタイン。アカデミア所属二期生《セカンド》。専攻は機関工学と機関物理学。専門分野は汎用性機関工学だっけ？　よくもまあ騙《だま》くらかしてくれたな。アンタがうちに来た時、取り換えっ子妖精の話をしたが……驚いた。まさにアンタがそれだったとはな。依頼人と尋ね人の名前を入れ替えるなんて、恐れ入ったよ」

唐突に、そして滔々《とうとう》と。軽い足取りでこちらに近づきながら、まるで世間話のように、だけど有無を言わせぬ言葉を連ねる彼に、私は思わず後退る。

すると、彼は足を止めて——代わりに底意地の悪そうな笑みを口元に浮かべてみせた。

「ははっ。その反応を見る限り……どうやらアンタがあの時の依頼人——と見て間違いないか。服装や髪型は変えても、その髪の色はなかなかに目立つしな」

「……なんの、ことでしょうか」

ニタニタと笑う彼を警戒しながら、私は一歩後退しながら尋ねる。すると、彼は大げさに肩を竦《すく》めながらため息を零《こぼ》す。

「別に責めようってわけじゃない。まあ、責めたい気持ちはあるけど……俺は所詮雇われの身で、今回はただの報告役《メッセンジャー》として依頼主に会いに来たってだけだし」

そう言って欠伸《あくび》をする青年を注視する。様子を窺《うかが》う。猛獣《ネコ》を警戒する、小動物《ネズミ》のような慎重さで。

少なくとも、彼から害意らしいものは感じられなかった。

不満や苛立《いらだ》ちはあるようだけど、それはまあ仕方がないと私も思う。私が彼の立場だったら、間違いなく同じような態度を取るだろうし。

「……報告役、ですか」

「——是《イエス》。これを依頼主に渡せ、ってのがうちのご主人様のお達しでね」

そう言うと、彼は赤いコートの懐《ふところ》から一通の便箋を取り出して、私へ差し出してきた。

彼のその行動に、思わず私は辟易《へきえき》とした気持ちになる。

「……それは報告役ではなくて、配達係《ポスティーノ》では？」

受け取りながらそう一言だけ尋ねてみた。

しかし彼は、「——どっちだっていいさ。届けるのが言葉か手紙かの違いだし」と、興味なさげにそっぽを向きながらニヤリと笑う。

なんというか——摑《つか》み処《どころ》のない人だ。まるで道化師《ピエロ》を相手にしている気分になる。こっちの気分などお構いなしに、疎《うと》ましい笑みを浮かべる大道芸《サーカス》の道化師。

私は口《くち》の端《は》だけを器用に持ち上げている彼から視線を外さず、手渡された手紙を開く。

そして手紙の内容を見た瞬間、私は言葉を失った。


——ミス・パーキンソン。いや、名前も判らぬ婦女子《ネームレス・レディ》へ。

これは招待状である。

貴女《あなた》の真意が知りたい。腕の立つ護衛を、この手紙と共にお送りする。

是非彼と共に、今一度我が下に参られたし。

ヴィンセント・サン＝ジェルマンより

手玉にとれる――などとは思ってはいなかった。相手は歴史に名を連ねる怪人だ。僅か十数年しか生きていない自分が、彼の慧眼《けいがん》を欺けるなんて考えはなかった。

（……だけど、そんな考えすら甘かったのかもしれない）

まるですべてを見透かしているかのような手紙の文面に、私はそんな戦慄を覚えてしまい、呆然《ぼうぜん》と立ち尽くしてしまう。

「おいおい……そんな庭の真ん中に突っ立てちゃあ、通行の邪魔だぜ？」

声と共に、視界に陰りができた。

いつの間にか彼が――紅衣の彼が、上から覗《のぞ》き込《こ》むように私の手に握られている手紙に視線を向けていた。

不意打ちの距離だった。

気づいた時にはもう、彼はそこにいて。

彼は、呆《あき》れたように顰《しか》め面《つら》になってこう言った。

「なんだよ……ヴィンスの奴《やつ》、端からアンタを信用してなかったみたいだな。いや、この文面だと、疑ってかかってた――って感じか」

私に――というよりは、自分に言い聞かせるような物言いで、彼は一人その場で納得したような。あるいは、諦めたような溜《た》め息《いき》を一つ零《こぼ》した。

そして視線を私に向けて、

「――さて、どうするよ。俺としてはアンタが自分の足で事務所に来てくれると嬉《うれ》しいんだけど？」

にやにやと、意地の悪い笑みを浮かべてそう訊《き》いてくる。まるで裏路地にいる破落戸《ゴロツキ》のような笑みに嫌悪《けんお》感を覚え、私は彼を睨《にら》みつけながら尋ねた。

「……もし、厭《いや》だと言ったら？」

「――無理やりにでも」

――カチャッ、という金属が擦れる音。

僅かに視線を動かして、彼の手を見る。彼の手――左手に握られているのは、恐らく短剣の柄だ。

実力行使も厭《いと》わない、ということなのだろうか。だとすれば、随分と狭量《きょうりょう》である。

「――……力ずくで女性《レディ》を連れて《エスコート》いくというのは、紳士にあるまじき行動ですね？」

「残念だが俺は英国人じゃない。だから莫迦《ばか》真面目に紳士を気取らない」

「貴方《あなた》の雇い主は、無理強い《そういうこと》が嫌いだとお見受けしましたけど？」

「時と場合によりけりだろ。臨機応変《ケース・バイ・ケース》って知らないのかい、学生《バチェラー》さん」

取りつく島もなく、彼は淡々と、そして簡潔に言葉を返してきた。しかも露骨な悪意と皮肉のおまけつきで。

（さて、どうしたものでしょうか……）

私は彼を睨《にら》みながら考える。睨《にら》もうと思っているわけではないのだが、彼の言動が自然と私の視線を鋭いものにさせて、結果的にそうなっているだけだけど。

返事は決まっている。

元々、近いうちに足を運ぼうとは思っていたのだ。依頼とはまた別の用向きがあったから。

だけど、彼にそれを伝えて、彼と共に伯爵なる人物に会いに行くのは、なんだか釈然としないというのも本音で。

そんな風に私が考え込んでいると、彼はまた呵々《かか》と笑った。

そっと、コートの内側に忍ばせていた手を晒《さら》して。

その手をコートのポケットに無造作に突っ込んで。

「――勿論《もちろん》、実力行使は最後の手段だよ。尤《もっと》も、アンタには必要なさそうだが」

不意にそんな言葉を口にして、彼はふらりと歩き出した。

紅《あか》いコートの裾を翻《ひるがえ》して、私の横を通り過ぎる彼。

思わず、私は振り返ってその姿を目で追った。

その間に、彼は私とは違う誰かに目線を向けて「いつまで遊んでるんだよ、行くぞ」と声を掛けていた。

いったい誰に？　と思っていると、遠くから「あーい」という返事が飛んでくる。見れば、帽子を被《かぶ》った朱色の髪の少女が、トコトコと彼に歩み寄っていき、半分だけ開いた眼《め》で彼を見上げ、形ばかりの敬礼をしていた。

「うい。来たよ」

「いや、そもそも此処《ここ》、遊ぶ場所じゃねーから。あとその手に抱えているやつは下ろせ」

呆《あき》れ気味に言って、彼は少女が片手で抱えている小動物型機械人形《アニマロイド》——アルマジロ・ロボを指さした。確か機関技巧科の学生たちが作っている作品の一つで、アカデミア内で実験的に放たれているものだったはず。

（まさか持って帰ったりはしないですよね……）

今の自分の置かれた状況すら忘れて、心の中でそう突っ込んでしまう。幸いにも、少女は「えー」と口では文句を言いながら、ゆっくりと抱えていたアルマジロ・ロボを地面に下ろしていた。解放されたアルマジロ・ロボは、排熱機関からぷしゅー！と蒸気を吐き出して走り去っていった。

「逃げられてやんの」

「むぅ」

からかうように指摘する青年の言葉に、少女は不満そうに頰を膨らませていた。その情景だけ見ていたら、仲の良い兄妹《きょうだい》か何かに見えるのだが——実際そう見えているのか、何人かの学生が微笑《ほほえ》ましそうに見ている——生憎《あいにく》、彼の生業を知っている私は、そんな風には思えない。

ただ、彼をじっと見据える。

少女とひとしきり言葉を交わした後、彼は視線だけ振り返って。

「さーて——行く気、あんだろ？　なら、さっさと行こうぜ。お嬢《レディ》さん」

にぃ、っと。口《くち》の端《は》だけを器用に吊り上げて。

まるでこっちの考えなんてお見通しという風にそう言って。

（……人の心を見透かしたように言わないで欲しいのですけど）

私は釈然としない気持ちを抱えたまま、だけどもう悩むのも莫迦《ばか》らしくなって——

「——しっかりエスコート、できるのですよね。ミスター」

「お望みならば、我らが女王陛下《クイーン・ヴィクトリア》よりも大切にお連れするぜ？」

意趣返しにと嫌味を零《こぼ》せば、彼は軽口を叩《たた》いて返し、恭《うやうや》しげに頭を下げてみせたのだった。

III

「おお、二人とも。お帰り」

「おう」

「ただいまー」

集合住宅《アパルトメント》に帰って来たトバリたちに気づいたヴィンセントが、執務机の上で何か書き物をしなが

ら迎えの言葉を投げてきたので、トバリとリズィは各々《おのおの》返事を返した。

リズィはコートについた煤《すす》を軽く叩《たた》いて落とし脱ごうとする。すると、

「ああ、リズィ。帰ってきたところで悪いのだが、一つ頼まれてくれるかな」

「ん？　なに？」

コートを脱ごうとしていたリズィが、言葉少なにヴィンセントを見る。そんな彼女に、ヴィンセントは今まさに書き終えたらしき書面を折り畳み、封筒へと入れて蠟《ろう》印を押すと、何度か手紙を振ってから、それをリズィに差し出した。

「これを急ぎ届けてほしいのだ。郵便にではなく、直接。場所はベーカー街の薬漬け男――といえば、誰か判《わか》るだろう」

「ん。もち」

『勿論《もちろん》』の『論』を言うのが面倒くさくなったのか、彼女はそこで言葉を区切るとひょいと手紙を受け取り、颯爽《さっそう》と踵《きびす》を返して部屋を出て行った。

出ていく間際《まぎわ》、部屋の外で入るのを躊躇《ためら》っているらしい人物に「入っていいよー」と覇気のない声を掛けながら。

廊下の向こうから「え、ええ」という戸惑いの声と共に、開けっ放しになった扉をノックする音。

「――失礼します」

そして――

「おおー！　よく来てくれた、お嬢《マドモワゼル》さん！」

この部屋の主――ヴィンセント・サン＝ジェルマンは、諸手《もろて》を上げて彼女の来訪を歓迎した。

「……ええ、お邪魔します。ミスター……」

しかし、男の歓迎する様子とは相反するように、少女は――エルシニア・アリア・リーデルシュタインは険しい表情を浮かべていた。それは仕方がないだろうなぁと、トバリは思った。

なにせ彼――ヴィンセント・サン＝ジェルマンは、一言でいえば『胡散臭《うさんくさ》い』のである。まさに胡散臭《うさんくさ》さの塊のような男だ。

言動のいちいちが芝居がかっており、何処《どこ》までが本気で何処《どこ》までが冗談なのか、推し量ることができない。彼という存在そのものに慣れていない人間は、十中八九警戒してしまうだろう。あるいは戸惑うか……まあ、どっちにしても似たようなものだ。

まあ、尤《もっと》も。

得体が知れない――という意味では、トバリからしてみれば少女も同じようなものだったが。

（――それにしても……）

部屋の中央で諸手《もろて》を上げて少女の来訪に歓迎の意を示す、壮年の男。

対するは、そんな男の様子に露骨なまでの警戒心を露《あら》わにする少女。

その様子を、コートを脱ぎながら呆《あき》れ顔《がお》を浮かべ眺めている自分――まるで出来の悪い三文芝居《パルプフィクション》を見せられているような気分だった。

（どういう状況だよ、これ……）

紅茶の用意をしながら、ヴィンセントと対峙《たいじ》する少女をそれとなく観察する。

一見して緊張している様子に見えるが――その実、彼女は警戒を緩めていない。

ヴィンセントに対して。そして、自分《トバリ》に対して。

どちらかが。あるいはトバリとヴィンセントの両方が僅かでも不審な動きを見せれば、すぐに何かしらの対応をしてみせる――そんな刺々《とげとげ》しい気配がずっと身体《からだ》を刺している感覚。

失礼な限りだ。

此処《ここ》に連れてくるときはあんな物騒な発言こそしたものの、実際のところトバリにはその気なんてない。勿論《もちろん》、雇い主の指示があれば別であるが……少なくとも現状、ヴィンセントにも彼女と敵対する意思はないはずだ。多分だけど。

「そういえば、以前にあったときは自己紹介を忘れてしまっていたようだ。申し訳ない」

そんなトバリの胸中を余所《よそ》に、ヴィンセントは胸元に手を置き、少女に向けて軽く会釈《えしゃく》する。

「――改めて。私はヴィンセント・サン＝ジェルマン。此処《ここ》、請負屋の経営主《オーナー》だ」

にこり、と。

彼は穏やかに微笑《ほほえ》んでみせた。

対して、エルシニアは金色の双眸《そうぼう》に戸惑いの色を宿しながら、ゆるりと口を開いた。

「……存じています。一応、調べましたので。サン＝ジェルマン伯爵――歴史の中に幾度となく姿を現す怪人にして、魔術師であり、錬金術師……まさかご本人とは思いませんでしたけど」

「それは実に良かった。私という存在についての説明の手間が省けるというものだよ。それでは……改めて、お嬢さん。私は君に、こう尋ねよう――」

僅かに、息を呑《の》む気配がした。

少女の青い髪がかすかに揺れる。緊張した気配が、その背中から見て取れた。当然だろう――と、トバリは思う。

言葉と共に、ヴィンセントの双眸《そうぼう》が鋭利になる。元より、猛禽《もうきん》類を彷彿《ほうふつ》させる彼の鋭い目が、まるで射貫くように彼女を見ていた。

一拍の間隙《かんげき》。

呼吸一回分ほどの時間を置いて。

ヴィンセントは、息を呑《の》む少女に問う。


「――君はいったい、何者なのかな？」


かつん――と。

ヴィンセントの杖《つえ》が床を叩《たた》き。

彼が前に踏み出す。

少女との距離が、一歩分近づいた。

対して少女は――エルシニア・アリア・リーデルシュタインは。

「――そう、ですね。先《ま》ずは、先日名を騙《かた》ったことに対して謝罪します。ミスター・サン＝ジェルマン」

肩を強張《こわば》らせながらも、毅然《きぜん》とした口調でそう言って頭を下げた。

「改めて名乗ります。私は、エルシニア・アリア・リーデルシュタイン。そして先日の依頼に嘘《うそ》があったことも、お詫《わ》びします。貴方《あなた》たちを試しました。噂《うわさ》に聞く請負屋──怪物殺し《レヴェナント・スレイヤー》のその腕前を、この目で確かめたくて」

「謝罪を受け入れよう。ミス・リーデルシュタイン嬢。して──我々を試した、というのは？」

くすりと笑いながら、ヴィンセントは鷹揚《おうよう》に頷《うなず》き、そして尋ねる。すると、エルシニアは、

「──言葉通りの意味です。彼の名探偵すら忌避する事件を、粛々と解決している請負屋がいる。都市伝説の怪物を殺す、可笑《おか》しな二人組。その噂《うわさ》の真偽を確かめたかったので」

「なるほど……それで、結果はどうだったのかな？　我々は、君の眼鏡にかなったのだろうか？」

「……それは、勿論《もちろん》」

そう言って、エルシニアは慎重に──だが、怪しい笑みを浮かべながら頷《うなず》いた。

──ぎしり
空気が軋《きし》む気配を肌に感じた。

ヴィンセントとエルシニアの間に生じた、形容しがたい軋轢《あつれき》の音に、トバリもまた自然と自分の中で切り替える。

エルシニアの様子に、ヴィンセントはくつくつと笑い肩を竦《すく》めた。そしてゆるりと踵《きびす》を返《かえ》し、彼は長椅子に腰を下ろした。

「トバリ、お茶はまだかな？」

「少しくらい待てよ――ほら」

視線だけ振り返り問うてくるヴィンセントに小言を零《こぼ》しつつ、トバリは彼に紅茶の入ったカップを手渡す。自分の分を手に取り、「ほれ、アンタのだ」とエルシニアに言って、ヴィンセントの対面の席に一つ置いた。

彼女は訝《いぶか》しげにカップを見下ろす。何やら警戒している様子だった。

「別に毒なんて入ってねーよ」と言いながら、ヴィンセントの後ろで壁に背を預けながら紅茶に口をつけて。

その様子を見て――漸《ようや》くエルシニアは来客用の長椅子に腰を下ろす。渋々、という空気が露骨に感じられたが、気にしないことにしておこうと思った。

そうして、それぞれが一息つく。紅茶を口にしたエルシニアから、ほんの僅かだが緊張が解《ほぐ》れていく。

尤《もっと》も、部屋全体に漂う緊張感は少しも薄れていない。

まるで可燃性のガスが充満した部屋の中にいるような気分だった。今にも火がついて、爆発寸前のような――そんな雰囲気。

そんな中でも、ヴィンセントは笑みを絶やさない。彼は優雅に紅茶に口をつけ、努めて穏やかな口調でエルシニアに問うた。

「――それで……我々を試したと言ったね。それは、一体何のためにかな？」

それは、確認の問いだった。

彼女が——エルシニア・アリア・リーデルシュタインが、何処まで認識しているかを確かめる、そういう問い。

その問いを、まるで待っていたかのように少女が笑う。

挑戦的な、あるいは挑発するような——それでいて凛然《りんぜん》とした、綺麗《きれい》な笑みを浮かべて。

彼女は、答える。

「——勿論《もちろん》、レヴェナントと戦うために」

その瞬間、トバリは腰の短剣に手を伸ばす。これ以上この女に関わるのは厄介ごとの匂いが濃厚過ぎた。威嚇の意味も込めて——そして、必要とあらば面倒と危険の芽を摘むことも念頭に置き、短剣を抜こうとした。

「——待て、トバリ」

しかし、それよりも早くヴィンセントが制止する。トバリは今まさに抜き払おうとしていた腕を止め、柄を握っていた手をゆっくりと解く。

「——この女、間違いなく面倒の種だぞ」

「勿論《もちろん》、判《わか》っているさ。だが、それ以上に興味がある」

数瞬の沈黙。

互いにそれ以上の言葉を発することなく、ただ視線だけを交え——そして。

「——っち」

トバリは結局、ヴィンセントの意見を尊重した。仮にも雇い主である彼の言葉には、基本的に従うのが彼のスタンスである。勿論《もちろん》、時と場合によりけり。臨機応変に対応することもあるが――少なくとも、今は独断で動く段階ではないと自分に言い聞かせる。

そんな二人のやり取りを前にして、静観に徹していたエルシニアが溜《た》め息《いき》交じりに言った。

「……まるで獣ですね」

「褒め言葉をありがとうよ」

皮肉に皮肉を返して、トバリは腕を組んで壁に寄り掛かる。そんなトバリの様子を見て、エルシニアはいつの間にか握っていた機関機械の銃を上着の内へとしまった。

まったく、いつの間に抜いたんだか……思わず感嘆するトバリの心情など知らずにか、ヴィンセントは飄々《ひょうひょう》とした笑みを浮かべてトバリを一瞥《いちべつ》して片目を瞑《つぶ》ってみせる。トバリは舌打ちだけで応え、とっとと話を進めろ――と訴えるように睨《にら》みつけると、彼は「おお、怖い怖い」と冗談めかしにおどけながら、改めてエルシニアに向き直る。

「さて――これまでなかなかに物騒な依頼もあったが……都市伝説《レヴェナント》の怪物と戦う、などという荒唐無稽な事例は初めてだよ。前回の依頼といい……まったく。本来ならば、有り得ざる依頼《はなし》だよ」

それは含みのある物言いだった。

だが――実際のところ、ヴィンセントの言う通りでもある。

彼と組んで早数カ月。両手両足では足りない程度の仕事《ビズ》はこなしてきた。

勿論《もちろん》、それらの仕事の中にはレヴェナントと遭遇したものも少なくはない。行方不明者の捜索――その多くはレヴェナントが関わってくる。

レヴェナントの持つ能力の一つ、支配領域《ドメイン》。

標的を逃がさないための空間支配であり、同時に標的以外が近づかないようにするある種の隔絶された《空間《フィールド》》を作り出す異能を持つ。

だから、普通の人間はレヴェナントを認識できない。その存在を明確に、意識して捉えることができないのだ。

認識できず、認識されず。

静かに、邪魔されぬようにひっそりと、奴《やつ》らは薄暗闇の中に人を誘い込み——そして食《く》らうのだ。

レヴェナントの支配領域に飲み込まれた人々は、ただ、抗《あらが》うことすらできずに喰《く》い散らされて、そうして行方が判《わか》らなくなって——

それが、レヴェナント。

認識できぬが故に、その存在は不明瞭《あやふや》であり。

認識されぬが故に、その存在は不確かであり。

認識できぬままに、人々は彼らに喰《く》われていく。

認識されぬままに、彼らは人々を食らっていく。

故に、レヴェナントは都市伝説なのだ。

気づかれないから。

気づけないから。

誰も、その都市伝説《はなし》を知っていても、信じる者はまずいない。それは聞き分けのない子供を窘《たしな》めるための訓示のようなもの。その実在を知っている者は、この都市ですら一握りだ。

――故に。

レヴェナントを知る人間は稀有《けう》であり、数奇であり――そして危険なのだ。特に、レヴェナントを狩るトバリたちにとっては。

理由は単純。誰が敵で誰が味方か、判《わか》ったものでないからだ。

ましてや、レヴェナントと戦う――などという、奇矯極まりない科白《せりふ》を口にするような相手なら、なおのことである。

だが、

「それで、ミス・リーデルシュタイン。レヴェナントと戦うと、貴女《あなた》は言った。しかしそれは何のためかな？　そして何故《なぜ》、貴女《あなた》はそんなことをしようとする？」

その懸念《けねん》を差し引いて考えれば、少女の言葉に興味を抱くのも仕方がないだろう。実際、その真意を知りたいという気持ちは、トバリにもある。

だからトバリは、これ以上ヴィンセントの問いを遮ることもせず、黙って様子を窺《うかが》うことにしたのだ。勿論《もちろん》、いつでも得物を抜ける心構えをした上でだが……。

沈黙は数秒続いた。

短いようで、その実異様に長く感じたその間隔。

二人の視線を正面から受け止め、エルシニア・アリア・リーデルシュタインはゆっくりと口を開く。

「説明の前に一つだけ――ホーエンハイム・インダストリー……ご存知ですか？」

「勿論《もちろん》だ。この英国随一の機関企業《エンジンメーカー》だね。五年前に突如として産業界に姿を現し、瞬く間《またたくま》にロンドン一の、ひいては英国一の企業とまで謳《うた》われるほどとなった大企業だ。大機関をはじめ、ロンドンの生活基盤を支える機関のおよそ半分は、このホーエンハイム・インダストリーの製品と言われている」

エルシニアの問いに答えるように、まるで台本を読み上げるようにすらすらと言葉を口にするヴィンセントの様子に、質問したエルシニアのほうが目を丸くした。

「……随分とお詳しいですね」

「なーに。少しばかり、あの会社には興味があってね。ちょっと調べてみたことがあるのさ。なにせこのご時世、情報は新聞や情報誌のおかげで事欠かないわけだしね」

微笑《ほほえ》みながら、ヴィンセントは大袈裟《おおげさ》なくらいに両手を広げ、周囲に山積みになっている本や紙束を示してみせる。

隣の物置は当然のことながら、この書斎もまた随分と本が積み上がってきている。

（あー……そろそろ隣の物置に移さないといけないな、これ）

などと考えているトバリを余所《よそ》に、ヴィンセントとエルシニアの話は続いた。

「まあ、貴方《あなた》がご存じであるのならば説明する手間は省けて助かりますね」

「これでも知識人を自負しているのでね。それで、どうしてホーエンハイム・インダストリーの名が出てくるのかな？」

「……ご存じないのですか？」

「ふむ……」

こちらの出方を探るような、エルシニアの意味ありげな言葉にヴィンセントは微笑で返した。

「ミス・リーデルシュタイン。君は依頼人なのだ。君の考えは判《わか》らなくもないが……そう何度も相手の懐《ふところ》を探ろうとするのはどうかと思う。そんなやり取りばかりしていては、話が進まず本題に入ることができないのではないかね？」

「うっ……」

ヴィンセントの言葉に、エルシニアは僅かに頬を赤らめて俯《うつむ》いた。どうやら自分でも自覚はあったのだろう部分を指摘されて、恥じているのかもしれない。

やがて彼女は、赤みの引いた顔を持ち上げてヴィンセントを睥睨《へいげい》し、ゆるりと口を開いた。

「最近、ホーエンハイム・インダストリーがホワイトチャペルなどの貧困層を中心に大量雇用をしたことはご存知ですか」

「あまり表だって知られていないことだな。事業拡大による雇用枠の再編に伴った雇用があったことは、知る者ならば知っている話だ。正規雇用契約の上、これまで住居を持っていなかった者たちのため、社員用の仮住まいまで用意しているという――まったく懐《ふところ》の大きい企業だよ。機関革命当初であるならまだしも、このご時世に何処《どこ》の大企業もそんなことはしない。社員が増えれば支払う賃金も増える。それだけ資金《コスト》も増えるのだからな――それで、この話がどうかしたのかね？」

ヴィンセントがうっすらと笑いながら首を傾《かし》げてみせる。だけど、その目元が少しも笑っていないことなど、この場にいる誰もが判《わか》っていた。

そんなヴィンセントの視線を正面から受けたエルシニアは、頤《おとがい》に指を添え、熟考するように視線を彷徨《さまよ》わせる。そして慎重に頷《うなず》きながら話を続ける。

「はい。確かに、それだけの話ならば大企業による貧困層の救済措置、と見えなくもありません。ですが、問題はその大量雇用された人々が何処《どこ》かに消えてしまったことなんです」

「貴方《あなた》はどう思いますか？」と、視線だけで問うエルシニアに、ヴィンセントは笑みを崩さず「続けて」と促した。エルシニアも特に異を唱えることなく、話を続ける——前に、彼女は持っていた鞄《かばん》から大きな封筒を取り出して、長テーブルの上に置いた。

ヴィンセントは黙ってそれを受け取り、中身を取り出して目を通し始める。

数分の間、沈黙が客間に鎮座し、ヴィンセントが紙をめくる音だけが室内に響いた。そして、すべてに目を通し終えたのであろうヴィンセントが、くつくつと笑みを零《こぼ》しながら今しがた目を通したであろう資料を「なかなか面白い内容だぞ」と言ってこっちに向けて来たので、トバリは面倒くさいと感じながらもそれを受け取った。

「——これを何処《どこ》で？」ヴィンセントがエルシニアに向き直りながら尋ねると、彼女は「盗み出しました」と、なかなか過激な科白《せりふ》を零《こぼ》したことにトバリは思わず目を剝《む》き、ヴィンセントに至っては「ほっほっ！」と実に嬉《うれ》しそうに声を上げる始末である。

「盗み出した！　ふはは！　君ほど可憐《かれん》なお嬢さんの口から、まさか盗み出したなどという科白《せりふ》が聞けるとは！　いやはやなんとも刺激的《アグレッシブ》なことか！」

「何をそんなに興奮してんだよ、お前は」

嬉々とするヴィンセントに苦言を零《こぼ》しつつ、トバリは手渡された資料に目を通し、

「――名簿か、これ」

書かれている内容は、個人の名前。年齢。出身。血液型と現住所に配偶者などと続き、最後に配属先となっており――それらを一覧化《リスト》した書面。まさに名簿と呼んで差し支えないような代物だった。

（なんでこんなものを盗んだ？　……いや、待て。この名簿――まさか）

二〇枚近い名簿を捲《めく》っていき、トバリは自分の中に生じた疑問の答えに至った。そして、丁度それと同じくして、少女がこの名簿の意味を口にする。

「それは、先ほど説明したホーエンハイム・インダストリーの新雇用者の一覧名簿です。雇われた日付から、名前、年齢、出身に血液型など、簡易ですが最低限必要と言える個人情報《プロフィール》が揃《そろ》っています」

「だけど、こんなのは当たり前だろう。普通の企業なら、個人の情報はある程度把握してしかるべきだ。……まっとうな会社であれば、だが」

ロンドンの雇用事情は、お世辞にも良いとは言えないだろう。いやむしろ、労働者階級にとってこの都市ほど彼らにやさしくない場所はないとすら言える。蒸気機関の急激な発展による生産の大部分の機械化に、労働種事情。急激な人口の増加にインフラの整備や住居の建設が追いつかず、そういったさまざまな問題から労働条件も悪質であり、日に一四時間以上の労働や子供の雇用、低賃

金が当たり前になっているのだ。

そう言った事情もあって、下請けの工場や波止場などでは日雇いの者も数多く、日々入れ替わる彼らをすべて把握することは不可能に近いだろう。そういった事情から、余程の大企業でもない限り、社員の――ましてや浮浪者や貧困層の――雇用名簿など作らないという場所が圧倒的に多いのだ。

だが、相手はホーエンハイム・インダストリー。英国随一の大企業であり、企業情報誌などによれば『今一番就職したい企業』のトップにある会社だ。管理体制も抜群と思って間違いないだろう。

よって、名簿があることの何が可笑《おか》しいのだろうか。

そう指摘するトバリの問いに、エルシニアは小さく嘆息を零《こぼ》しながら言った。

「――名簿の、最後の欄があるでしょう」

「配属先、ってやつか？」

「そうです。それを見て何か気づくことは？」

「気づくこと……って言ってもな。別に不思議なところはないんじゃないか。工業地帯のサザークに、テムズ川付近の波止場。ロンドン郊外に新設される工場……ふむ」

トバリは一つ一つ配属先を口にしつつ、頭の中のロンドンの地図と照らし合わせていく。そして――

「なあ、ヴィンセント」

「なんだね、トバリ」

「ロンドン郊外――この名簿からすると……北の――そう。ハーリンゲイの外れ辺りだが、あんな場所に新設の工場なんてあったか？」

「よく気付いた。見事だ、トバリ」

トバリの指摘に、ヴィンセントは拍手を送った。

「その通りだよ。確かに工場はロンドンの郊外に行けば幾らでもあるが――あの辺りに新設の工場ができたという話は聞いていない。まあ、この新雇用の話自体が表立っていないことを考えれば別段不思議でもないが……さて、ミス・リーデルシュタイン。この名簿と貴女《あなた》が指摘したいのであろう、存在しない工場への配属――これらが導き出す答えは何かな？」

「それが、最初の質問に対しての答えです。伯爵」

エルシニアは神妙な面持ちで答える。

「レヴェナント。それが何処《どこ》から生まれてくるのか、貴方《あなた》たちはご存知ですか？」

「それこそが、私の知りたいことでもある。レヴェナントを生み出している者。それは何者で、その目的はいったい何なのか……実に興味深い事柄だ」

「まさかと思うが、このホーエンハイム・インダストリーがそうだっていうのか？」

からかう気持ちでそう指摘してみた。すると、エルシニアはこちらに視線を移し――

「ええ、その通りです」

はっきりとした口調で、そう言ったのである。

エルシニアの言葉に、微笑《ほほえ》みを深いものに変えてこちらを見やるヴィンセントの横で、トバリは

「冗談だろう」と天井を仰いだ。軽い気持ちで言っただけだったのだが、まさか本当にそんな返しが待っているとは思わなかった。

トバリは溜め息《たいき》を吐きながら、目を通した資料をヴィンセントに返す。

「――おい、専門家さん。こちらのお嬢《レディ》さんの推察、どう思いますか？」

「ふーむ。正直な話、判断材料に欠けるな。この名簿と存在しない工場だけでは――ねぇ」

ヴィンセントは僅かに目を細めて、トバリが突き返した資料を手に意味ありげにエルシニアを見据える。

「それだけではありません。マリア・パーキンソンたちが進めていた新理論。あれの後援者はホーエンハイム・インダストリーです」

「ほほーう」わざとらしく声を上げて微笑《ほほえ》むヴィンセント。

二人のやり取りに、トバリはそろそろ呆《あき》れを通り越して感心してしまう。まるで狸《たぬき》の化かし合いだ。手持ちのカードを一枚ずつ交互に公開しているような面倒なやり取りの何が楽しいのか、実に理解に苦しむ。

尤《もっと》も、見ている限りエルシニアの持っている情報の大半を、この曲者《ヴィンセント》はとっくの昔に知っていたのではないかと思えるのだが……。

いやまあ、それは後で確認するとして――だ。

「で、本題は――どうしてレヴェナントと戦うか、なんだが……リーデルシュタイン嬢よ。アンタ、俺らに何させる気だ？」

結局のところ、トバリにしてみれば行き着く疑問はそこにある。ヴィンセントもその言葉に同意するように首肯する。

その問いに、エルシニアは再び言葉を詰まらせた。だが、言わないわけにはいかないだろう。ただ単に『戦え』なんて言われてはいと頷《うなず》けるほど、自分は戦闘狂ではないのだ。

今度の逡巡《しゅんじゅん》は長かった。果たしてこちらに打ち明けていいのか——そんなことを考えているのだろうか。まあ、当たらずと雖《いえど》も遠からず、といったところだろう。

やがて、トバリたちのカップの中身が空になり、新しいのを注ぐ頃になって——漸《ようや》く彼女は重い口を開くに至った。

「——人を、捜しているんです。どうしても見つけなければならない人が。その人物は、ホーエンハイム・インダストリーに籍を置いています。何度か周囲を探ったのですが……そのたびに妨害があって、どうしても近づけなかったのです。人の大きさ程度の相手ならば、まだどうにかできたでしょう。そちらの彼程ではないですけど、荒事の心得はあります。ですが、中には大型のレヴェナントすらいました。だから——」

「——我々のような請負屋……特に、対レヴェナント戦闘を可能にするものを探していた？」

「その通りです」

ヴィンセントの指摘に、エルシニアは申し訳なさそうに柳眉《りゅうび》を下げる。

「勝手を言っているのは承知しています。ですが——力を貸していただけないでしょうか。私はどうしてもあの人に会わなければならないんです」

「その理由は？」

「それは……お話しできません。ちゃんと報酬は支払います。身勝手なお願いと判《わか》ってはいます。だけど、どうか……」

きゅっと唇を噛《か》むエルシニアの姿に、トバリは内心話にならないなと呆《あき》れてしまう。

つまりは『自分では手に負えない相手だったから、腕の立つ人が囮《おとり》になっている間に忍び込みます』と言っているわけである。

そんな用件、幾ら報酬を積まれたってお断りだ。これまではどうにかレヴェナント相手に渡り合ってこれた。だが、だからと言ってこれからもそうだとは言えないのが、命のやり取りだ。

ヴィンセントだってそのことは判《わか》っているはず。当然答えは——

「よろしい、引き受けよう」

「——って、おいぃぃぃぃっ！」

満面の笑みを浮かべながら二つ返事で答えるヴィンセントに、思わず本気で声を上げた。悠然と長椅子に腰かけるヴィンセントの襟元を鷲摑《わしづか》みにして引き寄せる。

「お前、何引き受けてんの！　誰がそれやると思ってんだ！」

「勿論《もちろん》、君だ。荒事は君の分野なのだから、当然だろう？」

「当然だろう？　——じゃねぇよ！　お前、どう考えても可笑《おか》しいだろう。引き受ける要素なんてこれっぽっちもないはずだ！」

「まあ落ち着け。私も安易に引き受けているわけではない。考えあってのことだ」

「……本当だろうなぁ？」

俄《にわか》に信じ難《がた》く、トバリはヴィンセントを鋭く睨《にら》みつける。猛犬だって逃げ出すであろう殺気を込めての視線だが、この男は大して気に留《と》めた様子もなく「ああ」と一言頷《うなず》いて、ヴィンセントは襟元を正しながらエルシニアを振り返った。

「ミス・リーデルシュタイン。その仕事《ビズ》、喜んで我々が引き受けさせて貰《もら》おう」

「……えっと、いいんですか？」

呆気《あっけ》に取《と》られていたエルシニアが、驚いた様子で改めて聞き返す。流石《さすが》に信じ難《がた》いらしい。その気持ちには共感を覚える。何せトバリにだって信じ難《がた》いくらいなのだから。

しかし、そんな二人を置いてけぼりにし、ヴィンセントは鷹揚《おうよう》に頷《うなず》いてみせた。

「勿論《もちろん》だとも。以前も言っただろう？　私はレディの頼みは断らない主義なのだよ――では、改めて仕事の内容と、今後の予定や予想できるリスクなどについての相談を始めようじゃないか」

そう言って片目を瞑《つぶ》って見せるヴィンセントに、エルシニアはどう対応していいのか戸惑った様子で目を瞬《しばた》かせ、トバリは恨みがましい視線を似非《えせ》紳士の背中に注ぎ続けることとなったのである。

Ⅳ

――それから。

ヴィンセントとエルシニア・アリア・リーデルシュタインはホーエンハイム・インダストリーへ忍び込むための算段をし、彼女が事務所を後にしたのは一時間ほど後だった。

集合住宅《アパルトメント》の窓から、去っていく彼女の姿を確認しながら、トバリは射貫くような視線をヴィンセントに向ける。

「さーて……依頼主は去ったことだし。我が雇い主様は一体どんな料簡《りょうけん》であんなドふざけた仕事を引き受けることを決めたのか、教えていただきたいものだな。オイ」

「声が怖いぞ、トバリ。紳士ならばもう少し心にゆとりを持ちたまえ」

紅茶入りのカップを手に優雅にそんなことを宣《のたま》うヴィンセントに向け、トバリは普段は決して浮かべることのない満面の笑みを表情《かお》に張り付けて――凄《すさ》まじい勢いで左腕を一閃《いっせん》させた。

――びゅん！　と、風を切る音と共に、ヴィンセントの耳の横すれすれを銀色の軌跡が一直線に飛び――

――ずがんっ、という大口径拳銃を発砲した時のような音と共に、短剣が壁に深々と突き刺さった。

ヴィンセントはトバリの振り上げた腕を見据え、続いて油の切れた錻力《ブリキ》人形のように背後の壁に視線を向ける。

深々と、刀身が完全に壁に埋まっている短剣を見つめると、彼は再び首を元の位置に戻し、流石《さすが》のヴィンセントも肝を冷やしたのか。

「――……ははは。ゆとりを持ちたまえ。ゆとりを――ね」

カタカタと手にするカップを揺らしながら、それでもそれだけは口から捻《ひね》り出《だ》せたのは、まあ拍手ものだろう。

尤《もっと》も「あー。なんか無性にもう一本の短剣も投げたい気分だなぁ」と右手で短剣をひょいと手遊《てすさ》びし出すと、ついに「判《わか》った！　説明するからそれをしまってくれ」と、降参の言葉を口にしたのだった。

トバリは渋々短剣を鞘《さや》に納め、壁に突き刺さった短剣を回収しながら訊《たず》ねた。

「――それで、なんであんな無茶苦茶な依頼を引き受けたんだよ？」

「興味があったというのも確かだ。だが、彼女の齎《もたら》した情報を、私の持っている情報と照らし合わせて精査した結果、調査するに値すると思ったのだよ」

「……ホーエンハイム・インダストリーが怪しいってのは、前々から考えていた、と？」

トバリの言葉に、ヴィンセントは「そうだ」と真剣な面持ちで答えた。

「……候補の一つではあった。だが、確信を得るに至る情報はこれまでも得ることはできていなかったのだよ。しかし――そこに彼女が現れた。私ですら掴《つか》めていない、なんらかの情報を持っている彼女が、ホーエンハイム・インダストリーが怪しいと言う。確信を得られていなかった私にとっては、まさに渡りに船だよ」

「だから引き受けることにしたのか？」

ヴィンセントは頷《うなず》いた。

「そうだ。彼女の中にある、ホーエンハイム・インダストリーとレヴェナントのつながりに対してのあの確信。それがなんであるか、興味があったしね。もしはずれだったとしても、ホーエンハイム・インダストリーが白か黒かはっきり判《わか》る。いいことずくめだ」

「……それと同じくらい面倒ごともあるけどな」

不敵に笑うヴィンセントに、トバリは溜《た》め息《いき》交じりにそう言う。がしがしと頭を掻《か》きながら「その面倒事に嬉々《きき》として首を突っ込みたがるのは性分か何かか？」と皮肉を投げると、ヴィンセントは得意げに「危険に飛び込む冒険心を持たない男はつまらないぞ」と、からかうように言いながら椅子から立ち上がり、棚から一つのファイルを取り出すと、

「これを見たまえ」

その言葉と共に唐突に差し出された、一つのファイル。トバリは言われるままに、それを開いて中に目を通した。

「うお……凄惨《グロい》だな」

ファイリングされたのは、無残な死体の篆刻写真である。どうやら見た感じ、ロンドン警視庁の捜査資料を複写したもののようだ。レストレードから渡されたものなのか、それとも無理矢理に横流しさせたのかは考えないようにしつつ、トバリは頁《ページ》を捲《めく》っていく。

資料に挟まっている写真の人物たちは、どれも見るも無残で陰惨な有様《ありさま》だった。そしてその被害者たちはロンドンだけに留まらない。英国全土だけではなく、仏蘭西《フランス》、伊太利《イタリア》、大帝国《ロマノフ》、西欧帝国《ゲルマニア》――国境を越えて、約一年に亘って欧州周辺国にまでその手が及んでいる。

そしてその被害者のすべての胸にぽっかりと穴が空いていて、どの死体も心臓がなくなっている

ところが共通点だった。

心臓を奪って去る、殺人鬼。確か名は――

「――《心臓喰い》《ハート・スナッチャー》、か」

《心臓喰い》。それはその名の通り、殺した相手の心臓を奪って立ち去る殺人鬼の通称。いや、より正確に言うならば、殺してから心臓を奪っているのではない。

《心臓喰い》の名の由来はその逆であり、心臓を奪って殺しているのだ。この殺人鬼は。

どんな手段かは一切不明だが、心臓部分に空いた穴以外は外傷らしい外傷もないため、いつしか心臓だけを狙う殺人鬼――《心臓喰い》と呼ばれるようになったのだ。

「そうだ。今ヨーロッパの憲兵たちが最も恐れてやまない猟奇殺人鬼。その陰惨にして悍《おぞ》ましい殺しは、あの切り裂きジャックよりも惨《むご》たらしく、まさに猟奇そのもの。あまりに悲惨極まりなく、また事件の範囲が広すぎるため、各国の警察たちは情報規制している。かつてジャックが齎《もたら》した五人の殺人だけで、ロンドン市民が恐怖に震え上がった記憶も新しいからな。致し方ないといえば、仕方がないことだろう……尤《もっと》も、功は奏していないらしく、今では詩《うた》まで出来上がるほどだがね」

「――だがこいつの事件が今、何の関係がある。言っちゃあ悪いが、世の中凶悪殺人犯なんていくらでもいるだろ」

「問題は、被害者たちの顔ぶれだ。鉄道会社や流通企業の大物。大手新聞記者に、印刷工場の責任者。飛行船の造船場経営主——などなど。なかなかに凄《すさ》まじい顔ぶれだと思わないか？」

言われてみれば、確かに。資料の中に記されている被害者は、一度や二度は新聞で見たことがあるような人物も少なくなかった。

「そして面白いことに——彼らの死んだ街にはね。ホーエンハイム・インダストリーの支部があるのだよ」

「あれだけでかい企業なんだ。大手企業が集まるような主要都市に支部があったとしても、不思議じゃないだろ」

「まあ、そうなんだがね。もう一つ、見てもらいたいものがある」

そう言ってヴィンセントが差し出したのは——なんと、鉄道会社の運営記録と、飛行船発着場の離着陸記録だった。

……どうしてこんなものを持ってるんだよ。と言いたくもなったが、それよりも先にヴィンセントが「えーと……、この記録だ！」と頁《ページ》を開いて見せたので、トバリは大きく溜《た》め息《いき》を零《こぼ》しながら開かれた頁《ページ》を覗《のぞ》く。

「なんだと思う？　ずばり、ホーエンハイム・インダストリーの所有する機関車や飛行船の運用記録だよ。奇妙なことに、被害者たちが行く先々に、ホーエンハイムの機関車や飛行船が同時期に足を運んでいる。変だとは思わないか？」

そう言って口《くち》の端《は》を吊り上げるヴィンセントに、トバリは少しだけ考えてから、

「つまり、あれか。お前はホーエンハイム・インダストリーと《心臓喰い》が繫《つな》がっている——そ

う考えてるのか」

「その通り。実際、被害者たちが亡《な》くなった直後、混乱する各企業に手を加え、しっかりと利益を得ている。もしこの推測が正しければ、なかなか恐ろしい手段を取る企業だと言えないかね？」

「自分の企業拡大のためならば、凶悪犯罪者すら手駒にするか……此処《ここ》まで来ると、なるほど。逆に清々《すがすが》しいくらいだな。わざわざ面倒事に好んで首を突っ込む何処《どこ》かの雇い主様と、奇矯ぶりじゃあいい勝負だ」

ヴィンセントの軽口を適当にあしらいながら、トバリは億劫《おっくう》そうに肩を竦《すく》める。「相も変わらず弁が立つ口だ」と笑うヴィンセントは、忙しそうに自身の執務椅子に腰を下ろすと、何やら幾つもの資料を引っ張り出して「うーん、となれば、これを用意する必要があるだろうか？」と何やら唸《うな》っている。

……持っている資料が、軍事企業からの最新商品一覧《カタログ》に見えた気もするが、トバリは敢《あ》えて何も突っ込まず、即座に自分の記憶から情報を抹消しつつ、残された資料に目を落とした。

（――《心臓喰い》……ねぇ）

ぽっかりと身体《からだ》に空いた穴。中身のない胸部。あるべき心臓が抜き取られた、異質なる死体。

常識的に考えて、このような殺し方が人間にできる所業とは思えない。レヴェナントであるのではとの考えも過るが、それはそれで奇妙だ。

レヴェナントは人食いの怪物。文字通り人間を貪り食い、その残される死体は肉片程度であり――このように、ごく一部の部位だけを狙う個体は、少なくともトバリが知る限りゼロだ。

かと言って、組織犯罪の可能性もこれまた低い。外科手術染《じ》みた行為は、それだけ人数が必要となり、人数が増えれば必然的に目撃される可能性は高くなる。
ならば——考えられる可能性は、やはり単独犯による連続猟奇殺人、というのが妥当だろう。その手段と実行の可不可は別として、だ。
ただし——幸か不幸か。トバリにはそれが可能である人物が一人だけ、心当たりがあった。

「——……お前なのか」


天井を見上げながら、トバリは一人そう囁《ささや》く。

脳裏に過るのは、故郷の地での離別の記憶。

忘れたくあり、されど忘れがたい最悪の思い出。

自分にとって、唯一家族と呼べた——白い髪をなびかせ、悪童のように笑う一人の女性の姿。

「……今、お前は何処《どこ》で何をしている——センゲ」

天井を見上げながらぽつりと、誰にともなく呟《つぶや》いた言葉。

ヴィンセントが「何か言ったかね？」と此方《こちら》を振り返りながら尋ねてくる。トバリは「なんでもねぇよ」と片手を振ってみせ、今先程まで目を通していた資料から興味を失ったように、彼はそのまま来客用長椅子に寝転がり、目を閉じた。

◇◇◇

何処《どこ》までも灰色の雲に覆われた空。

太陽の燦々《さんさん》たる光は遥《はる》か遠《とお》く。天高く聳《そび》える無数の高層建造物によって自然光など殆《ほとん》ど届かぬ地表の街——ロンドンの片隅。

瓦斯灯《ガスとう》の明かりすらほとんど届かぬ路地裏を、女はおぼつかない足取りで歩く。歩く。歩く。

此処《ここ》は何処《どこ》だろうと、女は周囲を見回す。歩き慣れたはずの街の、歩き慣れたはずの道を、昨日も、一昨日も、同じように歩いていた道——そのはずなのに。

「なんなの……なんで、帰れないの？」

女は困惑の声を上げる。

女は戸惑いの声を零《こぼ》す。

此処《ここ》は、ロンドンのはずで。

此処《ここ》は、ウォータールー駅の近くにある路地のはずで。

なのに。

なのに——どうして、帰れないのか。


——GRRRRRRRRRRRrrrrrrr……

「――……!?」

今のは、何？

足を止めて、女は周囲を見回した。

声のような。

呻《うめ》きのような――不気味な、何か。

いったい何処《どこ》から？

そう、思った時だ。

――GRRRRRRRRRRRRRRRrrrrrr……

再び、その声が聞こえてきた。さっきよりも近い。

――声は、頭上から。

がしゃん、と。

何かが女のすぐ隣に降ってくる。驚きの声を上げると同時に、女の視線は降ってきたそれを見て――目の前の光景に混乱する。

それは鋼鉄でできていた。

それは機関機械でできていた。

大きな――女の背丈よりも遥《はる》かに大きな、鋼鉄と機関機械で組み上げられた、機械の足だ。

人間の足ではない。

それは、細長い昆虫の足のように見えた。鋼鉄の外殻に覆われ、隙間から覗《のぞ》く緻密な機関機械の足が、かちかちと歯車の嚙《か》み合《あ》う音と共に、蒸気を吐き出していて――

これは……いったい何!?

そう、声を上げたつもりでいた。だけど、実際に女の口から零《こぼ》れたのは震えた吐息だけだった。

その事実に文字通り言葉を失《な》くす女の目の前に、ぬぅぅぅ……と覗《のぞ》き込《こ》むのは、赫《あか》い複眼。

暗いロンドンの路地で、爛々《らんらん》と輝きを発する巨大な硝子《ガラス》の瞳が女を捉える。

多足の生物。そう――蜘蛛《くも》を彷彿《ほうふつ》とさせる機械仕掛《じか》けの顔が、じぃぃと女を見据えていて――その姿をしかと捉えた女は、踵《きびす》を返《かえ》して全速力で逃げ出す。

――逃げ出した。そのはずだ。

なのに、実際はただ黙って立っている。鋼鉄の、蒸気機関の怪物が、じっと自分を見つめているのを前に、まるで案山子《かかし》のように棒立ちになっている。

動けない。

何故《なぜ》か、女の意思に反して足は微動だにせず、ただ恐怖でガチガチと歯を鳴らすだけ。

そんな女を、怪物はじっと――じぃぃぃぃっと見つめていた。

まるで動けぬ女を嘲笑《あざわら》うかのように、ゆっくりと距離を詰める。そして、その蜘蛛《くも》の姿に相応しくない、鋭い牙の並ぶ口をぱかりと開いて――

——食べられる！

そう、思った時にはもう、その鋭い牙が女の身体《からだ》を貫いていた。掬《すく》い上《あ》げるように襲い掛かって来た機械蜘蛛《ぐも》の牙が、左右から女の身体《からだ》を貫いて、ぐちゅりと瑞々《みずみず》しい音を上げる。

女はあまりの痛みと恐怖に悲鳴を上げた——否、上げたつもりだった。

しかし、女の気持ちとは違いその口から悲鳴が漏れることはなく、また痛みに対する苦悶《くもん》の声も零《こぼ》れない。

（——痛い！）

心の中、必死に苦痛を訴える。だけど、それが言葉となって放たれることはない。口は餌を欲《ほっ》する魚のようにぱくぱくと開閉するだけ。

全神経を走り抜け、脳が訴える痛みの指令にもただ目を丸く見開くことしかできず、女はいつ終わるとも判《わか》らない痛みに苦しんで——

そして、見た。

その零《こぼ》れんばかりに見開かれた瞳。その先に佇《たたず》む人影一つ。

「——おーおー。よーやくはっけーん、と思ったら、なんてこった。調度ご飯時だったかい、ベイビー」

それは白い影法師《シルエット》だった。暗澹《あんたん》たるロンドンの路地で、しかしまるで光に照らし出されたかのような純白の影法師は、頭をすっぽりと覆う外套《がいとう》の下でうっすらと笑いながら、そんな風に此方《こちら》を見上げて独り言を発する。

外套《がいとう》の下から覗《のぞ》く、長い白髪は老人のようでありながら、しかしその艶《あで》やかな白髪は美しい女性のもののようにも見える。

ぺたぺたと、影法師は素足で地面を踏み締め進んでくる。徐々に輪郭がはっきりとしてくる外套《がいとう》の下の顔は、ぞっとするほど美しく整った女性のそれであり——そして、このような状況であるにも拘《かかわ》らず、影法師の表情はとても愉《たの》しそうに笑っていた。

おかしい。

なにかが。

そう思いながら、それでも女はその影法師に向かって必死に腕を伸ばした。動かない身体《からだ》を、それでも必死に動けと命じて——どうにか、持ち上がった腕を前に、影法師はというと。

「残念だったねぇ、オネーサン。ボクぁ貴女《あなた》を助けてあげないよ」

そう言って、より笑みを深めたのだ。

それは凶悪な笑みだった。

それは残酷な笑みだった。

愉《たの》しそうに、おかしそうに、面白そうに、しょうもなさそうに、面倒くさそうに——何より、酷薄で、醜悪で、侮蔑の混じった……残酷な笑みで。

その影法師は――いいや、白い怪物は呵々《かか》と女を嘲《あざけ》ったのだ。

「てかさぁ。その怪我《けが》じゃあ、余程腕のいい治癒術使い《ヒーラー》や術式医師《クラッキング・ドク》でもなけりゃあ助けられやしないよ。残念だけど、運が悪いと思って諦めちゃいな。そもそもに、そいつに捕まっちまったアンタが悪い。こんなうすっ暗い路地裏をのこのこ歩いてるなんてさ、こいつらに『どうぞ、私は美味《おい》しいお肉ですから存分に味わってください！』って札を下げて歩いているようなもんさ。要は今の状況は、アンタのご希望通り《リクエスト》！

よかったじゃないか！

いやあ、随分な被虐主義者《マゾヒスト》だねぇ。正直嫌悪《けんお》も一周して尊敬に値するよ。うん。

――まあ、あれだな。アンタの望みは叶《かな》ったんだ。そのことを誰よりも歓喜《よろこぼ》しようぜ。後はただただむごたらしくも丁寧に、そしてじっくり味わってもらいながら、美味《おい》しくそいつに食われちゃおうぜ。まあ、痛くて苦しくて辛《つら》いかもしれないけど、アンタも本望だろ？」

◇◇◇

「――って、あらら。もう息してないわ。ご臨終。ご愁傷様アーメンお悔やみ申し上げまーす、ってか」

ぷらーんと力なく垂れる腕を見て、白髪の女はからからと笑った。其処《そこ》には人の死を目の前にした恐慌《きょうこう》も戸惑いもなく、また死者に対する礼節も哀愁もない。

興味なし――まさにそんな感じだ。
実際、女にとって目の前の人間の死など道端の石ころ程度の価値もなく、女は億劫《おっくう》そうに肩を竦《すく》めた。
そして――その右腕が凄《すさ》まじい勢いで薙《な》ぎ払《はら》われる。右手の指先が、眼前で死体を咀嚼《そしゃく》していた機械蜘蛛《ぐも》の身体《からだ》を引っかけるように摑《つか》むと――次の瞬間、

「――で、テメエもいつまで人の目の前でのんびりと飯食ってんだよこのガラクタァァァァッ！」


という怒号と共に、女の何倍もある巨大な機械蜘蛛《ぐも》は、破砕音と共に地面へと叩《たた》きつけられた。

衝撃と轟音《ごうおん》が辺りに響き渡り、機械蜘蛛《ぐも》が地面に叩《たた》きつけられた衝撃で舞った粉塵《ふんじん》が、辺り一帯を包み込む。

「ったく、手間ぁかけさせてんじゃねーよガラクタ。おかげでボクは北から南に走り回って大忙しだぜ？」

女の手によって叩《たた》き伏《ふ》せられた機械蜘蛛《ぐも》は、ギチギチと瀕死《ひんし》の昆虫のような悲鳴を漏らす。それを聞いた女の顔は、一層不快の色を濃くし酷《ひど》く歪《ゆが》む。

「喚《わめ》くなよ、ガラクタ。そもそも抜け出したてめぇが悪い。お母さん？　いやお父さんか？　まあ、どっちでもいいけど、そいつのお達し――処分だ、ってよ」

そう言って、女が右腕を掲げた。すると、

ぱきぱきぱき――

まるで水分が急速に凍り付くような冷却音と共に、女の掲げた右腕が、赫《あか》く赫《あか》く染まっていく。

女は口元を醜悪に歪《ゆが》める。楽しそうに、愉《たの》しそうに、痛快《たのし》そうに、にんまりと。


「――ご愁傷様《グッドラック》」


そして、言葉と同時に右腕が振り抜かれた。

それは――

それはまるで、何人もの死刑囚の首を刎《は》ね飛ばした、断頭台の刃のようで――

◇◇◇

「はーい、お仕事終了」

女は気軽にそう科白《せりふ》を口にし、軽快な足取りで回れ右。今し方自分が破壊した機械仕掛《じか》けの怪物などまるで忘れ去ったかのような雰囲気で、女はひょいひょいとその場を後にする。

そして、数歩も歩かぬうちに、女の懐《ふところ》から奇妙な音が鳴った。

「んー?」

女は懐《ふところ》から音の原因を取り出す。小型の、持ち歩きを可能とした機関式通話機《エンジンフォン》だ。女は手に持ち上げた機関式通話機《エンジンフォン》を暫《しば》しの間じぃぃっと見据え、幾つも並ぶ釦《ボタン》の一つを押した。

「ほーい。どちらさまですかぁ」

『何処《どこ》にいる？』

相手は答えず、ただただ一方的に問いを投げて来た。が、その対応を別に不満には思わない。あいつはいつもこんな感じなのだ、と女は内心で笑いながら答えた。

「うーんとね。何処《どこ》だっけか？ ホルボーン？ チャリングクロス？ ホワイトちゃんべる？ いやー、ロンドンって迷路でさぁ。わっかんね！」

そう言って、女は嗤《わら》った。げらげらと声を上げて、何が面白いわけでもなく、ただただ不遜に笑って。

『……まあ、いいだろう。ちゃんと回収はしたか』

「勿論《もちろん》さ」

答えながら、女は外套《がいとう》の衣嚢《ポケット》から件《くだん》の代物を取り出す。それは血のように赤く染まった小さな結晶体だった。

女はそれを親指と人差し指で挟むと、空に向かって翳《かざ》しながらくくくと笑う。

「しっかしまあ、すごいもんだねぇ。こんなもので人間の根っこの部分に干渉するのか。アンタの研究は常識外れにも程があるわ」

『無駄口を叩《たた》かず、さっさと帰還するように。次の仕事が待っている』

「へぇ？ まぁたアンタの作った実験動物《モルモット》の相手かい。それとも何処《どこ》かのライバル企業のお偉いさん？　どっちにしても、面白みに欠ける仕事ばっかりだよ。そろそろ予想外《サプライズ》の出来事のひとつも欲しいもんだね」

軽口を叩《たた》く女の言葉に、通話機の向こうが僅かに沈黙する。「おや？」と首を傾《かし》げる女。すると、

『招かれざる客が、最近我々を嗅ぎまわっている』

「そんなのいつものことじゃん。アンタの後ろ暗《スキャンダル》いやり口を欲しがる連中なんて、どれほどいるよ。それで、何処《どこ》の連中だい？　またどこぞの請負屋？　それとも英国諜報《ちょうほう》部？　あるいはほかの企業スパイ？」

『請負屋だ。それも、とびっきりのな』

「とびっきり……ね。そいつぁどんなやつだよぉ。ボクを楽しませてくれるくらいの奴《やつ》らなんだろうね？」

『恐ろしく、腕の立つ――そう。噂《うわさ》のレヴェナント殺し。そして、一人は極東人だそうだ』

その言葉を聞いた瞬間。

女は、
先ほどまでのわざとらしい薄ら笑いを表情から掻《か》き消《け》して、

「――くはっ」

口が引き裂けるのではないかというくらいに笑みを深めて、声を上げた。

「――くははっ。くははは……あーっはははははははははははははは！」

女は溌剌とした様子で狂喜乱舞する。

全身全霊で、女は歓喜の声を上げた。

「やっと来たか！

やっと来たか！

待っていたよ！　首をながぁぁぁくして、待っていたよ！　お前がやって来るのを！

うはは！　うははははは！

こんな嬉《うれ》しいことはないな！　漸《ようや》く、漸《ようや》くボクを退屈させない奴《やつ》が来た！　最高だ！　濡《ぬ》れちゃいそうだよ！　ぎゃはっ！　ぎゃははははははっ！」

『……楽しそうだな、《心臓喰い》』

通話機の向こうから、何処《どこ》か呆《あき》れたような声が。

だが、女はそんなものは気にも留《と》めず、ただ自分の心からの欲求を声にして叫ぶ。

「楽しいに決まってるだろう！　ボクはこの時を待っていたんだから！　お前がくれたこの力で。

ボクは全身全霊、誠心誠意――この身この魂、ボクを成す全てを以《も》ってして、そいつらを徹底的に蹂躙《じゅうりん》してやるよ！」

『そうか、ならば楽しみにしているよ。

我が傑作――人にして、人ならざる鋼鉄の怪物《マンマシーン・インターフェイス》よ』

その言葉を最後に、通話機の通信はぶちっと切れた。

通話の切れた通話機を懐《ふところ》にしまい、女は「くはっ」となおも笑う。

「——さあ、来るといい。ボクに会いに来い《血塗れの怪物《グレンデル》》。《心臓喰い》が、君を待っているぞ」

——くはははははははははははははははーっ！

笑い声が、夜闇に響き渡る。

嗤《わら》い声が、霧の中に反響する。

そして——

そして——

白い髪を靡《なび》かせた女——《心臓喰い》は、何処《どこ》へともなく姿を消したのだった。

都市伝説：ハート・スナッチャーの噺《はなし》

——こういう話を知っているだろうか？

うっすらとした暗がりを、歩いていたら現れる。
綺麗《きれい》なその人に気を付けて。
白い髪の美人さん。
白い肌の美人さん。
にっこりと笑って近づいて、
にっこりと笑って貫いてく。
気づけばぽっかり穴が空く。
気づけば胸元、穴が空く。
ぼたぼた　ぼたぼた　血を流し、
げらげら　げらげら　笑い声。
その手に握った真っ赤な果実《フルーツ》。

その手に握った真っ赤な心臓《ハート》。
ああ、《心臓喰い《ハート・スナッチャー》》笑ってる。
ああ、《心臓喰い《ハート・スナッチャー》》食べている。
真っ白な手を真っ赤に染めて、
真っ白な口元真っ赤に染めて、
《心臓喰い《ハート・スナッチャー》》愉悦《たのし》んだ。
《心臓喰い《ハート・スナッチャー》》歓喜《よろこ》んだ。

夜のお遊び気を付けろ。
夜の出歩き気を付けろ。
《心臓喰い《ハート・スナッチャー》》に出会ったらおしまいだ。
《心臓喰い《ハート・スナッチャー》》に出会ったらおしまいだ。

心臓盗まれてそれっきり。
心臓食べられそれっきり。

四幕『《心臓喰い》は雨と血溜《ちだ》まりの中で強《したた》かに嗤《わら》う』

――ジリリリと、けたたましくベルが鳴る。機関式通話機《エンジンフォン》の着信音だ。

耳障《みみざわ》りな音が来客室兼執務室全体に響き渡り、長椅子に寝転がったまま鼾《いびき》をかいていたトバリは、鬱陶しげに眉間に皺《しわ》を寄せて立ち上がる。

受話器を放っておくか、取るかを迷う。壁に掛けられている時計を見れば、深夜一時過ぎ。常識的に考えれば非常識極まりない呼び出し《コール》だ。だが――逆に言えば、それだけ緊急だという証明《サイン》でもある。ましてやこの事務所の連絡先を知っている人間は限られている。

だから渋々、トバリは受話器を手に取って――

『遅いぞ、とっとと出ん――』

がちゃりと切った。深夜にも拘《かかわ》らず電話してきて怒鳴られようものなら、誰だってそうすること間違いない。

さて寝直すかと長椅子に戻ろうとしたが、その背中を引《ひ》っ摑《つか》むかのように再び着信音が鳴ったので、トバリは盛大に溜め息を零《こぼ》してもう一度受話器を取った。

「うるせぇぞ、レストレード警部。今何時だと思ってやがるんだ。礼節を重んじるはずの英国紳士がすることじゃあないと思うが？」

『やかましいわ《ファッキン》、黄色人種《イエローモンキー》。とっととあの狂った錬金術師《マッド・アルケミスト》を出せ！』

「悪ぃ。あいつ今留守だわ。以上《グッドラック》」

『以上じゃない！　なら貴様でもいい！　というよりも、用件は貴様にある！』

「――は？　俺？」

通話の相手――レストレードの言葉に、トバリは首を傾《かし》いだ。まさかこの堅物が請負屋の――それも荒事担当の自分に用件があるなど想像もしていなかった。

思わず頭上に疑問符を浮かべるトバリの耳に、レストレードの怒鳴り声が続いた。

『そうだ、貴様だ！　不本意にして遺憾だが、腕の立つ奴《やつ》が必要だ！　急いで来い！　既に部下が四人殺されている！』

「そりゃなかなか物騒な話だな。相手は何だ。レヴェナントか？」

『それより厄介な奴《やつ》だ――《心臓喰い》だ』

その名を聞いた瞬間、トバリは一気に目が冴《さ》えたのを理解し、一言返した。

「――すぐ行く」

そう言って、受話器を戻す。同時にコート掛けから愛用のコートを手に取り袖を通すと、トバリは一も二もなく部屋を後にした。

◇◇◇

男が二人。夜も深まった時刻にも拘《かかわ》らず、ふらふらと道を闊歩《かっぽ》している。手には酒瓶。二人揃《そろ》って顔は赤く、足運びも覚束《おぼつか》ない。明らかな酔っ払いだった。

ぎゃはは、と声を上げて路地裏を歩く二人の前に——影、一つ。男たちは揃《そろ》って足を止め、その影の姿を凝視した。

それは——白い、白い影だった。

長い髪が白い。

纏《まと》う衣服が白い。

極東で扱われる変わった衣服に身を包む影に、男たちは目を瞬《しばたた》かせた。

一見して老婆かと思ったが、髪の間から覗《のぞ》く顔立ちはまだ若く、そして美人だった。

普段ならば遠目に見て満足するような美女。だが、男たちは普段とは違っていた。程よくバッカスの魔力《アルコール》が回った彼らは普段より気が大きくなっている。故に、

「なあ、そこの美人さんよ。こんなところで何をしてるんだ？」

そんな具合で、調子良く声を掛ける。声を掛けてしまった。

「ふはっ」

女が笑う。

口に、三日月を浮かべて。

双眸《そうぼう》を、爛々《らんらん》と輝かせて。

にたりと、嗤《わら》ってみせる。

「オニーサンたち、ボクと——いいことしないかい？」

澄んだ声音から発せられたその科白《せりふ》に、男たちは一瞬互いを見合い、揃《そろ》って口元に下品な笑みを浮かべ、力強く首肯してみせた。

どう見ても美人な若い娘に、そんなことを言われて喜ばないわけがない。更に此処《ここ》は、人気の少ない路地裏。売春目的の娼婦《しょうふ》まがいの女がいても、さほど不思議ではない。

などと——そんな安易な考えしか思いつかないが故に、男たちは気づかない。

女の瞳に宿る、獰猛《どうもう》な気配に。

女の浮かべる、凄惨な微笑に。

「さあ、ついておいで。こっちだよ」

そんな女の誘い文句に、男たちは嬉々《きき》としてついていく。

路地裏の、更に奥。女に導かれ、男たちが姿を消し——

——断末魔の叫びが、夜霧の中に響き渡った。

それから、暫《しばら》くして。

――ぴちゃり　ぴちゃり

水の滴《したた》る音が響く。

赤い赤い血溜《ちだ》まりの中で、彼女は呵々《かか》と嗤《わら》った。

「あー……やっぱつまらないなぁ」

掌《てのひら》で、まだ暖かく、辛《かろ》うじて脈打つそれを転がしながら、彼女は口にした言葉通り、本当につまらなそうに目を細めて、足元で痙攣《けいれん》を起こす男を見下ろした。

「たまには趣向を凝らしてみたんだけど、やっぱ面白くないね。オニーサンはどう思う？　って――もう答えられないかぁ。ほらほら頑張れ、頑張らないと、死んじゃうぜ？」

からからと笑って、手の中のそれをぎゅっと握り締めた。それに呼応するように、男の身体《からだ》が一層激しく痙攣《けいれん》する。握力によるショックで血液を循環させ、強引に生かされているけれど――果たしてこの状態の男を生きていると言っていいのか……

胸元に空いた穴。其処《そこ》から血管が繋《つな》がったまま引《ひ》き摺《ず》り出《だ》された心臓は、女の掌《てのひら》の中にあって。

女はそれをなお、玩具のように弄んでいたのだが――

「あーあ。残念だけど時間切れでーす」

そう言って、あんぐりと口を開いた。そして手にするそれを頭上に持ち上げて、彼女はゆっくりとそれを口の中に落としていき――

「――いただきます」

ぐちゅり――と。

あたかも瑞々《みずみず》しい果実を食すが如《ごと》く。女はそれを当たり前のように、美味《おい》しそうに顔を綻ばせながら噛《か》み締《し》めるように何度も咀嚼《そしゃく》して――

――ごくん

と、音を鳴らして嚥下《えんか》して。

「――くはっ。まっずい！」

女は――

いや、怪物が――《心臓喰い》はそう、満面の笑みを浮かべる。

「あーあ、出歩けばもしかしたらと思ったんだけど、そううまくはいかないか。なあ――」

言葉を区切り、振り返る。息を呑《の》む気配があった。同時に、幾つもの撃鉄が起きる音と、蒸気圧の圧縮される音が微《かす》かに耳朶《じだ》を叩《たた》く。

《心臓喰い》が笑う。深く、深く笑んで。

「――出《グ》て《ッ》き《ナ》な《イ》よ、警《ヤ》官《ー》さ《ド》ん。ボクと遊ぼうぜ？」

◇◇◇

「――レストレード！」

「遅いぞ、何処《どこ》で道草喰《く》ってた！」

「これでも最速で飛ばしてきたつもりなんだがなぁ」

事務所のある集合住宅の一階に放置されているヴィンセント特製の機関式自動二輪から降り、防風眼鏡を外しながら、怒鳴るレストレードに苦言を零《こぼ》し、排煙振《ふ》り撒《ま》く中でも燦然《さんぜん》と明かりを灯《とも》す警官たちを見回す。誰も彼もが俯《うつむ》きながら、恐れと憤《いきどお》りを等分したような顔をしていた。それだけで状況は察して余りあると言えるだろう。

トバリはレストレードを見た。彼は怒り一色の顔持ちでトバリの視線を受け止めると、視線だけ路地の奥へと向ける。

「――奥だ。部下が数人死んだ時点で、後から送り込んだ請負屋たちは全員返って来ず。数分前まで銃声が鳴ってたが、それもつい先ほど止《や》んだときてる。お前さんが遅いせいでな」

「人に責任押し付けんなよ。死んだのは請負屋《やつら》の自己責任だ。おたくの部下の冥福を祈っておくよ。どうせならご自慢のお友達でも呼べばどうだ？」

「検死のために医者《ドク》は呼べても、あの推理莫迦《ばか》は呼べんよ」

皮肉に皮肉で応じるレストレードに肩を竦《すく》めながら、トバリは「だろうな」と頷《うなず》く。

「──全部了解《オーライ》だ。また後でな」

「お前さんが死体になってなければな」

「そうはならないっての」と肩を竦《すく》めながら、警官たちの間を抜けた。その時だ。

──ぽつり。

路地に足を踏み込むのとほとんど同時。落滴がトバリの頬を撫《な》でた。足を止め、トバリは頭上を仰ぐ。

煤煙《ばいえん》に染まる曇天。永遠に晴れぬロンドンの空に時折降る雨は、蒸発した水蒸気が上昇気流に乗って凝結し、雨雲となって降る自然雨ではない。

これはロンドン上空で定期運用される大型機関浮遊艇による、浄化機構《ロンダリング》だ。煤煙に混じる大気汚染粒子を雨と共に地上へと落とし、空気を浄化する大気洗浄《エアクリーニング》。

──全く以《もっ》てついてないもんだ。

トバリは降り始めた雨を見て溜《た》め息《いき》を零《こぼ》す。大気洗浄といえば聞こえはいいが、空気中の汚染粒子を吸った雨が地表に届く頃には透明だった浄化水も汚れて灰色に染まってしまう。浄化水に含まれる浄化作用により、その影響力は大気に含まれている状態に比べれば遥《はる》かに軽減されているとはいえ、長時間浴びれば遺伝子にすら影響を及ぼすという噂《うわさ》すら囁《ささや》かれるほどだ。

だからロンドン市民は外套《がいとう》や傘を手放さない。最低でも、帽子を被《かぶ》る。それは紳士の嗜《たしな》み以前に、こういう時に直接浴びないためである。トバリもその例に漏れることはなく、コートのフードを持ち上げて目深《まぶか》に被《かぶ》りながら、改めて足を進めた。

奥へ、奥へ。人がすれ違うには少しばかり手狭といえる路地を右に左に。雨で掻《か》き消《き》え始めた鉄錆《てつさび》の臭いを追う。

足は止まらず、路地を次々と曲がる。足元で何かが弾《はじ》ける。水溜《みずた》まり——いや、血の溜《た》まり場《ば》。

転がっている死体が、一つ二つ。さらに増えていく。武装した集団。恐らくはレストレードが送り込んだ請負屋たちだ。そのすべての胸元に風穴が空いていて、中にあるべき心臓《モノ》はない。

——《心臓喰い》。

ロンドンを中心に活動する連続殺人鬼《シリアル》。その名の由来は、標的の心臓を引き抜いて殺すその手法に由来する。

噂《うわさ》は海を越えて極東にまでその名が知れ渡るほどだったにも拘《かか》わらず、この数カ月はその被害報告がなく、一切の消息が不明だったのだが——よもやこのような時期に再び姿を現すとは思わなかった。

(まったく厭《いや》な予感しかしやがらねぇな……)

一歩踏み入る毎《ごと》に増していく悍《おぞ》ましい気配。

死と殺戮《さつりく》と狂喜の臭い。

ぞろぞろ　びちゃびちゃ

ぞろぞろ　びちゃびちゃ

足元から大量の虫が這《は》って上ってくるような怖気《おじけ》がひしひしと感じ取れて、トバリは呵々《かか》と口《くち》の端《は》を持ち上げた。

ぎちりと、空気が軋《きし》む気配。そして。

——ぞくり、と。

背筋に走る悪寒《おかん》に足を止めた。

開けた通りの真ん中。

降りしきる灰色の雨を浴びながら蹲《うずくま》る——白い影。その足元に転がる、死体と死体と死体に、トバリは視線を鋭くする。

警官だ。制服を着ているからひと目で判《わか》る。数も、レストレードが言っていた人数と一致する。

喜ばしいことだ。

残念なことは、その警官たちが物言わぬ死体になっていることだろう。どう甘く見ても生存しているとは思えない。

全員がその胸元に大きな空洞を空けているのだ。ぽっかりと。そこに収まっているべきものが抜き取られている。

その三人の警官だったものたちに囲まれるように蹲《うずくま》る、白い襤褸外套《ぼろがいとう》の主。即《すなわ》ち——

「——《心臓喰い》」

ぎりっ……と奥歯を噛《か》み砕《くだ》かんばかりに食いしばりながら、その名を口にする。すると、蹲《うずくま》っていた襤褸外套《ぼろがいとう》が、「ん?」と首を傾《かし》げながら立ち上がって——視線だけを此方《こちら》に向けた。

襤褸《ぼろ》外套《がいとう》の覆われた頭部は、夜の闇と降り頻《しき》る雨のせいで窺《うかが》うことはできず。しかし、その奥で爛々《らんらん》と輝く紅《あか》い双眸《そうぼう》だけは、はっきりと闇の中にも浮かび上がっていて――

そして、その口元が、にっかりと深い深い笑みを浮かべた。

――まずい！

直感でそう感じた瞬間、トバリは反射で動いた。地を蹴り、大きく横に跳ぶ。そうしなければならない。そう本能的に感じ取っての回避行動。

そして、それは正解だった。

トバリが寸前まで佇《たたず》んでいた場所には、既に何かが飛び込んできていたのだ。

◇◇◇

白い影――《心臓喰い》は、まるで獰猛《どうもう》な肉食獣のように拳を地面に叩《たた》きつけていた。前傾姿勢――否、四肢で地面を捉える獣の姿勢のまま飛び掛かると、寸前まで標的のいた舗装路を焼き菓子か何かを割るような気軽さと手軽さで粉砕したのだ。

そして《心臓喰い》は舌打ちを零《こぼ》しながらその視線が相手の姿を追い、その紅《あか》い双眸《そうぼう》が大きく見開かれる。

目の前に紅《あか》い影。

獲物と思っていた紅《あか》い外套《がいとう》の若者は、着地と同時に忍ばせていた二刀を抜き払い、果敢に《心臓喰い》へと斬り掛かったのである。

これに《心臓喰い》は驚嘆する。

まさか逃げずに向かってくるとは想像もしていなかった。まさに思考の埒外《らちがい》であった相手の対処に、半瞬反応が遅れる。

風のように——というよりは、獰猛《どうもう》で鋭く、そして荒々しい踏み込みだった。恐れを知らない獣のような踏み込み。そして続くのは、迅雷のような斬撃！

赤い影の手に握る二振りの短剣が、鮮やかに急所を狙って打ち込まれる。首筋と脹脛《ふくらはぎ》——人体の重要な血管が走る個所《かしょ》を切り裂かんと迫る刃に、《心臓喰い》は感嘆しながら身体《からだ》を捻《ひね》り、致死の太刀筋から逃れ——お礼の代わりに一撃、繰り出す。

背中から地面に倒れ込み、同時に身体《からだ》を横一回転。勢いを乗せて、打ち上げるように蹴足《けそく》を放つ。

「ちぃ」と相手が舌打ちを零《こぼ》し、身体《からだ》を傾けながら大きく横に跳んだ。正しい判断だと、《心臓喰い》は舌を巻く。防御しようものならば、得物諸共に蹴り千切る自信があったし、体捌き《スウェー》程度の回避ならば、すぐさま追撃でやはり殺せる自信があった。

相手は、その気配をしっかりと感じ取ったのだろう。だからこそ、身体《からだ》を大きく傾けながら横に向かって距離を取ったのだ。殺気に対し、どうやらかなり鼻が利《き》くらしい。勘も良く、素直に称賛できる。

どうやらそこらに転がしている警官や、先程ぶち殺させて頂いた請負屋たちと比べると、随分腕の立つ相手らしい。

いいねいいねと、《心臓喰い》は胸を躍らせる。首筋がじりじりと焼けるような感覚に、《心臓喰い》は口《くち》の端《はし》をにたりと持ち上げた。

こんな感覚は久しぶりだ――そう。これは、愉《たの》しいという感覚。全身の血が加速し、沸騰し、高揚する――そして、それをもたらした相手が何者であるかを視認し、確認し、認識した瞬間、《心臓喰い》は声を上げて笑った。


「――クハハ……アーッハハハハハハハハハハハハハハハハハハハハーっ！」


――楽しい。愉《たの》しい。愉快《たのし》い！

《心臓喰い》は哄笑《こうしょう》を上げながら心の中でそう叫ぶ。そして赤い外套《がいとう》の、フードの奥から覗《のぞ》く黒髪の若者の姿を見据え、《心臓喰い》は喜悦する。

「長かったなぁ！　本当に長かった！　首を長く、ながぁぁぁぁくしながら待っていたんだよ。あいつの世間話に耳を貸して、久々に散歩してみるものだなぁ。こんな良いことが起きるんだからさぁ！」

故郷より遥《はる》かに遠く、海を越えてからというもの、自分より遥《はる》かに劣る連中を抵抗なく殺し続け、退屈に退屈を重ねていた日々に、いい加減飽き飽きとしていた。強者《つわもの》との戦いに飢え、力と技とでしのぎを削り、命と命のぶつかり合いを求めていた――その機会《タイミング》で、最も相応しい相手が現れる。

実に、実に素晴らしい展開《シチュエーション》だ。

神様とやらを信じたことはないが、どうやらそれに相応する存在はたまには粋なことをしてくれるらしい。

「――会いたかった、会いたかったよボクの愛《いと》しい弟分《マイブラザー》ァ！」

そう。目の前の相手は――《心臓喰い》の弟分だった。

「ああ。本当に久しぶりだな、センゲ。このくそったれが」

フードの奥から聞こえた声は、記憶の中の声より幾分低い。だが、間違いなく彼――ツカガミ・トバリの声だ。同じ血筋に連なる存在にして、自分と唯一まともに渡り合える存在。《心臓喰い》が――トガガミ・センゲが認める相手。

「――そうか。そういえば噂《うわさ》に聞いたねぇ。極東から来たレヴェナント殺し《スレイヤー》――《血塗れの怪物》。もしやと思ったけど……クハハ！　最高じゃん。流石《さすが》だよ。嬉《うれ》しいよ、君がいてくれて、君がまたボクの前に現れてくれて、本当に感謝するよ、トバリっ！」

――ビキビキビキ……と。

沸騰した血液が毛細血管から皮膚の上に噴き出し、それが硬質化していく感覚。指先が鋭い刃と化していく実感を抱き――突進。目の前の相手。《血塗れの怪物》と呼ばれる請負屋にして弟分たる相手へと一歩の踏み込みで肉薄し、そしてその腕を全力で薙《な》ぎ払《はら》った。

ギャリギャリギャリと、硬い壁を抉《えぐ》り取《と》る音と感触。肉を切り裂く感触はない。代わりに、反撃の刃がセンゲを襲った。

死角——地面を這《は》うような姿勢から飛び上がるような切り上げが、白い襤《ぼ》褸《ろ》外套《がいとう》を切り裂き、自分の身体《からだ》へと叩《たた》き込《こ》まれる！

続くのは、自分の身体《からだ》を刃で切り裂かれる感触——ではなく、硬い金属同士が激突する衝撃。刃を打ち込んできた若者が目を丸くし、代わりに《心臓喰い》はにたりと嗤《わら》う。

若者は舌打ちを零《こぼ》しながら三歩後退し、距離を取った。《心臓喰い》はその後を追わなかった。相手をじっと見据え、にやりと口角を上げながら顔を隠していたフードを払う。

地面に届くほど長い純白の髪がロンドンの闇に晒《さら》される。降る雨に含まれる汚染物質など気にも留《と》めず、《心臓喰い》は笑いながら言った。

「もっと遊んでいたかったけど、悪いな、トバリ。そろそろ帰る時間なんだ」

「——帰すと思うか？」

——ぎちり、と。

両者の間に流れる空気が軋《きし》む音がした。軋轢《あつれき》の気配。両者の纏《まと》う殺気がぶつかり合って、鬩《せめ》ぎ合う音。背筋をぞくぞくとさせる闘争の気配に、《心臓喰い》は思わず乗ってしまいそうになるのを必死に堪えながら笑う。

「ああ、思うね」

「何故《なぜ》？」

「答えは簡単さ」

言って、《心臓喰い》は片手を持ち上げてそっとある物を指さした。警戒しつつ、若者は《心臓喰い》の指さすものを見て――その目を見開く。

それは倒れている警官の一人だ。その警官は手足の骨を砕かれているものの、まだ生きていた。

「まだ殺してないんだよね、そいつ。急いで医者に見せれば助かると思うけど？　まあ、お前がそんなのどうでもいいっていうんなら、ボクはそれで大歓迎だけど」

どうせ君は助けるに決まっている――そう、わざとらしく皮肉を込めて。

それとも警官を見殺しにするのかな――と、厭《いや》らしいほど悪意を乗せて。

《心臓喰い》たる彼女――トガガミ・センゲは問う。

――さあ、どうする？　と。

鋭い視線がセンゲを射貫く。実に好《よ》い目だ。今すぐにでも斬りかかってきそうな敵意と、何より此方《こちら》の命を奪おうという殺気が込められた、凡人ならばそれだけで気を失ってしまいそうな圧力《プレッシャー》が込められた眼差《まなざ》しだ。しかし、どれほど殺気が込められていようと恐れるに値しない。目の前の彼が次に取る行動は、想像するまでもないのだから。

やがて、若者は観念したように深い吐息を零《こぼ》し、二刀を腰の鞘《さや》に納める。

――ほぉうら。予想通りだ。

そう感想を抱き、《心臓喰い》は口《くち》の端《は》を持ち上げる。

「それでこそ、ボクの知っている君だよ、トバリ。甘ちゃんなのは相変わらずだね」

「そういうテメェは相変わらず悪趣味だ。殺す方法も、こういう小細工も、全部が全部本当に最高に最悪だよ。我が最悪の姉貴分《マイシスター》」

まったく彼らしい言い回しだ。最高に最悪とは、まさにこの状況を表すに相応《ふさわ》しい言葉である。

《心臓喰い》はゲラゲラと笑って踵《きびす》を返《かえ》した。

「じゃあね、マイブラザー。次は邪魔のない場所で遊ぼうよ」

「オーライ、マイシスター。次はしっかりぶっ殺してやるよ」

殺意混じりの従弟の科白《せりふ》に、《心臓喰い》は呵々《かか》と笑って――「ああ」と思い出したように口《くち》の端を持ち上げる。

「――あ、気を付けなよ。お腹《なか》を空かせてるのが来るぜ？」

せいぜい死なないようにな――と捨て科白《ぜりふ》を残し、《心臓喰い》は高く高く跳躍した。

◇◇◇

――GRRRRRRRRRRR……

雨音に紛れて聞こえてくる唸《うな》り声。屍肉《しにく》の気配に誘われてきたのか、あるいはある種の作為によって招かれたのか。

トバリの正面。路地から顔を覗《のぞ》かせるのは、鋼鉄の怪物。蒸気機関の異形。人食いの化け物――そう、レヴェナント。

壁を這《は》った姿勢のまま、ぐるりと双眸《そうぼう》巡らせて、長い鉄舌を口からちろちろと覗《のぞ》かせる姿は、蜥蜴《とかげ》を連想させた。しかしその体皮は鋼鉄のそれとは異なり、蜥蜴《とかげ》が這《は》っている壁の模様を模倣しているように見える。厳密に分類するなら、恐らくは皮膚変色《カメレオン》の蜥蜴か。

怪物の視線は、死体を前に佇《たたず》むトバリをじっと見据えている。それは獲物の様子を窺《うかが》っているようにも思えるが――しかし、トバリからすればその出現は期待外れもいいところだった。

「……ったく、用があったのはお前じゃねぇんだよ」

彼はフードの奥で盛大に溜《た》め息《いき》を零《こぼ》し――同時にレヴェナントが動く。巨大な口から覗《のぞ》いていた鉄舌が、攻城弩《バリスタ》から放たれる大矢のようにトバリを襲う。

しかしトバリはその一撃を難なく躱《かわ》すと、コートの裾を翻《ひるがえ》して腰の鞘《さや》から二刀短剣を引き抜き――無造作に一閃《いっせん》。トバリの脇を擦り抜けていった蜥蜴《とかげ》の舌が硬い舗装路を叩《たた》き転がる音と共に、レヴェナントの絶叫が響き渡る！

「――やかましい」

そんな不愉快な声に眉を顰《ひそ》め、トバリはそう吐き捨てながら右腕を掲げた。がしゃん、という重機械音と共に、その右腕を覆う機関機械の爪。鳴動と共に赤く発光した五本の爪――〈喰い散らす者〉を構え、トバリは一片の容赦もなく宣告する。

「ぶっ壊れろ」

同瞬、その腕が振り下ろされた。稲妻が落ちたような凄《すさ》まじい轟音《ごうおん》と共に五本の爪から迸《ほとばし》った斬撃が、まるで獲物を蹂躙《じゅうりん》する獣の如《ごと》くレヴェナントの身体《からだ》を駆け抜け、容赦なく粉砕していく。

そしてそのまま機能停止するレヴェナントを歯牙《しが》にもかけず、トバリは踵《きびす》を返《かえ》して頭上を仰ぎ見た。

その視線の先。背の高い建物の傍《そば》で微《かす》かに揺れ動いた白い影。遠目にだが、しかしはっきりと夜《よ》雨《さめ》の中に浮かび上がる影法師《シルエット》。頭をすっぽりと覆うように被《かぶ》った、極東由来の外套《がいとう》頭巾の下から覗《のぞ》く口元が、にたぁぁぁ……と歪《ゆが》むのが見えた。ご丁寧に、ひらひらと手を振ってまでいる。

その姿を捉えた瞬間――直《す》ぐにでも壁を蹴り上げ、屋根の上に上がって斬りかかりたい衝動が腹で煮《に》え滾《たぎ》る。

だが――

「――……かっ……は……」

声が――

生者の声が、その一歩を踏み留《とど》める。

視線を動かせば、転がる死体の中に一人だけまだ息のある者が――先ほど、センゲが言っていた生き残りの警官がいた。身体《からだ》の随所に怪我《けが》をし、出血をしているが、致命傷は免《まぬが》れている。適切な処置さえすれば、充分に生存できる――そういう傷の負わされ方をしていた。

トバリは暫《しば》し警官を見据え、やがて深い溜《た》め息《いき》を吐く。

「悪趣味なんだよ……」

かの殺人者であれば、このような失態《ミス》は有り得ない。圧倒的な暴力を以《もっ》て心臓を一突きにし、膂《りょ》力《りょく》のままに引き抜く《心臓喰い》にはあるまじき事態──ならば、彼が生かされた理由は目的があってのこと。文字通りの足止め。それと挑発である。

その証拠に、なんともご丁寧な品が足元に転がっていた。

トバリはそれを拾い上げて、

「──ホーエンハイム・インダストリー……ねぇ」

わざわざ「自分は此処《ここ》にいるぞー」という足跡まで残していくあたり、本当に良い性格をしていると思う。

「ご丁寧な招待状をどうも。お礼にその顔面に短剣を叩きつけて《プレゼントし》やるよ」

最早《もはや》聞こえていないであろう《心臓喰い》に向けて、トバリは一人悪態を零《こぼ》し──そして、気を取り直したように警官に向き直る。

「おい、生きてるな？　死ぬほど痛いかもしれないが、意識は手放すなよ」

声を掛けながら応急処置を施しつつ、トバリは周囲を見回した。今トバリの目の前で激痛に呻《うめ》く警官を除けば、全員が見事に心臓を引き抜かれて絶命している。胸元の風穴から血が零《こぼ》れ、降り続く灰色の雨と共に下水に流れていくのを見て、トバリは眉を顰《ひそ》めた。

「ほれ、痛み止め」

呻《うめ》く警官の口に無理やり薬水を突っ込んで中身を飲ませながら、トバリは溜《た》め息《いき》を零《こぼ》した。治療している警官の目の焦点はあっておらず、全身はガタガタと震えていて、口からは言葉になっていない何かをぶつぶつと呟《つぶや》いている。

誰が見ても、男の様子を見て正気ではないと断定するだろう。まあ間違いなく、精神面に異常をきたしている。同僚たちが心臓を引き抜かれて殺されている光景を目の当《まあ》たりにしていれば、まあ無理もないだろうけど。

「あんたも不運だな」

そう、慰めにもならない慰めの言葉を送りながら、警官の胸元にぶら下がっている通話機を拝借して、レストレードの名を呼んだ。

◇◇◇

五幕『怪物たちは深き地にて邂逅《かいこう》する』

Ⅰ

ゴゥンゴゥンゴゥン――

今日も今日とて相変わらず、大機関の音が都市の至るところから響き渡る。それは昼間だろうが夜中だろうが変わらない。空は暗黒、辺りには深い霧が立ち込める。それは夜遅くであってもだ。たとえその場所がロンドンの中心部から離れた郊外であっても、その音は変わらず聞こえてくるのだ。

そして――

「……遺憾の意を表明する」

「んー？　なにに？」

瓦斯灯《ガスとう》の光もほとんど届かない夜の路地を歩きながら、トバリはぼそりと呟《つぶや》いた。殆《ほとん》ど独り言に近かったのだが、どうやら後ろを歩く少女の耳にはしっかりと届いていたらしい。実に耳聡《みみざと》い奴《やつ》だと思う。

「この組み合わせに、だ。どう考えても俺一人のほうが動きやすい。なのにどうして、お前がついてきているのか——俺は甚だ疑問でならない。其処《そこ》のところどう思う、ミス・リズィ」

「なんも」

思わない——という言葉は最後まで言わなかった。言わなくても意思疎通が可能ならば、面倒だから言わないという謎の信条を掲げる独特の感性に頭痛を覚えてしまう。いや、現在進行形で、彼女の存在は間違いなく頭痛の種なのだが……今はまあ、その問題は置いておくとしよう。

「お前、今から俺たちが何をしに行くのか判《わか》ってるのか？」

振り返りながら尋ねると、リズィは眠そうな半眼でこちらを見上げて頷《うなず》いた。

「ん？　勿論《もちろん》——レヴェナント退治っしょ？」

「——ああ、そうだよ。ご名答。良くできましたおめでとさん、だ」

くそっ、と毒づきながら、トバリは溜《た》め息《いき》を吐いて項垂《うなだ》れる。

「溜《た》め息《いき》ばっか吐いてると、幸せ逃げるぞー？」

「そうだな。その程度で逃げる幸せなら、こっちからお断りだよ」

リズィの言葉に適当に答えながら、剝《む》き出《だ》しの配管を足場にし、掘っ立て小屋の壊れた仕切りの間を通り抜けていく。そのあとに、軽やかな動作で追従するリズィ。その動作の無駄のなさに感心しながら、トバリは再び溜《た》め息《いき》を零《こぼ》した。

「あー、くそ。ヴィンスの奴《やつ》。自分はちゃっかりリーデルシュタインとご一緒かよ。すっげー不安だ」

「何が？」

「あらゆる点で」

簡潔に、しかしこれほどまでに自分の心情を表せる言葉などないという風にトバリは断言する。

何を思ったのか知らないが、準備を終えていざ出発するという頃合いに突然「ああ、トバリ。私はミス・リーデルシュタインに同行する。君はリズィと共に陽動――その後機会《タイミング》を見計らって我々と合流してくれ」などと言い出したのである。

これにはトバリだけではなく、依頼主――エルシニア・アリア・リーデルシュタインも呆気《あっけ》に取《と》られていた。まさかついてくるとは夢にも思っていなかったという様子だった。にこにこと満面の笑みを浮かべるヴィンセントの背後で、エルシニアは何とか断れないものかと思案していたのは、傍《はた》から見て間違いないだろう。

尤《もっと》も稀代《きたい》の錬金術師はそんな暇など与えなかった。

――それでは、よろしく頼むぞ二人とも！

そう言い残すと、エルシニアを引き連れて颯爽《さっそう》と去っていった姿が脳裏に過ぎり、トバリは憎々しく思って舌打ちを零《こぼ》す。

「近いうちに一度思い知らせる必要があるな」

「それ、その辺の破落戸《ゴロツキ》の科白《せりふ》」

リズィが冷ややかな突っ込みを入れてくる。「的確なご指摘、ありがとう」と口《くち》の端《は》を吊り上げながら返しつつ、トバリはふと湧き上がった疑問を口にした。

「……っていうか、リズィ。お前、俺についてきてるが……どうする気だ？」

「ん？」質問の意味が判《わか》らなかったのだろうか。リズィは小首を傾《かし》げながらこちらを見上げてくるので、トバリは呆《あき》れて頭を掻《か》きながら言った。

「――ん？　じゃねーよ。俺の役割は、ひと暴れしてレヴェナントをひっかき集めることだ。つまり、俺と一緒にいるお前も必然的にレヴェナントと戦うってことだろ？　――お前、なんか手立てはあるのか？」

「あるよ」

短く答え、リズィはジャケットの内側から何かを引っ張り出して組み立て始める。

それは武骨で、それでいて何処《どこ》かごちゃごちゃした、鋼鉄《クローム》の塊だった。金属と歯車と配線の継《つ》ぎ接《は》ぎだった。

小柄なリズィが腕に抱えるほどの大きさをした銃器である。

そしてその銃は、トバリの右腕に隠し備えてある機関兵器《エンジンアーム》によく似ていた。一般に流通している護身用の武器でもなければ、英国軍で普及している基本兵装でもない――恐らく、いや、ほぼ間違いなく個人が自作した独自兵装《オリジナル》。そしてその制作者が誰であるかなど、考えるまでもなかった。

「……一応訊《き》くが――それはなんて代物で、誰が造った？」

「釘撃銃《ネイルガン》の機関兵器。銘は……えーと、そう〈祈り子《プレガーレ》〉。造ったのは、伯爵」

「……ああ、だろうと思ったよ」

自慢げに口元を綻ばせるリズィとは相反するように、トバリは愕然《がくぜん》として顔に手を当てて頭上を仰ぎ見る。

まるで今の自分の心境を体現するような、暗澹《あんたん》たる空模様がそこにはあった――いや、いつだってロンドンの空は灰色の雲に覆われて暗いのだけれども。

まあ、気落ちしたところでどうにもならないことに変わりはない。後は野となれ山となれである。

そう自分に言い聞かせ、トバリは気を引き締め直す――そろそろ目標位置だ。

トバリは真紅のコートを羽織り直し、フードを目深《まぶか》に被《かぶ》る。

「――そろそろだぜ。準備は？」

「むむ……不安だけど。たぶん、行ける」

そう言って、リズィは僅かに肩を強張《こわば》らせた。声にも微《かす》かな緊張の気配――そりゃそうだろう。

なにせ相手は人ならざる怪物であり、鋼鉄と蒸気機関をその内に宿した異形の存在だ。

緊張しない、なんてことは有り得ない。

恐れがない、なんて言葉は信用できない。

その分を考えれば――リズィの科白《せりふ》はまだ、信用に足る言葉だと言えるだろう。下手に強がられるより、その素直さはまずまずに褒めて然《しか》るべきものだ。

「はっ。慄然《ぞっ》とすることを恐《こわ》がるなよ。当たり前のことなんだ。あいつらを前にして、恐怖しない連中なんていない――ただ、呑《の》まれるなよ。呑《の》まれたら、一瞬で食われるぞ」

「……オッケー。気を付ける」

「気を付けるだけでどうこうなるとは思えないけどなー」

「じゃあ何で言ったし！」

「勿論《もちろん》、気休めさ」

そう言って、トバリは一歩踏み出した。

ロンドン郊外——ハーリンゲイ地区の外れ。噂《うわさ》のホーエンハイム・インダストリーが新設した工場など影も形もない。あるのは廃材などを集めて作った掘っ立て小屋や、建設途中のまま放棄された集合住宅擬《もど》きばかりで、その向こうに、最早《もはや》放棄されて久しいであろう寂れた大型の倉庫と、それに隣接された古い工場跡だけ。

「工場は……あるね」

「まあ、新設と呼ぶには程遠い昔のだがな。どう見たって、労働者がいる気配はなし——なるほど。こいつは確かにきな臭いな」

リズィの言葉に頷《うなず》き、トバリはフードの奥でにやりと笑った。

「——リズィ。上に行け」

「うん」

トバリの指示にリズィは異を唱えることなく、言われた通り半分資材などが剝《む》き出《だ》しになった廃屋をするすると上っていった。それを気配だけで感じ取りながら、トバリは「くくっ」と深く笑い——

——更に一歩、前に踏み込んだ。

その、瞬間である。

――ゴポッ

と、何か音が、辺りの地面から。草木もまだ生い茂っていない荒れ地の、土が捲《めく》りかえるような音が辺りに木霊《こだま》する。

音の数は次第に増えていき、それはほんの一呼吸する間に急速に数を増していく。土の中からカチカチカチカチと、時計の針が秒針を刻むような音が無数に響き、そして――

――ぉぉぉぉおおおおおおおぉぉぉぉおおぉぉ……

不気味な呻《うめ》き声が連鎖する。

それはまさに、亡者《もうじゃ》の呻《うめ》きだった。

土の中から無数に顔を出す、土塊に塗れた人型《ヒト》、人型《ヒト》、人型《ヒト》！

硬い土を突き破って、地中から酷《ひど》くゆったりとした緩慢な動作で起き上がるのは、体の大部分を腐肉に覆われた屍者《ししゃ》だった。

それは暗黒大陸から伝わるヴォドゥンの秘儀から生み出される、生ける屍《しかばね》。

しかしその頭や項《うなじ》には、トバリたちにとってなじみ深く、また現代社会においても決して切っても切れぬであろう技術の結晶――蒸気機関らしき機械が垣間《かいま》見えた。

つまり、これらもまた――

「──レヴェナント、ってわけか」

無数に起き上がる屍者のレヴェナントを見て、トバリは肩を竦《すく》める。


──ぉぉぉぉおおおおおおおおおおぉぉぉぉおおぉぉ……


まるでトバリの声に応えるように、レヴェナントたちは一斉に声を上げる。

聞いているだけでぞっとする声だった。

まるで、そう──この世のすべてを嘆くような。

あるいは──この世のすべてを恨んでいるような。

そんな声だった。

もし、仮にこのレヴェナントたちに名付けるならば──《屍鬼《グール》》辺りが妥当か、なんて考えながら、トバリは小さく嘆息した。

「まったく、うじゃうじゃうじゃうじゃと……死体を弄《いじ》ってお人形造りってか？　ホーエンハイム・インダストリーとやらは、いつからフランケンシュタイン博士を雇い入れたんだよ？」

軽口を叩《たた》きながら、トバリはフードの奥から周囲を一瞥《いちべつ》する。最早《もはや》数えるのも億劫《おっくう》なくらいに増殖していくレヴェナント《屍鬼》たちが、まるで生気のない視線を向けてくる。

そして、

――ＧＲＲＡＡＡＡＡＡＡＡＡＡＡＡＡＡＡＡＡＡＡＡＡＡ！


《屍鬼》たちが一斉に咆哮《ほうこう》した。先ほどの呻《うめ》き声とは異なる叫び。

それはホラー・ヴォイス。恐怖の声。

耐性なき者に例外なく、直接作用する精神支配の叫び。

己の支配領域《ドメイン》に獲物を捕らえ、捕食するための戒めの咆哮《ほうこう》。

無論、そんなものはトバリには通用しない。それは恐怖によって精神を縛り付ける一種の催眠だ。

ならば、恐怖を振り払う強固たる意志さえあれば、抵抗など造作ない。

しかし、

「――うっ……あぁ」

震えた声が頭上から降る。トバリは振り返り、視線を頭上へ向けた。

見上げた先。先ほど廃屋の上に移動させたリズィが、目を見開き、肩を震わせているのが遠目に見えた。

（……やっぱ、初見から抵抗してみせろってのは無理か）

リズィはレヴェナントとの遭遇経験はある。だが、あるからと言ってレヴェナントのホラー・ヴォイスや支配領域に抗《あらが》えるかと言えば、それは別である。

確かに、レヴェナントという存在を常に認識している分、その存在を知らない人間たちよりは慣れがあるだろう。

しかし――正面から対峙《たいじ》し、相対するのではわけが違う。

レヴェナントのホラー・ヴォイスはある種の魔術《コード》に近いのだから。

魔術――それはこの世の物理法則にすら介入し、一時的に改竄《かいざん》する力。社会の裏でひっそりと、だが現存する人智《じんち》を凌駕《りょうが》した神秘の御業《みわざ》である。

レヴェナントのホラー・ヴォイスは、その仕組みが応用されているとヴィンセントは言っていた。

咆哮《ほうこう》に組み込まれた術式が直接精神に――そしてその深奥《しんおう》たる魂に、楔《くさび》のように直接打ち込まれることで精神支配《ジャック》される。それに打ち克《か》つ術は、その恐怖をも上回る強い精神状態《メンタル》を保つか、あるいは――

「……仕方ねぇなぁ」

がしがしと頭を掻《か》いて、トバリは一拍ほど間隔を開け、大きく息を吸った。そして――


「――ぐらあぁぁぁぁぁぁぁぁぁぁぁあっっっっ！」


凄《すさ》まじい大音声《だいおんじょう》をその口から轟《とどろ》かせた！

それはまるで獣の咆哮《ほうこう》。あるいは狼《おおかみ》などが上げる遠吠《とおぼ》えの如《ごと》く空気を震わせ、《屍鬼》たちのホラー・ヴォイスをも呑《の》み込《こ》んで周囲一帯に伝播《でんぱ》する！

「うひゃ!?」

頭上から聞こえてくるのは、先ほどとはまた種類の異なる驚愕《きょうがく》の悲鳴。

見上げると、リズィは何が起こったのか判《わか》っていないようで、目を丸くしてぱちくりと瞬《しばた》かせながら、恐る恐ると言った様子でこちらを見下ろしてきた。

その様子を、トバリは鼻で笑いながら言った。

「——ビビるのは結構だがな。言っただろ、呑《の》まれるなって」

「うぅ……」

トバリの言葉に、きまり悪げに身を小さくするリズィ。そんな彼女を見上げ、トバリは呵々《かか》と笑いながらなおも続ける。

「ホラー・ヴォイスは直接精神《こころ》を虫食《むしば》む。人の弱い部分に付け込んで、突っつき回して恐怖を煽《あお》る。人が最も忌避する死を連想させて、それをレヴェナント《じぶんたち》に直結させて獲物を震え上がらせる。そんでもって、そーゆーのに対抗する方法は単純至極。強い意志を持って構えておくだけ」

「強い……意志……」

「なんだっていいんだよ。自分で〝こうだ〟と決めていることを腹の奥底に据えておくってだけの話だ」

トバリの言葉を反芻《はんすう》するリズィ。言われてもすぐにはピンとこないのだろう。戸惑った様子で視線を彷徨《さまよ》わせる少女の姿に苦笑を零《こぼ》し、トバリは言った。

「——お前みたいな気持ちを味わう奴《やつ》がいるのは、気に食わないんだろう？」

「——っっっ!?」

瞬間、リズィの双眸《そうぼう》が見開かれる。驚きに満ちたその瞳——その奥で、何かがしっかりと灯《とも》ったように色づいたのを、トバリははっきりと見た。

まったく、発破をかけるのも楽じゃないな。なんて胸中で苦笑を零《こぼ》しながら、トバリは視線を《屍鬼》たちに戻しながら左腕を振った。

びゅん、という空気を貫いていく音と共に、足元からじゃらじゃらじゃらという小さな金属が幾つも連なる音が響き――

「――よっ……こらせぇ！」

唐突に、振り抜いた腕を思い切り引いた――次の瞬間である。

トバリから見て、遥《はる》か彼方《かなた》で立ち上がった一体――別の《屍鬼》の頭が弾《はじ》け飛んだ。そして息つく間もなく頭部を失った《屍鬼》の隣に立っていた《屍鬼》の身体《からだ》が斜めに崩れ、更にその手前で蹲《うずくま》っていた《屍鬼》が縦一文字に両断されたのである。

瞬《また》く間《ま》に三体のレヴェナントが地に沈む。何が起きたのか、誰にも判《わか》らなかった。

いや、そもそも屍《しかばね》である《屍鬼》に、同胞が倒れたことを認識できるほどの知性があるのかは怪しいが――兎《と》も角《かく》。その異変は唐突に訪れ、そしてレヴェナントが振《ふ》り撒《ま》く恐怖の声を一瞬で静めてしまった。


――おおおおおおおおおおおおぉぉぉぉぉおおぉ……

《屍鬼》たちが呻《うめ》きを上げる。だがそれは周囲を威圧するものではなく、何方《どちら》かと言えば戸惑っているように見える。

上から全体を見ていたリズィさえ、何が起きたのか判《わか》らなかったらしく、ただただ呆気《あっけ》に取られた様子であんぐりと口を開けていた。

それが実に——実に、痛快だった。

してやったり、とはまさにこのことだろうと胸中でほくそ笑みながら、トバリは不敵に微笑《ほほえ》んで左手に掴《つか》んでいる細長いそれを軽く上下させた。

——じゃらじゃらじゃら　じゃらじゃらじゃら
それは金属同士が擦れる音。連なる無数の金属が、うねりを上げて響かせる——姿を隠した死神の足音。

「そーら……もう一丁！」

裂帛《れっぱく》の気迫と共にトバリが大きく腕を振るった。そして、その動きに応えるように——彼の手に握られた鎖が大きく波打って《屍鬼》が成す群衆《むれ》の中央で牙を剝《む》く！

トバリの手が握る鎖は、まるで大蛇の如《ごと》く鎌首を擡《もた》げて周囲を襲った。先端に繋《つな》がれた短剣が爪牙《そうが》の如《ごと》く手当たり次第に《屍鬼》たちに襲い掛かり、その腐肉に覆われた身体《からだ》を貫く。

その牙から逃れた《屍鬼》たちは、されど竜巻が如《ごと》く暴れ回る鎖の猛威に呑《の》まれて千々と切り刻まれていた。

トバリの操る鎖は、ただの鎖ではない。その鎖一つ一つが、刃物同然の加工を施された代物である。

——刃鎖《じんさ》と呼ばれる、トバリの家に伝わる暗器だ。

刃鎖の銘は〈鬣《たてがみ》〉。

異国に謳《うた》われる伝承の獣。全身が刃のような毛に覆われた狼《おおかみ》に肖《あやか》り、その姿を想起させるように拵《こしら》えられた、意味深な代物である。

その由来にはこれっぽっちも興味はなかったのだが、ロンドンに訪れる際に使えるかもしれないと思って失敬していたのだが――

「――……いいねぇ。こいつぁ便利なもんだ。持ってきて正解だったな」

気軽な気持ちで持ってきたが、思った以上の拾い物であることを知って、トバリは口《くち》の端《は》を持ち上げてにやりと笑んだ。

鎖を思い切り引く。じゃらじゃらと音を鳴らし戻ってくる鎖。

トバリは腕を大きく頭上に翳《かざ》した。すると、鎖は空気を切り裂く音を辺りにまき散らしながら、凄《すさ》まじい勢いでトバリの腕に巻き付く。トバリのコートは、グラハム＝ベルに依頼して特殊な鋼糸を編み込んでいる特別製だ。刃鎖の刃でも切り裂かれるという心配はなく、むしろ腕に巻きつけたことで即席の籠手《ガントレット》に様変わりした。

「――おっと、忘れてた」

最後に、鎖の先端と連結していた短剣をぱしっと摑《つか》む。危うく自分の得物で顔を切るところだった。

「おしい」

頭上から、実に残念そうな声が降って来た。トバリは「おい」と険のある声を上げて、声の主を見上げる。

「何がおしいだ。さっきまでちびってたくせに」

「うわー、女の子に対して失礼極まりないなぁ。サイテー。後で伯爵に告げ口し《チクっ》てやろー」

「ちょっ、待て。待てよ、ミス・リズィ。悪かった。失言だった。誠意を込めて謝罪する。だから
それだけはやめてくれ」

もし先ほどの失言をヴィンセントに知られようものなら、あの紳士気取りの錬金術師は笑みを浮かべたまま「紳士にあるまじき態度だな。これは由々しき事態だ」などと言いながら、給金を減らしかねない。あるいはもっと面倒なことになる可能性だってある。ただでさえ面倒ごとが多いのに、これ以上の厄介は全面的に遠慮したいトバリにとって、なんとしても告げ口だけは阻止しなければ――

なんて考えていると、唐突にリズィが得物を構えた。機関兵器〈祈り子〉の銃口らしき部分が、目にも留まらぬ速さでトバリを捉える。

思わず言葉すら失って少女を見上げた。

何をする気だ――なんて口にする暇すらなかった。気づいた時にはもう、少女は〈祈り子〉の引き金を引き絞った。

がしゃん！　という駆動音と共に、少女の手にする機関兵器が蒸気を吐き出した。超圧縮された蒸気圧によって放たれたのは、直径にして五センチほどのクロームの矢だ。

そして撃ち出された矢はトバリの反応速度をも遥《はる》かに上回り、音速の壁を容易《たやす》く突き破り真《ま》っ直《す》

ぐにトバリ――のすぐ横を通り抜け、その背後に迫っていた《屍鬼》を貫いた。

一瞬遅れてトバリも振り返る。撃ち出された矢は見事にレヴェナントの胸部――即《すなわ》ち機関核《レヴェナント・コア》の収まっている心臓部分を見事貫いていた。

今まさに短剣を振り抜こうとしていたのだが、どうやら先を越されてしまったらしい。

「……お見事」

「ざっとこんなもん」

仰ぎ見ながら賞賛の言葉を贈ると、リズィは得意げに〈祈り子〉を持ち上げてみせた。その様子を見るに、どうやらホラー・ヴォイスの影響から完全に脱しているようだ。これならばまあ、安心だろう――なんて考えていると、

「トバリさー。勝負しようよ。どっちが多く倒せるか」

「さっきまでビビってたくせに……一体倒したくらいで調子に乗っちまったのか？　そういうの、極東じゃあ『天狗《てんぐ》になる』って言うんだぜ」

「アタシに勝ったら、さっきの失礼な発言を伯爵に黙っててあげるよ？」

それを言われたら、こちらに否と答える権利などないに等しい。

「……いいだろう。で、お前が勝ったら？」

にやりと挑発的な笑みを浮かべるリズィに、トバリはそう切り返した。するとリズィは少し考えるようなそぶりを見せながら言った。

「告げ口が決定して、あとはそうだなぁー。アタシの言うこと何か一つ聞いて貰《もら》おう」

「うっわ。割に合わねー……」

こっちの足元を見てこれ見よがしに要求を口にするリズィに、思わず悪態を零《こぼ》す。「別に断ってもいいんだよー」と、まるでチェシャ猫のように口元を綻ばせる少女の姿に、トバリはやれやれと肩を竦《すく》めた。

「いいさ、乗ってやるよ。後で泣き見ても知らないからな？」

「うわー。女の子を泣かせる気なんだ。トバリ、やっぱサイテー」

互いににやりと口《くち》の端《は》を吊り上げて、二人は視線をレヴェナントたちの群れへと向けた。

尚《なお》も数を増していく《屍鬼》たち。普段のトバリなら、この数を相手取ろうなんて露とも思わないだろう。しかし、どうやら今日は少し勝手が違うらしい。

掌《てのひら》の上で短剣を翻《ひるがえ》し、同時に右手の機関兵器——〈喰い散らす者《ハウンドガルド》〉を起動させる。

がしゃん——という、重機の駆動音を思わせる重々しい音と共に、鋭く研ぎ澄まされた爪を備えた籠手が姿を見せた。

それらを構え、トバリは《屍鬼》たちを見据えながら——ふと思った。

（……まさかヴィンセント《あいつ》。この展開を予想してたんじゃないだろうなぁ）

此処《ここ》にはいない雇い主たる錬金術師が、何故《なぜ》か不敵に笑っている姿が脳裏に過ぎったのは、恐らく気のせいだろう。

そう思いながら、トバリは獣を思わせる声を上げて手近にいた《屍鬼》目掛けて走り出した。

II

何処《どこ》か遠くから。

呻《うめ》きに似た声が聞こえてきたような気がして、私はふと足を止めて視線を彼方《かなた》へと向けた。深い霧が立ち込めるロンドンの夜。遠くを見据えることはほとんど不可能に近く、声の正体を確かめることはできなかった。

(――気のせい……でしょうか?)

「勿論《もちろん》、気のせいではないとも。ミス・リーデルシュタイン」

かけられた言葉に、どきりと心臓が跳ねた。

まるで私の心の中の声が聞こえていたかのような科白《せりふ》。私は自分を落ち着かせるように一度大きく深呼吸してから背後を振り返る。

黒いインバネス・コートとトップハットに身を包む片眼鏡の錬金術師――サン=ジェルマン伯爵は、そんな私の姿を見てくつくつと笑いを零《こぼ》していた。

「いやはや。考えていることはどうやら同じだったようだね。というよりも、同じものが聞こえていた――というべきか」

「では……さっきの唸《うな》りのようなものは……」

「十中八九、レヴェナントの呻き声《モノ》だろう。声の数は複数――というよりも、あれはかなりの大多数がいた。と考えるべきかな。どうやら君が言っていた大型は、今宵《こよい》この場所には見当たらないようだ。いやー、実に運がいいじゃないか！　日頃の行いが良いからかもしれないな」

わざとらしく手を広げ、まるで芝居のようなふてぶてしい科白《せりふ》を口にする伯爵の姿を見て――何故《なぜ》だろうか。私の脳裏には、今この場にいないあの黒髪の青年の姿がありありと思い浮かび、あまつさえ「たとえ天地がひっくり返ったとしても、それだけはありえねーよ」という、この場において実に相応しい指摘をする声までしっかりと脳裏で再生されてしまった。

しかし幸か不幸か、この場には錬金術師に的確な苦言を零《こぼ》す青年の姿はない。

私は項垂《うなだ》れそうになるのを堪えながら、伯爵を見上げて言う。

「――伯爵。あまりおふざけをしている暇はありません。ええ、貴方《あなた》の言う通り、どうやら以前私が見た大型のレヴェナントの姿はないようですけど……そのことを、貴方《あなた》はどうお考えで？」

「――ふむ」

私の問いに、大仰に両腕を広げていた伯爵が至極真面目な表情を浮かべ、ステッキを持った手を頤《おとがい》に添えた。

数秒、伯爵はそのまま沈黙する。

「――相手は英国でも最高峰と呼ばれる大企業だ。常に企業スパイや政府の監視があっても可笑《おか》しくなく、またそれらに対して強固な警戒態勢を敷いているのはまず間違いないだろう。ならば我々が周囲を探っていることなど百も承知のはずだ。とすれば――」

「――罠《わな》、ということも？」

「大いにありうる」

私の問いに、伯爵は頷《うなず》いた。

そしてその意見には、私も同意だった。目の前で寂れている工場は、以前から何度も調べようとしていた施設だ。だけど、今まで此処《ここ》まで近づくことなんて一度としてできなかった。なのに――今日は、今日だけは何故《なぜ》か、もう目の前という距離にまで近づけていた。

「罠《わな》……誘っているということでしょうか？」

霧の向こうに微《かす》かだが姿を見せる廃屋に近い工場を見上げながら言うと、伯爵は途端に口元を綻ばせた。

まるでその質問を待っていたとでもいう風に彼は帽子をくいっと持ち上げて、廃工場を見上げながら言った。

「そうだろう。恐らく……いや、ほぼ間違いなく誘われている――と思うべきだ。果たして何者の意図なのかは判《わか》らない。君の探し人なのかもしれないし、あるいはまったく関係ない誰かかもしれないが……この際、それはどうでもいいことだ。問題なのは――」

「私がどうするか、ですか？」

伯爵は頷《うなず》いた。

「その通り。さあ、我らが依頼主殿《クライアント》。貴女《あなた》はどうするのかな？　すでに門扉《もんぴ》は開かれている。それはもしかすれば煉獄《ゲヘナ》へと至る門かもしれない。恐れることは恥ではない。されど、求めるものは得られない。極東ではこんな状況のことを何と言ったか……そうだ。『虎穴に入らずんば虎子を得ず』というらしい」

そう言いながらしたり顔で、伯爵は私を見る。道化のようににんまりと口元を綻ばせながら、その猛禽《もうきん》類のような鋭い眼差《まなざ》しで、しっかりと私を観察していた。私がどんな反応をするのか楽しみにしているような、そんな視線。そして伯爵の科白《せりふ》は随分と、嫌味の利《き》いた言い回しだと思う。

だから、

「率直に、臆病者と言ってくれても構いませんよ」

「実にしたたかな返答だ、レディ。失礼を詫《わ》びよう」

私の言葉に、伯爵はうっすらとした微笑を口元に浮かべて頷《うなず》く。私は言葉を返さず微笑で応じ、一歩を踏み出した。すると、

「――それでこそ、だ」

後ろで何やら満足げに伯爵が頷《うなず》いていた。いったい何が「それでこそ」なのか、甚だ不思議ではあったけれど。

多分、気にしすぎてはいけないことなのだろうと、私は自分に言い聞かせた。

(――そうよ、私《エルシニア》。理解しようなんて考えては駄目。常識なんて、あってないような人物なのだから)

多分だけれど……いや、ほぼ間違いなく、私は自分の中に確信を抱いた。伯爵の価値観は独特すぎる。ほんの数日の間の、ほんの数時間顔を合わせ、言葉を交わした程度では、きっと理解するこ

となど到底できないに違いない。

いや、むしろ理解できないことは幸いなのかもしれない。もし、理解できたなら……もし理解できてしまったのなら、私もきっと——

「ミス・リーデルシュタイン？」

唐突に聞こえてきた伯爵の声に、我に返る。さっきまで背後に立っていたはずの伯爵が、いつの間にか私より前に立っており、彼は振り返りながら「そんなところで立ち止まって、どうかしたのかね？」と問うてくる。どうやら気づかないうちに思考に没頭していたらしい。

「なんでもありません。少々、考えごとをしていただけです」

私は咳払《せきばら》いしながらそう言葉を返すと、伯爵は何処《どこ》か釈然としていないように眉を顰《ひそ》める。

「——ふむ。思うところがあるのはまあ、仕方がないことだろう。しかし考えにとらわれる余り、目の前の状況を疎《おろそ》かにしないほうがいい。油断は失敗を生み出す一番の要因だ」

伯爵の忠告に、私は「ええ、そうですね」と頷《うなず》く。確かに彼の言う通りだ。此処《ここ》は言ってしまえば敵地。しかもレヴェナントが徘徊《はいかい》する危険地帯だ。物思いにふけっていて死んでしまった——なんて間抜けな結末は流石《さすが》に厭《いや》だ。

勿論《もちろん》、その程度で殺されるつもりは毛頭ないのだけれど。

私と伯爵は、周囲に気を配りながら廃工場へと侵入した。伯爵が興味深げに周囲を見回す。それに倣《なら》って私も辺りを見回して——

「うっ……暗い」

外から見て予想していたことではあったけど、工場の中は思っていた以上に暗く、明かりのない状態では殆《ほとん》ど何も見えないくらいだった。

「伯爵。明かりか何かはありますか」

「おお。それは申し訳ない。少し待ちたまえ」

私の問いに、伯爵は失念していたと言わんばかりにそう言って、コートの内側から何かを取り出した。

伯爵の掌《てのひら》の中で、ぱちりと光が灯《とも》った。青白い火花——いや、そうではない。私は遅れてそのことに気づく。

それは掌《てのひら》に収まるくらいの大きさをした機関式の——機械仕掛けの甲蟲《インセクト・マシーン》だった。見たことがない形をした蟲《むし》の下腹部が、まばゆい光を発している。キチキチキチと小さな駆動音を内側から発し、ひょこりと動き出した蟲《むし》が、背中を開いて中空に飛び上がり、伯爵の頭上を旋回する。機械蟲《ちゅう》の発する光が辺りを照らし出す。

「——〈蛍蟲《ファイアフライ》〉だ。熱帯地帯に生息するらしい蟲《むし》を元に作ってみたのだ。まあ玩具のようなものだが、こういう場面ではなかなかに役に立つ」

「確かに……少し明かりが強い気もしますけど」

なるほど。と私は納得すると同時に、〈蛍蟲〉の造形美に目を奪われていた。アカデミア——ひいては機関工学の分野を見ても、此処《ここ》まで精巧な生物型機械は滅多に見られるものではない。私は興味のないフリをしながら、頭上を飛ぶ〈蛍蟲〉をつぶさに観察していると、「明かりの加減には目を瞑《つぶ》ってくれ給《たま》え。暇つぶしに作ってみたものなのだからね」と伯爵は肩を竦《すく》めた。

「暇つぶし――でこのようなものが造られたら、アカデミアの学徒たちが卒倒しますよ」

そう言って、私は苦笑しながら歩き出した。もっと観察していたい気持ちもあったけど、今は他にするべきことがある。

〈蛍蟲〉を伴って、私たちは奥へと進んだ。

人気とは無縁の廃工場の中で響くのは、頭上を飛翔《ひしょう》する〈蛍蟲〉の羽音。そして私と伯爵の足音だけだ。

かつん　かつん　かつん
かつ　こっ　かつ　こっ
私の足音の間に、伯爵の足音とステッキが床を叩《たた》く音が木霊《こだま》していく。

何処《どこ》までも。何処《どこ》までも。私たちの足音は続いていった。

まるで建物の広さに限界がないような錯覚。薄暗闇の中で、狭い通路を右往左往し、部屋の扉を見つければその度に中を覗《のぞ》いた。だけど、中はもぬけの殻。長い間ずっと放置されていたことを示すように、多量の埃《ほこり》が床の上に溜まり、誰かが侵入した形跡もない。

――そう思ったのだが。

「――此処《ここ》だ」

一六度目の部屋を覗《のぞ》き込《こ》んだ際に、伯爵が唐突に告げる。突然の言葉に目を瞬《しばたた》かせる私を余所《よそ》に、埃《ほこり》と黴《かび》の匂いに満ちた部屋へ伯爵が踏み入る。

そして部屋の片隅を真《ま》っ直《す》ぐ目指して歩き、周囲に視線を巡らせて――そして彼は、突然にステッキを振るって床を強く叩《たた》いた。

――かつんっ、と。

ステッキの先が床を叩《たた》く。すると、突如部屋全体が震え、驚く私の目の前で床がゆっくりと沈んでいく。

「なるほど、隠し機関式昇降機《エレベーター》か。実に趣向が凝らされているな。ホーエンハイム・インダストリーは良い趣味をしている」

「……良く判《わか》りましたね」

興味深げに目を細める伯爵を見て、私は素直にそう言った。一体どんな観察眼をしているのか。その姿はまるで、噂《うわさ》に名高きベーカー街の名探偵のようで。

そんな風に考えている私に、伯爵は失笑を零《こぼ》した。

「私自身が知覚したのではないよ。ミス・リーデルシュタイン」

「では、どうやって判《わか》ったのですか？」

私は隠す気もなく質問した。すると伯爵はにんまりと口元を綻ばせながら、左目に掛けている片眼鏡に手を添えて「これでズルをしていたのだよ」と告白する。

「この片眼鏡は〈智者の隻眼《フィヨルスヴィズ》〉という。まあ、一言でいうならば魔術道具《マジックアイテム》だ。《解析《アナライズ》》の干渉術式《コード》が組み込まれていて、私の視界に捉えたものを半自動的に解析し、視界に表示してくれるのだ。驚嘆的博士《ドクター・ミラビリス》――私の古い知己が作ってくれた特注品だ」

「私も欲しいですね。片眼鏡《それ》」

「ふむ。頼んであげることはやぶさかではないのだが……はてさて。ロジャーの奴《やつ》。今は何処《どこ》を流離《さすら》っているものやら」

なんとはなしに言った私の言葉に、伯爵は困ったように眉を顰《ひそ》めながらそう言った。そして何処《どこ》か懐《なつ》かしむように目を細めて呟《つぶや》いた。どうやらその呟《つぶや》きを聞く限り、彼はその友人の所在を知らない様子だった。

だが、彼が物思いにふけっていられたのもそれからほんの僅かだった。昇降機の鳴動が止まり、伯爵の背後に入り口が現れる。

私たちの視線は、自然とその入り口の向こうへと注がれた。

「罠《わな》――ですね」

「罠《わな》――だろう」

揃《そろ》って同じことを呟《つぶや》き、互いを見やる。私は着ていた外套《がいとう》の内側から、するりと二挺《にちょう》の機関型回転弾倉銃《エンジンリヴォルヴァ》を取り出す。

私の手に握られた銃を見て、伯爵は「ほっほっ！」と感嘆の声を上げた。

「これはこれは。何か備えがあるのではと思っていたが――なかなか物騒な得物ではないか」

「銃器型機関兵器の大手、ＷＲＡ社の最新モデル〈ＮＳＥ・Ｓ＝アーム〉です。威力、使い回し、共にこれが私に一番使いやすいと思っています」

この人物に隠し事をするだけ無駄だろうと思って、私は隠す気もなく二挺《にちょう》の銃を見せびらかすことにした。

「見たところ、通路はそれほど広くなさそうです。そんな場所にいるレヴェナントなら、大きくても人間大でしょう。それなら私でも、対処は可能だと……思います」

実際にレヴェナントと相対した経験はないに等しいから、そこは曖昧になってしまう。だけど見栄《みえ》を張って「堂々と戦えます！」なんて言える勇気がない私は、最後のほうがしりすぼみになってしまった。

「そう気を落とすことはない、ミス・リーデルシュタイン。言っては何だが、君の反応はいたって普通だ。他の請負屋だって、経験値や気の持ちようは君と同等程度《イーブン》。私やトバリが異常なだけだ。だからレヴェナントを恐れることは、決して恥じることはないよ」

からからと伯爵が笑う。

何故《なぜ》、この人はこんなにも私の考えが読めているかのように、次々と先回りするのだろうか。

（……そんなに判《わか》り易《やす》い表情《かお》、しているのでしょうか？）

手鏡を持っていないことを此処《ここ》まで悔いたのは初めてだった。

私はほんの少し――本当に少しだけ恥ずかしくなって、それを隠すように溜《た》め息《いき》を吐いた。

そして誤魔化すように「先を急ぎましょう」と歩き出す。伯爵は「そうだね」と頷《うなず》き、私の後に続いた。

そこにはまるで招いているように目の前に通路があった。拳銃を構えながら、私はその通路を進む。殆《ほとん》ど一本道に等しい地下の通路の先には、ところどころに開け放たれた状態の扉。

中は囚人が入っているような窓もない混凝土《コンクリート》造りの部屋があった。

そうして覗《のぞ》き込《こ》んだ部屋から視線を改めて廊下に移し――そして僅かに息を呑《の》む。

部屋の扉があった。

同じような部屋に通じる扉が、無数に並んでいた。

そう――

長々と続く廊下の壁に無数に。

一つ一つ開け放たれたままの部屋を覗《のぞ》き込《こ》む。

続く伯爵もまた、僅かに目を剝《む》く。そして苦々しげにその双眸《そうぼう》を細めて、

「……むごいことをする」

そう呟《つぶや》く。

気持ちとして、私も同意見だった。

進むにつれて、部屋の中の様相は凄惨なものとなっていた。壁の至る所に残っている、爪を突き立て掻《か》き毟《むし》ったような跡。そしてそれを如実《にょじつ》に示す乾いた血痕……それらはこの場所から誰かが必死に逃げようと試みた痕跡だった。

そしてそれが、殆《ほとん》どすべての部屋に存在していた。

寸前までの脳裏にあった印象は、病院か収容施設だったが。

今はもうそうとすら思えない。此処《ここ》は、観賞し、観察し、経過を見るための――ただそれだけのために用意した檻《おり》。たとえどんな理由があっても行ってはいけない非人道の有様《グレーゾーン》。

何があったかは、容易に想像がついた。

工場というのは偽装《フェイク》だ。此処《ここ》はそんな場所ではない。

判《わか》っていたつもりでいた。だけど、その理解すらまだ生易しかったのかもしれない。

この施設を作った人物の思惑を思案しながら、私は長い廊下を突き進み——ようやく広い場所に抜けた時、寸前までの自分が見ていた光景が、如何《いか》に生温《なまぬる》いものであるかを理解した。

最初に漂ったのは、鉄錆《てつさび》の臭いとそれに混じった腐臭。

ぴちゃり——と。

編み上げ靴が水溜《みずた》まりを踏んで水が跳ねる音。

視線を下に向け——息を呑《の》む。


(これは……っ!?)


水溜《みずた》まりではない。

それは血溜《ちだ》まりだ。

それも靴が浸るくらい満ちた——血の海が延々と、広い部屋の全面に。

この場に広がる尋常ならざる情景に、脳裏で警鐘が鳴り響く。此処《ここ》にいてはいけないと、自分の中の何かが警告している。

退くのが最善だということは理解している。

だけど、そういうわけにもいかなかった。引き下がれない理由が、私にはあった。

ぴちゃぴちゃと水音を引き連れて奥へと進んでいく。血の臭いが充満し、腐臭が一層濃厚になる。


ばしゃり……


不意に、前方から何かの塊が血溜《ちだ》まりに落とされる音がした。

銃爪に掛けた指に自然と力が籠もる。私は周囲の気配を探る。いや、探ろうとした。

だが、それよりも早く、

「――あっれー？」


という、疑問の声が耳朶《じだ》を叩《たた》く。

立っていたのは、足元まで届きそうなほど長い白髪の人影。顔立ちは東洋人のそれだった。髪のせいで一見すると老人と見紛《みまが》うようなその姿だが、声や顔立ちはまだ若い女性のもの。

その女性は驚いたように目を見開き、私たちを見ていた。

「やっほー、紳士と淑女《レディース・アンド・ジェントルメン》さん。はーじめまして」

にこりと微笑《ほほえ》む女性の科白《せりふ》は、当《あ》たり障《さわ》りのない世間話をするような、あるいは道を尋ねるような、そんな雰囲気だった。

だが、状況を考えればそれは異常だと言わざるを得ない。

何せ此処《ここ》は、大量の血で染まった場所なのだ。血と腐臭に覆われた、油断すれば嘔吐《おうと》してしまいそうな異臭の充満した空間である。

そんな中で、女性は平然とした様子で私たちを見据えている。悠然と、あるいは慄然とすら言える立ち姿——その全身を血で彩《いろど》りながら、女性は言った。

「散らかっててごめんよ。まったく、侵入者が来たって言うから挨拶代わりに出してやったのに、こっちに向かって来るなんてさぁ。困っちゃうよね、ホント」

「なにを……」

——言っているのですか？

そう思って、微笑を浮かべる女性を見据え——その背後に広がる光景を見た瞬間、私は言葉を失ってしまう。

女性の背後に転がっている、大量の肉塊。

千切れた腕が。

捥《も》ぎ取られた脚が。

引き抜かれた骨が。

散らばった臓物が。

無造作に転がる頭が。

見渡す限り一面に。

余すことなく全面に。

人であったものが敷き詰められるように転がっていた。

（ああ……ああ！　なんてこと！）

自分の足元に広がっている血の海の源はあれだった。

この部屋を覆う、血と腐臭の原因はこれだった。

そして、

「まあ、なんにしても脆《もろ》いねぇ。身体《からだ》の中を幾ら弄《いじ》くり回されているって言っても、素体《もと》はただの人間を使ってるわけだし。何より出来損ないだし。ちょーっとぶっ叩《たた》いただけでほら、簡単に粉砕《こわ》せる」

そう言って、女性がにぃと歯を剝《む》いて笑いながら手に持っていた何かを放り投げた。

それは――人間の腕だった。

文字通り千切れたような腕が、放物線を描いて血溜《ちだ》まりの中に落下する。びちゃっという血の跳ねる音と共に腕がすぐ近くに転がったのを見て、確信する。

――あの死体の山を築いたのは、この女性《ひと》だ。

そう理解したのと同時、私は躊躇《ためら》いなく銃爪《トリガー》を引く。

躊躇《ためら》いはなかった。

躊躇《ためら》う必要を感じなかった。

目の前にいるのが、人間だとは到底思えなかった。

死体の山を背に、楽しそうに笑う目の前の存在は——言うならば怪物だ。それも、とてつもなく危険な、このまま放置していてはいけない。

(今すぐにでも——殺さないといけない！)

そう、思わせるほどの怪物《バケモノ》。

ぞっとするような悍《おぞ》ましさを覚えながら引いた銃爪。

銃火が薄暗い室内に咲いた。

銃弾が飛ぶ！

彼我の距離はわずか十数メートル。この距離で撃たれた銃弾を防ぐことはまず不可能。吐き出された弾丸は二発。一発は額に。もう一発は心臓を目掛けて撃った。当たれば必死の銃撃。

だが、

「おっと」

女性はまるで羽虫を叩《たた》くような気軽さで、今まさに自分に襲い掛かろうとした銃弾を凄《すさ》まじい速度で繰り出した平手で叩《たた》き落《お》としたのだ。

「危ないなぁ。いきなり撃ってくるなんて、吃驚《びっくり》したじゃないか」

そしてあろうことか、まるで何事もなかったようにそう軽口を叩《たた》く女性の始末に、

「嘘《うそ》……でしょう……」

辛《かろ》うじて、それだけは口にすることができた。いや、その言葉そのものすら、意図して口にしたわけではなく、ただ自然と零《こぼ》れてしまった科白《せりふ》だ。

あまりに常識を逸脱したことを平然と遣《や》って退《の》ける女性《ばけもの》の所業に、その場で棒立ちになってしまう。気を抜けばその場で膝を崩してしまいそうになるのを必死に堪え——どうにか正気を保って銃を構える。

そんな私の肩を誰かが摑《つか》む。

いや、誰かではない。この場には——この場で生きている人間は、僅かに三人。私と、目の前の女性。そして——

「逃げるぞ、ミス・リーデルシュタイン」

——伯爵。ヴィンセント・サン＝ジェルマンが、これまで見たこともないような表情をしながらそう言った。

強張《こわば》った表情と、額から零《こぼ》れる大粒の汗。彼らしからぬ焦燥感に満ちた視線に宿るもの。

それは恐怖。

それは恐慌《きょうこう》。

それは困惑。

彼が——ヴィンセント・サン＝ジェルマン伯爵が初めて見せたその表情から察せられるのは——

この状況が圧倒的に不利だということだ。

「まさか彼女が此処《ここ》にいるとは……しくじった。トバリと別行動を取ったのは失策だったと言わざるを得ない」

「彼女を……知っているのですか？」

私の問いに、彼は視線を女性に向けながら頷《うなず》く。

「私だけではない。きっと君とて知っている――

夜のお遊び気を付けろ。

夜の出歩き気を付けろ。

《心臓喰い》《ハート・スナッチャー》に出会ったらおしまいだ。

《心臓喰い》に出会ったらおしまいだ。

心臓盗まれてそれっきり。

心臓食べられそれっきり。

……これが彼女を体現する詩《うた》だ。そう、彼女こそが――」

「まさか――」

その詩《うた》は私も知っていた。巷《ちまた》では子供も老人も知っている。その存在を、ロンドン警視庁は否定しているけれど、英国――いや、欧州全土できっと誰もが一度は耳にした名前。

「――《心臓喰い》!?」

「だぁぁい、せぇぇぇ、かぁぁぃ！」

突如女性が――いや、《心臓喰い》が声を上げる。

「よーくできました。そう。ボクがそうだ。ボクこそが恐怖！　ボクこそが死！　ボクこそが最悪の怪物《アンラッキー・モンストロ》！　出会えばただそれだけで死に至る怪物――《心臓喰い》だ。宜《よろ》しく、お二人さん」

にたりと、口の端だけを器用に持ち上げて《心臓喰い》が笑い――そして唐突にその表情を豹変《ひょうへん》させる。

「あーあ、残念。ボクはさぁ。人を待ってたんだよ。ボクを楽しませてくれる、赫《あか》い赫《あか》い怪物。最近噂《うわさ》の《血塗れの怪物》をさぁ。此処《ここ》で待っていれば来るって言われたから待ってたのに――なんだいこりゃ。蓋を開けてみればがっかりがっかりの大安売り市《バーゲンセール》！　やってらんないよねー、ホント」

肩を落としながら、《心臓喰い》は心底がっかりした様子で溜《た》め息《いき》を吐いた。そして暫《しばら》く項垂《うなだ》れたまま沈黙をしていたのだが、不意に彼女は顔を持ち上げ、私たちを見た。

爛々《らんらん》と。

――そう。

爛々《らんらん》と輝く赫《あか》い双眸《そうぼう》が、じっとりと私たちを値踏みするように見据え――そして、

「まあ、いいか。代わりにアンタたちで遊ぶことにするよ」

まるで暇潰しの宣言のように口にされたのは、殆《ほとん》ど死刑宣告に等しい言葉だった。

――《心臓喰い》。

それは都市伝説の怪物。

出会った者すべての心臓を奪い去る死神。

逃げないと……逃げないといけない！

今更になって、私はこの部屋に辿《たど》り着《つ》いた時の自分の本能が報《しら》せた警鐘の意味を思い知る。

だけど、最早《もはや》それは手遅れだ。致命的に手遅れだった。

逃げられる機会はとっくの昔に逃していて、私たちに残されている選択肢は二つに一つ——

(——……そうだ。選択肢なんて決まっているでしょう)

何のために此処《ここ》まで来たのか。それを考えれば、私の取るべき行動なんてものは——それこそもっとずっと昔から、決まっていて。

だから、私は——

「……貴女《あなた》に用はありません。退いてください。でなければ、実力排除の元に強行突破します」

二挺《にちょう》の拳銃を構えて、私ははっきりと敵意を込めてそう言い放った。「止《よ》し給《たま》え、ミス・リーデルシュタイン！」私の背に声を上げる伯爵。だけど、そう言った時にはもう、すべてが手遅れだった。

《心臓喰い》は数度目を瞬《しばた》かせた後——にぃぃぃ……と言う悪辣な笑みを浮かべる。

轟《ごう》——と、殺気が渦巻いたように感じた。

暴風のように、対峙《たいじ》する者すべてを呑《の》み込《こ》み吹き飛ばすような、荒々しい殺気。

余りの凄《すさ》まじさに息を呑《の》む。

《心臓喰い》が——嬉々《きき》と吼《ほ》える。

「いいじゃん、言うじゃん、良い物持ってるじゃん！　いやー、こいつら如《ごと》きじゃ相手にならなくて退屈だったし、ボクの雇い主様は部屋から出てこないから面白くもない。待ち人も全然来てくれなくて寂しくて、暇つぶしにちょうどいいとは思ったけど――かかっ！　なかなか面白いオジョーチャンだ」

ぱきっ、と指を鳴らしながら、女性が肉食獣のような形相で言った。

「――簡単には死ぬなよ？」

III

ずかずかと廃工場の中へと足を踏み入れながら、トバリは背後を振り返って不満げに頬を膨らませる少女を見やった。

「四七対二一、か――圧倒的な戦果の差だったな」

にやりと。わざとらしく挑発の笑みを浮かべれば、リズィは唸《うな》りながらトバリを睨《にら》みつけた。

「ぬぬ……すっごい屈辱なんだけど」

「自分の未熟さを恨めよ――っていうか、初陣《ういじん》でそれだけ戦えれば上出来だと思うぜ？」

そう言って、トバリはリズィの頭を帽子越しにぽんと叩《たた》くと、リズィは朱色の瞳を半眼にし「扱いがぞんざいだよー」となおも不満の声を上げていた。

しかし、

（……上出来どころかなぁ。正直、驚嘆の一語くらいしか出てこないんだけどな）

実際のところ、リズィの戦果は初心者《ルーキー》請負屋としてはかなりのものだろう。ましてや相手はレヴェナントだ。出だしこそ気迫負けしていたが、そのあとはまるで歴戦の戦士もかくやと思えるほどの度胸と集中力を見せ、自分に近づいてくる《屍鬼《グール》》を片っ端から射貫いていたくらいである。

リズィに戦闘経験があるようには見えなかったが、もともと彼女は何でもそつなくこなす性質である。やる気や覇気の欠如が目立つけれど、身体能力の高さや手先の器用さは前々から目を見張るものがあったのだから、この戦果は想像の範疇《はんちゅう》ではあった。あったのだが――せいぜい三、四体倒せればいいだろうと思っていたのだ。

しかし現実を目にしてみれば、結果は予想をはるかに上回る戦果となったのだから、それはもう適当な言葉も出ないのだって仕方がないことだろう。

「いい結果なのか悪い結果なのか……」トバリはリズィの前を歩きながら、溜《た》め息《いき》と共に小さくぼやいた。

今回の件は、多かれ少なかれこの少女の今後に影響を及ぼすだろう。

そもそもリズィは、貧しいなれど平穏な世界で生き育った人間である。

本来ならばレヴェナントの存在など認識することはなく、ただの噂話《うわさばなし》と信じて疑わない――ロンドンに住む大多数の一人であるべき少女。その彼女が、何の因果かあの鋼鉄の怪物《レヴェナント》と遭遇し、あまつさえ生き延びた――生き延びてしまった。

それは――ただそれだけで奇跡のような出来事なのだ。本来ならば。

あとは白昼夢か何かと思って忘れて、レヴェナントなど御伽噺《おとぎばなし》だった——そう思って生きていけばいいはず。

なのに。どういうわけなのか、ヴィンセント・サン＝ジェルマンは彼女をこちら側に引き入れた。彼がこの少女を事務所に連れて来た時は、我が目を疑ったほどだ。

（ヴィンスの奴《やつ》……本当に何を考えているんだか）

華がないとかどうのこうの言ってはいたが、果たして何処《どこ》まで本気なのかは判《わか》らない。すべてが虚言かもしれないし、本音であった可能性も否《いな》めない。

つくづく、摑《つか》みどころがない男だと思う。何を思い、何を考え、どのような思惑を抱いているのか。まったくもって知る由《よし》もないのだ。

様々な物事に通じ、その知識を惜しみなく披露するその一方で、あの男は己のことを多くは語らない。語ろうともしない。尤《もっと》も、トバリとしてもそれはそれで一向に構わなかった。知ろうと思ったことはなかったし、そもそも彼の氏素性になど興味はなかった。だが——

（一度、ちゃんと腹を割って話をするべきかもな……）

まあそれも、今後も彼と付き合いが続くようであればの話だが。

「さーて、どうなることやら」今後の進退を思って小さく零《こぼ》すと、「なんか言った？」と耳聡《みみざと》いリズィが首を傾《かし》げる。トバリは「独り言だよ」と軽く手を振って返事をしながら、さて明かりでも取り出そうかと腰の鞄《かばん》に手を伸ばして——

――ぞろぉぉぉぉぉぉぉり……

と。

全身を――皮膚の内側を大量の小蟲が這《は》い上《あ》がってくるような怖気《おぞけ》。

同時に身体《からだ》の中が食い荒らされるような、悍《おぞ》ましい錯覚が全身を襲い、トバリはそのえも言えぬ感覚に息を呑《の》んだ。

背後では「ひっ⁉」と小さな悲鳴。振り返れば、リズィは《屍鬼》と遭遇した時など比にならないほど青ざめた顔をしてその場に蹲《うずくま》っている。

「おい、しっかりしやがれ」

トバリはリズィの前で膝をついて叱声を投げた。リズィがこちらを見上げ「うっ……うう！判《わか》ってる、けど、これ……ヤバいやつ、だ」と呻《うめ》く。

その科白《せりふ》を聞いて、トバリは不覚にも笑ってしまった。

実に聡《さと》い娘だ。

まるで野生動物並みの危機察知能力である。この気配を発する相手が、これまで出会った何者よりも恐ろしい存在だということを、本能的に察し恐怖しているのだ。

トバリは口《くち》の端《は》を吊り上げ――しかし普段の不敵な笑みとは程遠い乾いた笑みを浮かべながら、

「はっ、そうだろうな。そうだろうとも……この気配はヤベぇ。いや、ヤバいなんてもんじゃない。レヴェナントなんて足元にも及ばないような正真正銘の怪物だ」

「嘘《うそ》っしょ？　そんなのいるなんて、聞いてない……し」

「だな。いや、まあ俺にとっては、願ったりかなったりなんだけどもよ……」

「それって、どういう――」

――意味？　という言葉が続くことはなかった。いや、続いたのかもしれないが、少なくともトバリの耳にリズィの声は届かなかった。

代わりに聞こえたのは、凄《すさ》まじい破砕音とそれに伴《ともな》う衝撃。廃工場全体が、まるで地震にでもあったかのように激しい揺れに襲われ、リズィが「うあ……あああ」となお悲鳴を零《こぼ》す。

だが、最早《もはや》リズィを気遣っている余裕は、トバリにはなかった。

――いるのだ。

この場所に。ずっと探し続けていた相手が、トバリにとっての仇敵《きゅうてき》が、暴力と殺戮《さつりく》の化身の如《ごと》き邪鬼が、此処《ここ》にいる！

「リズィ、急いでここから逃げろ。んで、事務所で待ってろ」

そう言い残すや否《いな》や、トバリは振り返ることもせずに地を蹴って走り出した。床を這《は》うような低姿勢での全力疾走。四足歩行の獣の如《ごと》く、瞬《また》く間《ま》にリズィを置いて狭い廊下を走り抜ける！

「ちょ、トバリ！　待って――」

遠ざかる背後で呼び止める声が聞こえてきた。だが、留まることも振り返ることもしない。

今は――彼女《リズィ》よりも優先すべきことがある！

不自然な揺れが断続的に続く。

走り抜ける廊下の向こう。まるで隠す気もない――それどころか来いと言わんばかりにあふれ出る気配を追って、トバリは廊下の端にある部屋へ。

混凝土《コンクリート》の狭い部屋の真ん中。不自然にできた床の穴に、トバリは迷いなく飛び込む。十数メートルの高さを一気に落下。同時に刃鎖を頭上に投げ放ち、先端で繋《つな》がる短剣を天井へ食い込ませて即席の落下防止綱《アンカーロープ》にし、地上三メートルほどのところで急制止。

ぐんっ、と身体《からだ》に落下の衝撃がかかり、その反動で刃鎖が天井から外れた。地下に危なげなく降りると、刃鎖を巻き取りながらトバリは目の前にぽっかりと開かれた通路を再び走り出す。

一分一秒。刹那の時すら惜しむように。

悍《おぞ》ましい気配が、気を抜けば一瞬で自分の死を錯覚してしまいそうな、鋭利であり荒々しい殺気が満ちていく。

耳に届くのは凄《すさ》まじい破砕音。そしてその間に幾度も挟まれる銃撃音。音の出所はもうすぐそこだった。

そして――辿《たど》り着《つ》いたのは開けた、まるで荷物が何も置かれていない広い倉庫のような場所だった。

その真ん中で踊る影、二つ。

いや、もう一つ。踊る二人から少し離れた位置で片膝をつく見慣れた背中――それはヴィンセント・サン＝ジェルマンのものだった。

普段のトバリならば、すぐさま彼の元へ駆け寄っただろう。

だが、トバリはそうはしなかった。いや、できなかった。

踊る二つの影。

一つは青く長い髪をした女性――依頼主たるエルシニア・アリア・リーデルシュタインが、二《に》挺《ちょう》の機関型の大型拳銃を手にボロボロになりながら戦っていた。

そして残るもう一つの影を見た。

白く長い髪を靡《なび》かせた邪鬼。

白い着物を真っ赤に染めた邪鬼。

その姿を目にした瞬間、トバリは――

「は……ははは」

自然と。

自然と、彼の口からは笑いが零《こぼ》れた。

それが何に対してのものなのか、トバリには判《わか》らなかったけれど――

その姿を前に、トバリも又その口元に獰猛《どうもう》な笑みを深めていく。

感覚を研ぎ澄まし、意識と身体《からだ》を徹頭徹尾殺意《マインドセット》に染める。

ばしゃばしゃと、足元に広がる血溜《ちだ》まりも気にせずに。

ただただこの飲み込まれるような殺気の主に全神経を注《そそ》ぎ込《こ》み――

「――センゲッ！」

ありったけの感情を込めて、トバリはその殺気の主の名を叫び、トバリは疾駆する。

手には二刀短剣。影すら置き去りにするほどの超疾走。彼我の距離は一瞬で詰まる！

だが、距離を詰めたときにはもう邪鬼は――トガガミ・センゲもまた、トバリを見ていた。その血のように赫《あか》い双眸《そうぼう》が《血塗れの怪物《グレンデル》》たるトバリを一心に見据えていて――

「――くはっ、トバリか！　女の子のピンチに颯爽《さっそう》登場とは、良いご身分だね！」

楽しそうに邪鬼が笑う。

歓喜するように《心臓喰い《ハート・スナッチャー》》が嗤《わら》う。

寸前まで相手取っていたエルシニアを文字通り一蹴して、

「来いよ、我が愛《いと》しき弟分！　少しは腕を上げてきたんだろう？」

赤く染まった双腕を振《ふ》り翳《かざ》し、血塗《ちまみ》れの邪鬼は、嬉々として血塗《ちまみ》れの獣と相対した。

殆《ほとん》ど同時、互いに向けて得物を振るった。トバリの短剣と、邪鬼――トガガミ・センゲの血塗《ちまみ》れの腕が振り抜かれ交錯する。

「ぐうっ！」

すれ違うと同時、左の肩が焼けるような痛み。肉が裂け、噴き出す自分の血を脇目に、トバリは背後を振り返る。

センゲもまた振り返った。ゆらりと幽鬼の如《ごと》き挙動で、その美貌に狂気染《じ》みた笑みを浮かべて、彼女は頬に走る一筋の傷をそっと血塗《ちまみ》れの手で撫《な》でる。

恍惚《こうこつ》と。あるいは陶酔するかのように頬を赤く染め、センゲであり、邪鬼であり、《心臓喰い》である彼女は嬉々と哄笑《こうしょう》を上げた。

「ああ——さっすがトバリだ。相変わらず技が冴《さ》えている。

この間、すこぉしだけ遊んだ時にも感じてた。

剣の腕も前よりよっぽど良くなっている。ボクの身体《からだ》を貫くような心地好い殺気……ああ、ほんとぉぉぉぉにお前はボクを楽しませてくれるッ」

「てめぇの狂《イカれ》った価値観の感想なんて知るか。生きたまま国に帰るのと、首だけになって国に帰るの、どっちがいいよ？」

剣呑《けんのん》な眼差《まなざ》しでセンゲを睨《にら》むトバリに、センゲはひとしきり笑った後、真顔で舌を突き出してみせた。

「どっちもお断りに決まってんだろボケ」

「まかり通るとでも思ってんのか、ド阿呆《あほう》。一族郎党ぶっ殺しておいてケジメもつけずにいられるわけがねーだろうが」

「それはあいつらがボクより弱かったのが悪いんだよ。殺されたくなかったなら、死に物狂いでボクを殺せばいい。でもあいつらはそれができなかった。あいつらは弱くて、ボクが強かった。だから悪いのはあいつらさ」

無茶苦茶な理屈。

だが、同時に納得のいく理屈でもあった。

少なくともそれは、トバリの家族であり一族たる封神血族《ツカガミ》にとっては、充分道理の通る理由なのだ。そう教えられ、そう生きてきた。殺し合いになってもし自分が死んだとしたら、その理由なんてそれこそ『自分が弱かった』の一言に尽きるだろう。

だからセンゲに殺された血族の面々は、皆等しくセンゲより弱かったから殺されたのだ。

だがそれを理解してなお、トバリは刃を握る手を緩めることはない。

「……そうだな。確かにそうだ。あいつらは皆、お前より弱かったからお前に殺されたんだ。それはまあ、納得できるさ。その通りだとも思う。だけどな……」

――ヒュン、と右の短剣が疾った。

強く踏み込みながら渾身《こんしん》の斬撃。大上段による振り下ろし。

不意を衝《つ》いた一撃だったが、容易《たやす》く避けられる。

追撃の二刀目――逆手による左薙《な》ぎ払《はら》い。

大気切り裂く神速の一刀を振るいながら、トバリは吼《ほ》える。

「一族《みうち》ぶっ殺されて、それではいそうですかって済まされるわけねーだろーが！」

ぎゃは！　と《心臓喰い》が呼応する。

「何度も言ってるだろ、それが見せしめであてつけだってさ！」

回避と同時、鞭《むち》のように撓《しな》った蹴足が死角から襲い掛かった。

――慌てるな。油断しなければ当たりはしない。

そう自分に言い聞かせながら軽く跳躍し、同時に全身を強く捻《ひね》って錐《きり》揉《も》み回転。

センゲの蹴足が頭上を空振りするのを感じながら、両手を薙《な》ぎ払《はら》った。

二刀によって繰り出されるのは、斬撃の螺旋《らせん》。周囲に存在するすべてに刃を突き立て、巻き込むように切り裂く刃がセンゲを襲う。

「うはっ！」

嬉々《きき》と声を上げ、センゲはトバリの斬撃を正面から迎え撃った。

唯《ただ》の柔らかい肉質の四肢。普通ならば、刃が触れたその瞬間に食い散らすはずのその腕が、脚が、まるで鋼鉄のような質感でトバリの双刃と競《せ》り合《あ》う。

刃が触れた腕から、何かが零《こぼ》れ落《お》ちる。

結晶に似た硬物。それは赫《あか》く染まった硬質の欠片《かけら》。

それは鮮血色の外装《チェインメイル》。

着物のような服から覗《のぞ》く腕は、肌の色とも、また返り血とも異なる硬質の真紅に彩《いろど》られていた。

血そのものが固まってできた外殻。

それはその身に流れる赤き血潮が生み出す異能。

封神《ツカガミ》血族が受け継ぎ続ける血の装《よそお》い——即《すなわ》ち、

「——血染化装《ちぞめげしょう》か」

小さく、その技巧の名を口にする。

それは封神《ツカガミ》の血脈に連なる者が扱える異能の名だ。

自らの血を操り、纏《まと》い、装《よそお》いと成す。センゲの腕を覆っているのは、センゲ自身の血であり、それを凝固させて纏《まと》っている血と言う名の天然の手甲。

その硬度は語るまでもなし。先のせめぎ合いが、既に結果を物語っている。

斬撃すら受け止める硬度。そしてそれほどの硬度を誇る血の装《よそお》いは――それだけで充分な武器となる。

「そらっ！」

気迫と共に振るわれるセンゲの腕。五指すべてが血色の結晶に包まれていた。

（――こん畜生が！）

胸中で悪態をつきながら、振り下される腕を紙一重で躱《かわ》す。振り下された腕爪が、寸前までトバリが立っていた地面を鋭く抉《えぐ》った。

混凝土《コンクリート》の床が容易《たやす》く抉《えぐ》れる。並外れた膂力《りょりょく》と、血の装甲の二つが揃《そろ》ってこそできる破壊。

まるで発条《バネ》足でも付いているかの如《ごと》く飛び跳ねるセンゲの長い白髪が、翼のように広がった。

そして顔にかかった髪の間から覗《のぞ》く爛々《らんらん》と輝く眼光は、視線の先にいる獲物を居竦《すく》ませるには充分すぎる威圧を放っている。

勿論《もちろん》、その程度でトバリは止まらない。

互いが同時に地を蹴って駆け出し、双刃と双腕が交錯した。

金属同士が搗《か》ち合うような音と共に、虚空《こくう》に幾つもの火花が散る。

センゲの攻撃を紙一重で躱《かわ》す。躱《かわ》しながら反撃を叩《たた》き込《こ》む。

受けてはいけない。絶対に回避しなければならない。単純な膂力《りょりょく》の勝負では、この女《センゲ》には勝てな

い。

もし受け太刀に回ったら、その瞬間に競《せ》り負ける！

全神経を総動員して、トバリはセンゲの動きの機微に集中する。僅かな動作も見逃さず、攻撃の予備動作を正確に捉える。

左足——爪先が地面を咬《か》んだ。

踏み込みの予兆。

右腕を僅かに引いた。

——拳撃が来る！

センゲの次の手を予測し、回避動作。

だが、

「拳——って、思うじゃん？」

センゲの剝《む》き出《だ》しの笑み。

——瞬間、衝撃が左から！

そう感じた時にはもう、トバリの身体《からだ》は盛大に宙を舞っていた。上下の感覚が狂う。体勢を立て直す暇もなく、背中に強い衝撃。痛みが——遅れてやって来る。身体《からだ》のあちこちが痛んだが、痛む箇所が多すぎて、何処《どこ》が軽傷で何処《どこ》が重傷かすら判断できない。

「——トバリ！」

痛みに悶《もだ》える中で聞こえて来た、ヴィンセントの必死な叱声。その声が耳朶《じだ》を叩《たた》くと同時、トバリは殆《ほとん》ど反射的に横に転がり――転瞬、トバリが寸前まで倒れていた床が吹き飛ぶ！

（――こいつ、化け物染《じ》みてるにもほどがあるだろう！）

転がる勢いで体勢を整えながら、今し方弾《はじ》け飛んだ床と、その中央に立つセンゲを見て、トバリは戦慄する。

咎咬鮮華《トガガミ・センゲ》。

彼女は封神《ツカガミ》家の分家、咎咬家《トガガミけ》に生まれた異端児。荒事や戦を生業とした封神《ツカガミ》の一族の中でもなお突出した力と才能を有し、当代最強と目され――そして、真性の怪物と呼ばれた戦鬼にして邪鬼。

そう呼ばれるだけの力を、確かにセンゲは持っていた。それこそ一年前のあの日。一族郎党を鏖《おう》殺《さつ》できるほどに。

だが、その事実を差し引いてもなお、目の前のセンゲは強い。トバリの知る一年前の彼女よりも、遥《はる》かに強い――いいや、強すぎる！

（なんだ？　何をしやがった？　機関魔導式《エンジン・クラッキング》か？　薬《ドラッグ》か？　それとも――）

センゲの異様な強さの正体を探ろうと必死に観察するが、そんな余裕を与える彼女ではない。トバリに隙があらば、直《す》ぐにその猛威が襲い掛かる。

「殺し合い中に考えごとかい？　余裕ぶってるとすぐに死んじゃうぜ！」

そう言って、センゲが襲い掛かってくる。

「舐《な》めるなっ！」

トバリは吠《ほ》えながら右腕を振るった。がしゃん――という重機駆動音と共にコートの裾から姿を現す機関兵器の籠手。

それはヴィンセントが作り上げた機関兵器〈喰い散らす者《ハウンドガルド》〉。

鋭利な五本の刃爪を持つ、対レヴェナント兵器が瞬時に起動。籠手の各所から蒸気を噴き出し、五本の爪が赤光《しゃっこう》を迸《ほとばし》らせて五つの軌跡を描く。

レヴェナントの鋼鉄《クローム》の装甲すら貫く〈喰い散らす者〉の刃が、センゲへと突き出され――

「そんな玩具如《ごと》きが効くかよっ！」

センゲが怒号を発し、トバリの〈喰い散らす者〉に正面から挑む。

赤黒い外殻に覆われたセンゲの左手が、大気を唸《うな》らせながらトバリの〈喰い散らす者〉の刃と激突。

鉄爪と血爪が擦れ合い、凄《すさ》まじい火花を散らし、ぎゃりぃぃぃぃぃぃん！ と、けたたましい金属同士がぶつかり合う音が辺りに響き渡る！

「――莫迦《ばか》な……レヴェナントのクロームの外装すら切り裂く〈喰い散らす者〉を、受け止めたというのか」

その光景を目《ま》の当《あ》たりにしたヴィンセントが驚嘆の声を漏らし、目を見張った。だがトバリにとってはそれも想定の範疇《はんちゅう》。本当に扱いが上手《うま》い者が使えば、あの異能は砲弾を正面から受け止めることすら可能だろう。

舌打ちしながら、トバリはセンゲの隙を窺《うかが》う。だがこの女、言動こそふざけているし、戦い方も力任せの乱雑なものなのに――付け入る隙が全く見当たらない。

どう打ち込んでも対処される。

そう感じさせられるだけの実力が、彼女にはある。

「どうしたよトバリ、手が止まってるぜ？　もしかして焦《あせ》ってる？」

「黙れよ。今どうぶっ殺すか考えてただけだっつーの」

嘲る科白《せりふ》に悪態を吐くトバリに向け、センゲはにやにやと笑みを浮かべながら肩を竦《すく》めた。

「今の一撃は良かったけど、残念だったな。得物が弱かった。トバリも血を使えよ。使ってこその封神《ツカガミ》だぜ？」

「嫌味が利いてる科白《せりふ》をありがとよ、この糞《くそ》が」

そう言うと、センゲはワザとらしくぽんと手を叩《たた》いた。

「ああ、そっか。そう言えばトバリは使えないんだったな。なっさけないよなぁ。本家本筋のお坊ちゃんが、まさか封神《ツカガミ》の奥義《おうぎ》が使えないなんて！　うわっ、なんて格好付かないんだ！　名前負けしているぜ？」

「余計なお世話だ、くそったれ」

フードの奥底で視線を鋭くし、トバリはセンゲの言葉を唾棄する。

センゲの言っていることは事実だ。それは実に忌々《いまいま》しいことだった。封神《ツカガミ》の血に連なりながら、その身に宿しているのであろう異能を全く使うことができないのである。

だからどうした——と、トバリはこれまで自分に言い聞かせて来た。

そんな異能《チカラ》がなくとも、人は生きていけるのだ。

そんな異能がなくとも、戦うことはできるのだ。

事実、これまで幾つもの死線を乗り越えて来た。異能の力に頼ることなくして。

だが、相手は同じ封神《ツカガミ》の血族である。

戦いに用いる技巧《ワザ》は同じものであり、何よりも相手はトバリよりも遥《はる》かに常軌を逸した領域にある怪物である。

技術、同等。

戦力、同等。

経験値と潜った死線の数は、圧倒的に向こうが上だ。

その上で異能の有無《ハンディキャップ》があるとなれば、この戦いの結果は目に見える。

センゲと同じ土俵に立つには、俄然《がぜん》異能の力は必須。だが、必要だからと言って使えるようになれば、誰だって苦労はしない。

さあ、どうする。

自問する。しかし自答はできない。

戦い続ければ、殺されるのはこちら側。此処《ここ》は退くのが最善の策だ。しかし――

（ヴィンスとリーデルシュタインを守りながら逃げ切れるか……って無理だろ、そりゃぁ）

ちらりと、視線を動かす。視線の先にはヴィンセントがいる。彼はこちらに注意を向けながら倒れているエルシニアの傍《かたわ》らにいた。倒れたまま動かない少女――一瞬、最悪の結果が脳裏を過ぎるが、倒れたままの彼女をヴィンセントが揺すっているところを見るに、どうやら気を失っているだけのようだ。

そのことに安堵《あんど》の息を吐き、視線を、意識を、再びセンゲへと注ぐ。

力量差は歴然としている。だが、だからと言ってこのまま退く気はトバリにはなかった。此処《ここ》で退いては、何のために遥々《はるばる》海を越えて来たのか判《わか》らなくなる。

あの日つかずじまいとなった決着をつけるために。

あの日つかずじまいとなったけじめをつけるために。

そのためにやって来たのだ。

そのために追って来たのだ。

だから――

「どうしたトバリ。何度も言ってるけど、殺し合いの最中に考え事は死に直結するぜ？」

不意に、センゲが脱力するように吐息を零《こぼ》しながらそう言った。同時に、

――ぎちり

それは何かが軋《きし》む音。

――がちん

それは何かの嵌《はま》る音。

センゲの纏《まと》う気配が変わった。同時に、ぞくり……と、背筋が凍るような気配が走って――

「――ッッ!?」

考えるよりも先に、トバリは踏み込んだ。

指先の微細な操作で〈喰い散らす者〉を瞬間起動。機関籠手を構築する無数の小型蒸気機関が励起し蒸気を吐き出した。指先を覆う鋼鉄《クローム》の鉄爪が赤光《しゃっこう》を帯び鳴動する。

紅《あか》い軌跡を虚空《こくう》に描き、鋼鉄の五指が吸い込まれるようにセンゲへ再び叩《たた》き込《こ》まれる。

レヴェナントを殺す赤光《しゃっこう》の刃――されど届かず！

「なっ……!?」

驚愕《きょうがく》の声を上げるトバリ。

その見開かれた目に映るのは、紅《あか》い巨大な刃だ。

クロームの怪物を守る鋼鉄の外皮すら切り裂く機関兵器の刃は、しかして何処《どこ》からともなく姿を現した血のように赤い大刃《たいじん》に受け止められていた。

必殺の意を込めた一撃を受け止められた衝撃からどうにか復帰し、咄嗟《とっさ》に飛《と》び退《の》き距離を取り、改めてセンゲを見る。

カチコチ　カチコチ

ぎちぎち　がちゃがちゃ

その音は機械音。

その音は駆動音。

センゲの背から現れた巨大な刃。無数の鋼鉄と配線と螺子《ねじ》によって組み上げられた、刃に鮮血を滴《したた》らせた長大な曲剣。

それはセンゲの中から現れた。

それはセンゲの背から現れた。

それは機械仕掛《じか》けの刃だった。

それは機関式機械《エンジン・マシーン》の刃だった。

しかもそれは一本だけではない。まるで蛹《さなぎ》が羽化するかの如《ごと》く、センゲの背中から姿を現した刃——併せて四刀！

「お前……それはっ」

その姿。その奇形。それはまごうことなき鋼鉄の怪物《レヴェナント》そのもの。

この世非《あら》ざる怪物。人を材料に生み出される殺戮《さつりく》の権化《ごんげ》。それが何故《なぜ》、目の前にいる彼女に施されているのか。

そんな疑問に答えるように、センゲは呵々《かか》と哄笑《こうしょう》を上げながら叫んだ。

「これがボクの今の姿だ。お前たちがレヴェナントと呼んでいるあれは、言うなれば失敗作なんだよ。最低限の能力だけを持った、意思を持たぬ怪物《ケモノ》だ。

だけど、ボクは違う。

ボクこそが本物。ボクこそが人でありながら人を超えた存在《マンマシーン・インターフェイス》！

その身を機関化しながらなお、己の意思を失わない存在――レヴェナント＝ザ・フィフス、〈循血機関《サングイス》〉を持つ《心臓喰い《ハート・スナッチャー》》さ！」

マンマシーン・インターフェイス。その名には聞き覚えがある。

確か――そうだ。エルシニア・アリア・リーデルシュタインが持ち込んできた最初の依頼。本物のマリア・パーキンソンが提唱していた〝新理論〟の産物。人の身体《からだ》を高い次元で機関機械化させる技術が齎《もたら》す技術《モノ》――だったはず。

それが何の因果か、まさかこんな形で目にすることになるとは思ってもいなかった。それも最悪の形で。

四本の巨大な刃――センゲ曰《いわ》く〈循血機関〉なるもの――は、まるでセンゲの闘気に呼応するようにその刃の赤みを増していく。

そしてよくよく見れば、その刃の赤はただ染まっているわけではない。まるで血管の中を廻《まわ》る血流の如《ごと》く、刃全体を血が流れ廻《まわ》っているのである。

つまりこれは――

「――循環する血を刃に纏《まと》わせた機関兵器、って感じか」

「素晴らしい《ブラボー》！」

センゲが声高らかに称賛し、拍手をする。

「そう、その通りだ！　一目見ただけでよく判《わか》ったねぇ。偉いぞ、トバリ。〈循血機関〉は封神《ツカガミ》の血を操る異能があってこそ成り立つ――砲弾すら防ぐと云《い》われる、血染化装を武器に転用したものってことさ。ボクのための、ボクだけが扱える専用機関兵器《オリジナル》にして、ボクをレヴェナント足らしめる装い《モノ》。そして――」

言葉を区切り、センゲはその紅《あか》い双眸を鋭く細めた。

殺気が――まるでこちらを千々に切り裂かんとする殺気がトバリに注がれる。ぐっと、全身に力を籠める動作。

（――来る！）

攻撃の気配を察知し、トバリは回避行動に移る。

だが――

「――お前を殺す刃だよ、トバリ」

科白《せりふ》が吐き出されると当時、気づけば四本の大刃がトバリの身体《からだ》を切り裂いていた！

「――がぁ……あッッッ!?」

鋼線仕込《じこ》みの外套《がいとう》など紙切れの如《ごと》く貫通し、血色に染まる四本の大刃が腕に、脇腹に、肩に、太《ふと》腿《もも》にその刃を叩《たた》き込《こ》んでいたのだ。

神速の剣閃《けんせん》。速すぎる刃の殺到が齎《もたら》した凄《すさ》まじい剣風に煽《あお》られて、トバリの身体《からだ》は二度三度床を跳ねて転がった。

四肢を走る激しい激痛に苦悶《くもん》の声を零《こぼ》し、されどどうにか意識は手放さず身体《からだ》を起こす。

急所を外せたのは殆《ほとん》ど奇跡。あるいはセンゲが手を抜いたか――どちらにしても、次に同じ攻撃が来れば、間違いなく殺《や》られる。

(化け物がより強い化け物になって現れたってことか……ああ糞、しくじったな)

まさかたった一年で、此処《ここ》まで戦力差が開いているとは思わなかった。良くて相打ちくらいの覚悟はしていたのだが――最早《もはや》状況はそんな次元を超えている。

目に見えないが確かに存在する彼我の距離はあまりに遠く、此方《こっち》の刃はまるで届く気がしない。

なら、今できる最善手は何か――なんて、考えるまでもない。

ちらりと、トバリは視線を再びヴィンセントに向けた。彼は倒れたエルシニア・アリア・リーデルシュタインに肩を貸している。どうやら彼女の意識は戻ったようだ。

苦悶《くもん》に顔を歪《ゆが》めながら、悔しげにセンゲを睨《にら》みつけている。一体何の目的があって此処《ここ》に忍び込もうとしていたのかは結局知る由《よし》もないが、もし再び挑むのならば、次はこの怪物《センゲ》がいない時にするべきだ。

痛む身体《からだ》に鞭打《むちう》って、トバリはゆらりと立ち上がる。落とした短剣を拾い、同時に右腕の〈喰い散らす者〉を見た。

流石《さすが》に天下の錬金術師様が造った代物ではあるが、あの怪物が操る大刃の威力に耐えかねたのか、所々が歪《ゆが》んでいて、爪の刃は二本砕けていた。だが、まだ辛《かろ》うじて使えるようではあった。

(……もう少しだけ付き合ってくれよ)

呵々《かか》と空笑いを零《こぼ》しながら、トバリはセンゲを見据える。

四本の、血染めの大刃を背に躍らせ、《心臓喰い》はとんとんと足踏みするように軽く跳躍を繰り返していた。

「おおー、よく耐えたじゃん。その頑丈さ……腐っても流石《さすが》は封神《ツカガミ》って感じだ。だけどさぁ……あと何回耐えられる？」

「はっ。お前こそ、それだけ御大層な得物構えながらこの程度かよ。この程度の軽い剣なんざ、幾らだって凌《しの》いでみせるぜ？」

「……相変わらずさぁ、口だけは達者だよね。いいさ、なら——今度はもうちょい派手に行くよ」

——ぎちり、とセンゲの〈循血機関〉が動く。同時にセンゲの身体《からだ》のあちこちから、ぎちぎちと機械が軋《きし》むような音が響いてきて、大刃の血の赤が、禍々《まがまが》しい光を帯び始めた。

「あー……センゲよぉ。やっぱすこぉしくらい手加減してくれてもいいんだぜ？」

嫌な予感をひしひしと感じ取り、トバリは目の前で膨れ上がる脅威を前に、思わずそんな軽口を叩《たた》いた。

対して、センゲは口元をにたりと歪《ゆが》めて嗤《わら》い、

「遠慮するなって。さあ、ボクの全力——とくと味わえ！」

そう、叫んだ時である。

何処《どこ》からともなく、

「――何をしている？」

その場に不釣り合いな声が、辺りに響き渡った。

Ⅳ

「まったく。あまりにうるさく、研究もできないではないか。センゲよ、もう少し静かにできないのかい」

「そいつぁ難しい相談だね、実験狂《マッドネス》。ボクの〈循血機関〉はド派手なんだ。揮《ふる》えば一太刀で鋼さえ砕ける――うるさくないわけないだろうに！」

「ふむ。それもそうか……」

声の主はセンゲの言葉に納得したように頷《うなず》き、

――Alle Menschen werden Bruder Wo dein sanfter Flügel weilt――

突然にそんな詩を口遊《くちずさ》み始めた。それに続くように聞こえて来たのは、耳心地のよい音色。

それは旋律《うた》だ。

何処《どこ》かで聞いたことのある旋律に詩文を乗せて、

「——すべての人々は兄弟になる。ふむ、シラーは面白い言葉を残したものだ」

凛然《りんぜん》とした声が何処《どこ》からともなく。

歌の——声の主が姿を現す。

場所はセンゲの背後。

まるで闇から突如出現したかのように、その人物は立っていた。

月明かりを彷彿《ほうふつ》させるような鮮やかで淡い色の金髪。永久に融《と》けることのない凍土のような蒼《あお》の双眸《そうぼう》。まるで精巧に作られた人形のような、ある種の非現実的な美しさを孕《はら》んだ白衣の少女が、其処《そこ》にはいた。

外見はどう見ても年端《としは》もいかない少女だ。

だがその身から僅かに迸《ほとばし》っている気配は、その幼い姿からは想像もつかないような手練《てだ》れのものだった。

まるで長い歳月を生きた、様々な見識を培った賢者《インデックス・ウィザード》のような。

あるいは数多《あまた》の戦場を渡り歩いた、幾多の死線を乗り越えた老練の戦士《オーバーライン・ウォーリアー》のような。

あたかも名工が長い歳月をかけて鍛え抜いた名刀のような——そう。ある種の極みに至ったような、そんな気配。

外見と中身が、まるで分不相応《チグハグ》だった。

そしてそれらすべてを切り捨ててなお、異様な存在感を醸《かも》し出《だ》す、はだけた胸の中央に埋め込まれている血のように赫い宝石《ブラッディストーン》。

視認《み》して、思う。

知覚して、思う。

こいつは――なんだ？　と。

そう思わせるだけの異質さが、その少女には存在していた。

それこそ眼前の邪鬼――トガガミ・センゲという殺戮《さつりく》の権化《ごんげ》が、易しく感じられるほどに。

容姿は美麗にして端麗。

高名な人形技師が長い歳月と精魂を込めて作り上げた、高級な陶磁器人形《ポーセリン・ドール》のような肌。宮廷絵画師によって描かれた貴婦人そのものが飛び出してきたような姿。

そう。誰もが振り返り、目を惹《ひ》くであろう美しい少女だ。

しかし、どうしてだろうか。トバリの目には、どういうわけか少女が少女として見た目通りには《映らない》映らない。

それは異形にして奇形。

獣が人の皮を被《かぶ》っているような。

悪魔が人間に化けているような。

その少女は——人と呼ぶにはあまりにもちぐはぐ過ぎる。

出会いたくない。ではなく、出会ってはいけない——そう。あの鋼鉄の怪物たるレヴェナントなどよりも、遥《はる》かにだ。

少女は、言うなればそういう類の存在だった。

「——ほう……」

金髪の美少女《いぎょう》が、宝石のような双瞳を冷淡に細めトバリを見た。

「お前がセンゲ《フィフス》の言っていた封神一族《ゴッドシール》か。見た目は何処《どこ》にでもいそうな若造だな。だが……ふむ。確かに異能の気配はするが……はてさて。本当に、フィフスが渇望《かつぼう》するほどの力を持っているのか……興味深い対象だ」

鈴の音のような美しい声音で、何かを探るようにこちらをねめつける。冷ややかで、何処《どこ》までも空虚な瞳が此方《こなた》を見ていた。まるで全身の至る所まで事細かに観察されているような気配に、トバリは警戒を強める。

まったくなんという日だろうか。

自分の知りえる中で最も怪物と呼べるべき存在であったセンゲ。その彼女が、自分の知りえた頃よりも遥《はる》かに高位の——怪物を遥《はる》かに超えた怪物となっていたというだけでも絶望的な気持ちだと言うのに。

(……どうして、それを上回るような存在《の》に出会っちまうんだよ!?)

奥歯が砕けんばかりに歯を噛《か》み締《し》めながら、トバリはどうにか現状を打破できないか必死に思索

を巡らせる。

だが、

「やっと……見つけた……っ!?」

その場にいる誰も彼もの思慮も奸計《かんけい》も無視して叫ぶ声。全員の視線が、一斉に声の主へと向いた。

トバリもまた同じく。視線の先――ヴィンセントに肩を借りたエルシニア・アリア・リーデルシュタインが、これまでに見たこともない鬼気迫る形相を浮かべて、金髪白衣の少女を睨《にら》みつけている。

全身の彼方此方《あちこち》に裂傷や擦り傷を負い、その痛むであろう身体《からだ》で奮い立って、青髪の女は烈火の如《ごと》く声を上げた。


「――パラケルススッ！」


名を、叫ぶ。

同時に、少女の姿が掻《か》き消《き》えた。傍《かたわ》らにいたヴィンセントがぎょっと目を剝《む》いている。だがそれはトバリとて同じこと。

まるで何が起きたのか、鍛え抜いた動体視力を持つトバリにしても捉えることができず、咄嗟《とっさ》に周囲に視線を巡らせて――

「……何の冗談だよ、そりゃ」

青い影を見つけ、トバリは今日何度目とも知れない乾いた笑いを浮かべながら、そう小さく零《こぼ》す。

頭上。

天井すれすれの高さに、彼女はいた。

青い髪を翻《ひるがえ》し、黒装の外套《がいとう》をはためかせ。

その背に――鋼鉄《クローム》の大翼を広げたエルシニア・アリア・リーデルシュタインの姿があった。

マンマシーン・インターフェイス。彼女の姿を見てその言葉が脳裏を過ぎった。

センゲが宿す〈循血機関〉に似た、鋼鉄と蒸気機関の機械。それを背に宿したエルシニアの姿は、まさに先ほどセンゲが口にした姿そのものだった。

ガチャリガチャリとその身の丈以上に長大な双翼を広げ、殺意宿る双眸《そうぼう》が金髪の少女を捉えていた。

「姉さんを、返せぇぇぇぇえっ！」

両手に二挺《にちょう》の機関型拳銃を携え、エルシニアの身体《からだ》は一気に急降下する。彼女の身体《からだ》が宙空を素早く滑空し、旋回し、小刻みに軌道を変えて標的へと迫る。その姿はまるで飛燕《ひえん》の如《ごと》し！

そして、

「――ボクを無視するなよ、オネーサン」

エルシニアと金髪の少女の間に立ちはだかるは、その背に四枚の大刃を構えた《心臓喰い《センゲ》》。

その口元を嬉々と三日月に歪《ゆが》め、彼女《センゲ》はげらげらと哄笑《こうしょう》する。

「くははっ！　やっぱ良いモノ持ってんじゃんかよ！　出し惜しみは良くないぜ！」

声を上げて、《心臓喰い》はその背の大刃を一斉に閃《ひらめ》かせた。やはり――速い！　残像すらも残さぬ高速の四刀斬撃が、縦横無尽にエルシニアへと襲い掛かる！

「邪魔をするな！」

迫る刃を前に臆することなく、エルシニアは声を上げ四方から迫る大刃の剣舞へと飛び込む。

剣閃《けんせん》と剣閃《けんせん》の僅かな間隙《かんげき》を縫うようにして、青い疾影が大刃の間をすり抜けていく！

「なんと見事な……まるで演劇《ドラマ》を見ている気分だ」

怪物たちが織り成す超高速の攻防を目の当《まあ》たりにし、ヴィンセントが苦笑と共にそう零《こぼ》す。その言葉には何処《どこ》か納得ができた。

そう、演技ならば。演武ならば。今目の前で繰り広げられた攻防は、筋書きがあっての動き――故に、回避できて当然となるだろう。

だが、そうではない。

目の前で繰り広げられているのは、まごうことなき現実。命のやり取りを前提とした、殺し合いの一幕である。

とんでもないものを見せられた気分だ。ただただ〝見事〟の一語以外、賞賛の言葉は出てこない。

仮令《たとえ》それが、その身に蒸気機関を宿した者たちの戦いであろうとだ。

（まったく……次元が違いすぎだろ）

トバリは内心舌を巻いた。

鋼鉄の――蒸気機関でできた怪物。レヴェナントと戦うことには慣れているつもりではいた。だが、いざ人でありながら人を超えた存在《マンマシーン・インターフェイス》の戦いを目の当《まあ》たりにしてみれば、結果は一目瞭然である。

まだ、遠く及ばない。

今の自分では――異能持たざるツカガミ・トバリでは、レヴェナント《心臓喰い》には到底敵《かな》うことはないと思い知らされる。

だが、そんなトバリでも判《わか》ることがあるとすれば、それは二人の――エルシニア・アリア・リーデルシュタインとトガガミ・センゲの力量差か。

初動ならば、確かにその実力は拮抗《きっこう》しているように見えた。だが、それは本当に最初の一合だけだ。

あとはもう、目に見えてエルシニアが劣勢に立たされ始めていた。

それは当然だ。トガガミ・センゲは殺戮《さつりく》の権化《ごんげ》。数多《あまた》の戦場と死線を越えた、戦いと殺しの天才である。そしてその才能を遺憾なく発揮し、成長し続けて来たセンゲが相手では、分が悪すぎる。

「そらそら、どうしたんだいオネーサン！　さっきまでの勢いは何処《どこ》に行ったんだい？」

「く……邪魔だと……！」

「言っただけじゃ駄目さ。ちゃーんと実力を示さなきゃ、思う通りには行かない！　それが世の中、それが殺し合い！　自分の意見を通したきゃ、相手の意見を問答無用で踏《ふ》み躙《にじ》ってぶっ殺してあげなくっちゃさぁ！」

苦渋に顔を歪《ゆが》めるエルシニアに対し、センゲはゲラゲラと笑いながら大刃を振り回す。いや、それだけではない。その両手と両足を鮮血の異能に染めて、爪撃、腕撃、脚撃と、四刃連舞に混ぜて攻め込んでいた。

ただでさえ凶悪な武器と強烈な威力を誇る攻撃が計八つ。如何《いか》な達人でもあれを捌《さば》き切るには頭も手足も足りなすぎる。

エルシニアはどうにかセンゲに反撃しようと銃を構えようとするが、それを許すほどセンゲは易しくないのである。

戦いは完全に、センゲの独壇場だった。

過程も結果も約束された、《心臓喰い》の勝利が描かれる舞台そのもの。

この状況をひっくり返す術があるとは思えない。

故に——結末は決まっている。

「つーかーまーえーたっ」

鮮血に染まったセンゲの腕が、エルシニアの鋼鉄の翼を摑《つか》んだのは、まさにその瞬間だった。そしてにっかりと笑いながら不吉な科白《せりふ》を零《こぼ》したセンゲが、思い切りエルシニアを地面へ引《ひ》き摺《ず》り下ろす。

「ぐぅっ！」地面に背を叩《たた》きつけられたエルシニアが苦痛に顔を歪《ゆが》めるが、息つく間もなくセンゲがエルシニアの身体《からだ》を再び持ち上げて——

「さーて。オネーサンは何処《どこ》まで耐えられるかな？　せめてトバリ並みには耐えてくれよ？」

そう言うと同時、センゲはエルシニアの身体《からだ》をひょいと——まるで小石を放り上げるような仕草で宙へと投げ上げて、

「せりゃっ！」

裂帛《れっぱく》の気迫と共に、四刃を大きく翻《ひるがえ》した。エルシニアの双眸《そうぼう》が恐怖で大きく見開かれる。防御も回避も、あの状態ではまず不可能だ。

「……ったく、莫迦《ばか》が！」

舌打ちをするトバリと、エルシニアを投げ飛ばしたセンゲが同時に動く。

全力を込めると言わんばかりに跳躍するセンゲ目掛け、トバリが鎖を投擲《とうてき》した。鎖は意思を持ったように虚空《こくう》を躍り、鎖がセンゲの足を捕らえ——牽曳《けんえい》。全身全霊で引く。

「うわっ!?」

飛び上がったセンゲの身体《からだ》が傾《かし》いだ。飛翔《ひしょう》した最中に下から引っ張られて体勢を崩す。空中で無防備になったところを狙って短剣を投擲《とうてき》し、同時に疾駆する。

落下するエルシニアをギリギリのところで受け止め——同瞬、左腕に痛みを覚えた。見れば寸前に投げ放ったはずの短剣が浅く突き刺さっている。その肩越しの向こうには、センゲが悪辣に笑う姿。

どうやらこっちが投げた短剣を受け止め、返す刀で投擲《とうてき》したらしい。

（やってくれるぜ、ホント）

その圧倒的な戦闘技能に、胸中で舌を巻く。

「おいおいトバリ。女の子庇《かば》って怪我《けが》するなんて、男前じゃん？」

「怪我《けが》させた本人も女だから、差し引きゼロだろ」

邪鬼の言葉に皮肉を返しながら、エルシニアを庇《かば》うように残った短剣を手にゆらりと立つ。

「……センゲ、お前は一体何がしたい？」

「さあね。聞きたきゃボクのご主人様に訊《き》いてみろよ。答えてくれるかは判《わか》んないけどねー」

「ならば――私が訊《たず》ねよう」

かつんと、ステッキが硬い床を叩《たた》く音と共に。気づけば、片腕を痛めたままヴィンセントがいつの間にか傍《かたわ》らまでやって来ていた。

彼の猛禽《もうきん》の如《ごと》き眼差《まなざ》しが、じっと金髪の少女を見据える。

「初めまして、と言っておくべきかな。ホーエンハイム・インダストリー最高経営責任者《CEO》、ティオ・ホーエンハイム。それとも、こう言うべきだろうか――」

ヴィンセントは金髪の少女――彼の言う通りならば、あのホーエンハイム・インダストリーの最高経営責任者たる人物を睨《にら》みつけながら、言った。

「――久しいな、我が古き同胞《はらから》。パラケルスス」

――パラケルスス。先ほど、エルシニアも口にしていた名前だ。それは何処《どこ》かで聞いたことがある名だった。

（……いや待て。今、ヴィンス《こいつ》はなんて言った？）

寸前に、隣に立つ古の錬金術師が口にした科白《せりふ》を反芻《はんすう》する。


――久しいな、我が古き同胞。


古き同胞。

その言葉が意味するもの。それは、つまり――

トバリがその言葉に気づいたのとほぼ同瞬、ティオ・ホーエンハイムがうっすらと口元に笑みを浮かべた。

「ああ、実に久しぶりじゃあないか。我らが偉大なる三賢人《ビッグスリー》。サン＝ジェルマン伯爵よ。まだ壮健だったようだね。それで、今宵《こよい》は何故此処《なぜここ》に？」

「そこで倒れている女性の依頼でね。この工場を調べに来たのだよ」

ティオ・ホーエンハイム――否、パラケルススの言葉に、ヴィンセントはまるで気心の知れた友人と会話するかのように滔々《とうとう》と答える。

しかし、二人の間に朗らかな雰囲気はない。

二人の視線は酷《ひど》く鋭く、敵意に似た雰囲気を纏《まと》っている。

ヴィンセントの科白《せりふ》に対し、パラケルススは絶対零度の視線と声音で問う。

「そんな言葉で、私が納得すると思ったのかな？　私は貴方《あなた》に訊《たず》ねているのだ――何をしに来た、と」

「知れたこと。君の目的を阻《はば》むために」

初めから用意していたかのように。

あるいは、それ以外の科白《せりふ》など存在しないというように。

ヴィンセントは一言そう切り返す。

その言葉に、パラケルススもまた納得したように首肯した。

「そうだろうとも。そうだろうとも。貴方《あなた》は、いつだって我々の邪魔をする。古来より続く我らが大望を、いつだって貴方《あなた》は良しとしない……不思議なものだ。同じ錬金術師。同じ巡礼者でありながら、どうして我々の道は違えてしまったのか」

「巡礼者であると言うならば、程度の差はあれ同意しよう。だが、君たちのそれは狂信だ。その狂気の如《ごと》き信念が築くのは、ただただ破滅だけだ。ならば――私は喜んで嘗《かつ》ての同胞と敵対するとも」

二人、交わす言葉。

二人の間でのみ通じる何か。

比喩と象徴的な言葉の連続で、内容の大半は理解できない。其処《そこ》にどのような意図が組み込まれているのかは判《わか》らない。ただ一つ――パラケルススが敵であることに違いない、ということを除けば。

「トバリ――」

囁《ささや》くような声と共に、ヴィンセントがするりと何かを掌《てのひら》に滑らせた。トバリはすかさずそれを掠《かす》め取る。

同時に、ヴィンセントが僅かに口《くち》の端《は》を吊り上げた。


「――逃げるぞ」


そう、彼が宣言すると同時。かつん、と杖《つえ》が力強く床を叩《たた》く。

地面に浮き上がる幾何学的円環型文様《サークル》。炎の如《ごと》き紅《あか》い輝きを放つ魔法陣――それは彼が得意とする機関魔導式――干渉術式《クラッキング・コード》が描く魔術の起動式！

そのことにトバリが気づくのとほぼ同瞬。凄《すさ》まじい衝撃と共に、業火《ごうか》が眼前に広がった。

同時に部屋の彼方此方《あちこち》に浮かび上がる、同種の魔法陣。それらは最初の術式の発動に呼応するように、次々と連鎖起動し爆発していく。

（――この莫迦《ばか》、部屋全体に干渉術式を展開してやがったな！）

恐らく、トバリがこの部屋に駆け付けた時にはもう、ヴィンセントは怪我《けが》をしたフリをしながらこっそりと干渉術式を展開していたいのだろう。機関魔導式ならば術式端末の駆動音で悟られるだろうが、その元祖である干渉術式ならば、悟られることなく術式を展開することも可能だろう。

そして自分たちと、パラケルススやセンゲとの距離が開いたこの機を狙って発動したのだ。

爆発の勢いからして、この工場を容易《たやす》く倒壊させることができる威力があると思っていいだろう。

これならば確かに。相手としても逃げる以外の選択肢はない。相手が相手だけにこの程度で死ぬとは思えないが、倒壊に巻き込まれればそれだけで面倒の種になる。追撃の心配はないだろうが……

「もう少しなんかあっただろ！」

「はっはっはっ！　どうやら少しばかり威力が大きかったようだね――困った困った」

トバリの怒号に対し、ヴィンセントは呵々《かか》と笑いながら帽子を手で押さえこちらを振り返った。

二人の間には炎と亀裂。調整を見誤ったのかわざとなのかいまいち判別ができないが、とにかくトバリとヴィンセントの間には燃え盛る炎と、地面にできた巨大な亀裂があって近づくことができなかった。

「ミス・リーデルシュタイン嬢を連れて先に行け、トバリ」

「先にって――大丈夫なのかよ！」

「なーに、心配は無用だ。これでも長い時間を生きた魔術師であり、錬金術師だ。このくらいならどうにでもなる」

心配するトバリを余所《よそ》に、ヴィンセントは非常に涼しげな表情で口《くち》の端《は》を吊り上げてみせた。

「メモに指示がある。聞きたいこともあるだろうが、今は胸の内に留《とど》めてくれ給《たま》え」

「それでは」と言って、制止する間もなく、ヴィンセントは颯爽《さっそう》と踵《きびす》を返《かえ》し炎の向こうへと姿を消した。

視線を巡らせれば、センゲとパラケルススも姿を消していた。

残されたのは自分と、意識のないエルシニア・アリア・リーデルシュタインだけ。

「……っざけやがってよー」

悪態を零《こぼ》し、トバリは辟易《へきえき》とした気持ちで項垂《うなだ》れ――そして溜《た》め息《いき》を吐きながら口《くち》の端《はし》を吊り上げる。

(聞きたいことがあるだって？　当たり前だろうが、くそったれが)

こうなったなら、是が非でも喋《しゃべ》って貰《もら》う。

錬金術師《ヴィンセント》の思惑も――

白衣の娘《パラケルスス》の言葉の意味も――

この青い髪の少女《エルシニア》の見せたあの執念も――

一切合財余すことなく吐いて貰《もら》おう。そう心に決める。

「にしても……」

決意を胸に抱いたトバリは、そのまま視線を肩に担《かつ》いだままの少女に向けた。

「……重いなぁ、こいつ」

呟《つぶや》かれた科白《せりふ》は、紳士とは程遠い最低の言葉だったが、咎《とが》める者は誰もいない。トバリは少女を担《かつ》ぎ上《あ》げて、炎に包まれる工場から離れるべく元来た道を走り出した。

そしてふと、先ほどヴィンセントから受け取ったメモを開き、中を読む。

そこの記されていた文を読んだトバリは、「うげっ」と情けない呻《うめ》き声を上げてしまう。

走っているせいで読み間違えた可能性を考慮し、その場で足を止めてもう一度目を動かすが――

どうやら残念なことに、自分の読み間違いではないらしい。

「――……この状況下であの薬中探偵《ドラッカー》の世話になれって？　冗談きついな、ホント」

トバリは悪態を零《こぼ》し、改めてメモの一文を読み直した。書かれている内容はいたって単調《シンプル》。

――ベーカー街《ストリート》２２１Ｂへ、

書かれているのはそれだけの一文だ。

しかしその一文だけで、トバリの気分を憂鬱なものに変えるには充分な効力を発揮した。だが、同時に納得もする。今の状況を考えれば、安全と思える場所は限られている。ヴィンセントの事務所とて、安全とは言い難《にく》いだろう。ヴィンセントもそう考えたからこそ、このメモを自分に渡したのだということは容易に想像がつく。

ならば、確かにこの選択肢は最良だ。

だが、トバリにはどうも最悪の選択に思えてならなかった。何せ相手はあの男なのだ。

このロンドン――あるいは、あのヴィンセント・サン＝ジェルマンをして世界最高と称した頭脳を持つ男。だが、その人格は破綻し、薬物依存症であり――何よりも常人には理解しえない厄介な体質を持っているのだ。

しかし、行かないわけにもいかないだろう。怪我人《けがにん》も抱えている今、幸か不幸かそこには医者もいるわけで――恐らく、トバリがそう考えることも見越して、ヴィンセントはこの指示をよこしたに違いない。

ならば、行くしかあるまい。いや、会わねばならないのだろう。仮令《たとえ》彼と会うことで、今以上の面倒が舞い込むことになろうとも。

「——行くか」

決意し、トバリは少女を背負い直して目的地を目指す。

目指すはウェスト・エンドのリージェンツ・パーク。ベーカー街《ストリート》、221Bであり、其処《そこ》の二階に住む人物だ。

其処《そこ》に住まうは、ロンドンが誇る頭脳。

真実の探求者。

人々に、名探偵と称される男。

そう。

——シャーロック・ホームズである。

英国幻想蒸気譚《たん》　I　レヴェナント・フォークロア　END

あとがき

――ゴゥンゴゥンゴゥン。

という大機関《メガ・エンジン》の音が毎日聞こえてこない世界の皆様初めまして、白雨蒼《しらさめあおい》と申します。

普段は滋賀の書店で日々出版されていく本を見ては「いつか俺のも並ぶ日がこないものか」と思っていた物書き擬きでした。

しかし幸運にも、『電撃《新文芸》スタートアップコンテスト』にて、編集部特別賞を頂戴しまして、出版することとなりました。物語を書くこと一四年。スチームパンクを題材とするようになって六年目のことです。

受賞の連絡をもらって跳び上がって喜んだのは言うまでもありません。そして嫁にも知らせずに一人うきうきとご馳走作って、ケーキも買って、「どしたん？」と首を傾げる嫁に受賞のことを教えたのは翌日の夜です（「なんで昨日言わないの!?」と怒られました）。

さて、本作『英国幻想蒸気譚』は、所謂スチームパンクに分類される作品です。産業革命以降に蒸気機関が異常発達し、現行する歴史とは少々異なる歴史を歩んだ世界で、歴史上の人物や物語上の存在だった人物が混在し、しっちゃかめっちゃかしている、そんな物語です。

日本の有名どころで言えば桜井光《さくらいひかる》氏（推薦文を頂いたと報せを受けた際は本当に驚きました。光栄の極みとはこのこと。本当にありがとうございます！）が手掛けた『スチームパンクシリーズ(Liar‐soft)』がまさにそれで、私自身もこの作品群に影響を受けたのは言うまでもありません。

スチームパンクは小難しいガッチガチのＳＦ作品なんじゃないかと思われるかもしれませんが、本作はライトノベルなので其処まで難しい作品ではないはずです。むしろこの作品を丁度よい機会とし「……で、スチームパンクとはなんぞや？」と興味を持って頂ければ幸いです。

この日本には蒸気夫人《マダム・スチーム》こと五十嵐麻理《いがらしまり》氏を始め、古今東西各地に沢山のスチームパンカーたちが存在していて、彼らが持つ様々なスチームパンク観に対し、「ならばこれが俺の考えたスチームパンクだ！」みたいなきっかけとノリと勢いで本作を書き始めました。この作品は彼らとの出会いがあってこそ生まれたとも言えます。

さて。頁も限られていますので、ここいらで謝辞を。

担当編集Ｈ様、最初は「あ、ＯＫです」とか言ったくせに日を空けてから「あ、やっぱり」を繰り返す無茶振りばかりの私に根気よく対応してくださり、ありがとうございます。

イラストの紫亜様。拙作のイラストを引き受けて頂けることが決まった時は、受賞の報せよりも嬉しかったです！　キャラデザが届いた日なんて、余りの格好良さに一日にやにやし続けました。

そして本作を推してくださった編集部の皆様、本当にありがとうございます。

なにより——今まさにこの瞬間、この本を手に取ってくれた貴方様に、心より感謝を。

書きたいことはたくさんありますが、それは次巻にて。

——皆様方のお目がもし、お気に召さずばただ夢を見たと思ってお許しを。

白雨　蒼

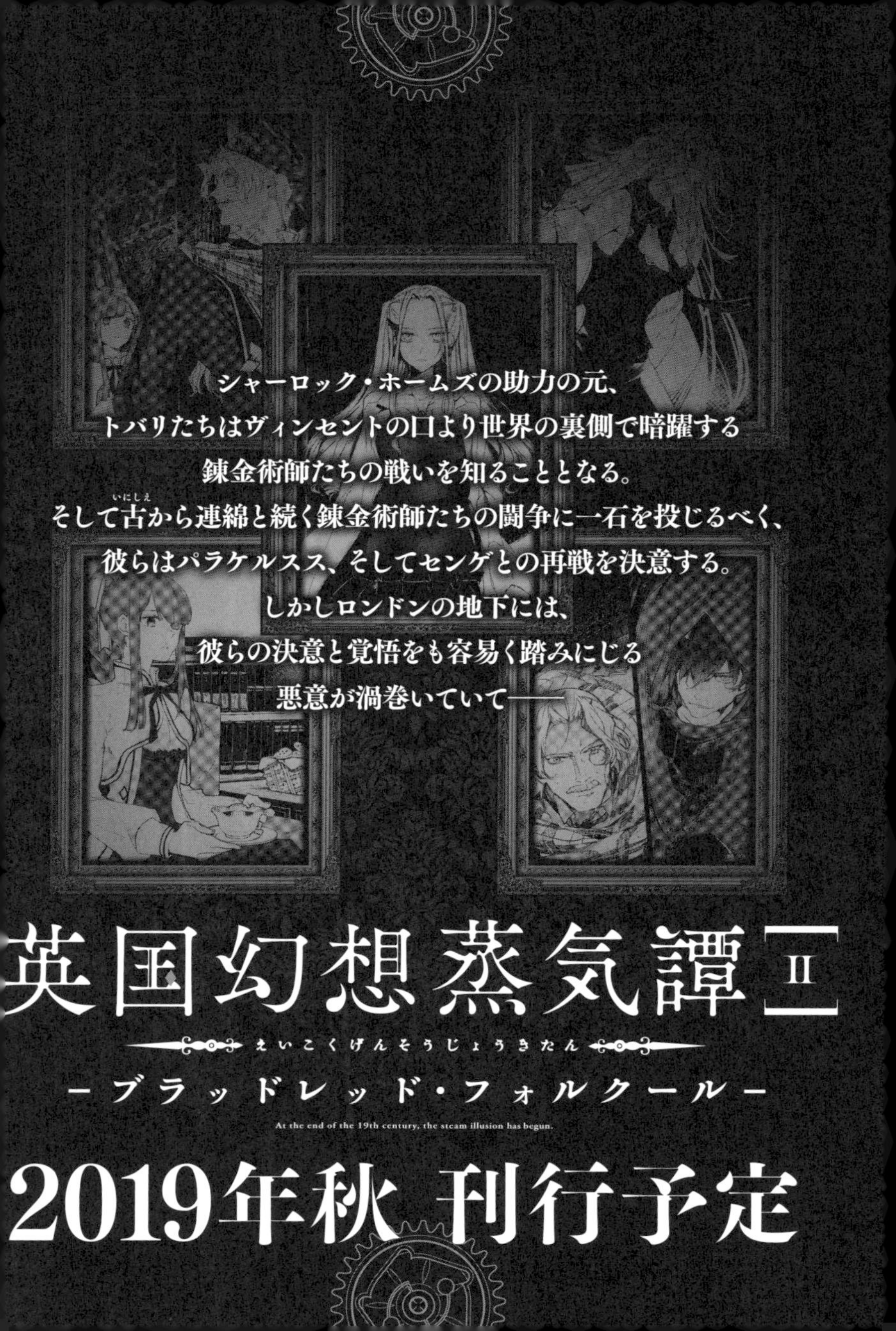

シャーロック・ホームズの助力の元、
トバリたちはヴィンセントの口より世界の裏側で暗躍する
錬金術師たちの戦いを知ることとなる。
そして古《いにしえ》から連綿と続く錬金術師たちの闘争に一石を投じるべく、
彼らはパラケルスス、そしてセンゲとの再戦を決意する。
しかしロンドンの地下には、
彼らの決意と覚悟をも容易く踏みにじる
悪意が渦巻いていて――
英国幻想蒸気譚［II］
えいこくげんそうじょうきたん
－ブラッドレッド・フォルクール－
At the end of the 19th century, the steam illusion has begun.
2019年秋 刊行予定

英国《えいこく》幻想《げんそう》蒸気《じょうき》譚《たん》 I

―レヴェナント・フォークロア―

著者／白雨《しらさめ》 蒼《あおい》
イラスト／紫亜《しあ》

2019年7月17日　初版発行

発行者／郡司 聡
発行／株式会社ＫＡＤＯＫＡＷＡ
〒102-8177　東京都千代田区富士見2-13-3
0570-06-4008（ナビダイヤル）
印刷／図書印刷株式会社
製本／図書印刷株式会社

【初出】………

本書は、2018年にカクヨムで実施された「電撃《新文芸》スタートアップコンテスト」で《編集部特別賞》を受賞した「契赫のフォルクール ―英国幻想蒸気譚―」を加筆修正したものです。

ISBN978-4-04-912390-6　C0093　Printed in Japan

「」カクヨム
2,000万人が利用!
無料で読める小説サイト
イラスト:スオウ
カクヨムでできる
3つのこと
What can you do
with kakuyomu?
1
書く
Write
便利な機能・ツールを使って
執筆したあなたの作品を、
全世界に公開できます
2
読む
Read
有名作家の人気作品から
あなたが投稿した小説まで、
様々な小説・エッセイが
全て無料で楽しめます
3
伝える
つながる
Review & Community
気に入った小説の感想や
コメントを作者に伝えたり、
他の人にオススメすることで
仲間が見つかります
会員登録なしでも楽しめます!
カクヨムを試してみる
カクヨム https://kakuyomu.jp/
カクヨム
検索